동아
COMMUNICATION
GROUP

동아

COMMUNICATION
GROUP

동아
COMMUNICATION
GROUP

동아
COMMUNICATION
GROUP

빙의로 최강요원

빙의로 최강 요원 1권

초판 1쇄 인쇄일 | 2022년 4월 21일
초판 1쇄 발행일 | 2022년 4월 27일

지은이 | 박현수
펴낸이 | 박성면
펴낸곳 | (주)동아

출판등록 | 제406-2007-000071호
주소 | 경기도 파주시 문발동 223-1 2층
전화 | (031)8071-5201
팩스 | (031)8071-5204
E-mail | lion6370@hanmail.net

정가 | 8,000원

ISBN 979-11-6302-579-5 (04810)
ISBN 979-11-6302-578-8 (Set)

빙의로 최강요원

박현수 현대판타지 장편 소설

DONG-A MODERN FANTASY STORY

동아
COMMUNICATION GROUP

빙의로
최강요원

목차

빙의로
최강요원

1. 세 명이 한 몸에

빙의로
최강요원

타앙-! 타앙-!

두 발의 총성이 울렸다.

이때까지만 해도 난 이것이 내 인생을 송두리째 바꿔 놓을 줄은 꿈에도 생각지 못했다.

아니, 애초에 총을 맞는 게 말이 안 된다.

뒤에서 보조나 하는 지원요원이 왜 총을 맞냐고!

하지만 두 발의 총알은 결국 나의 가슴을 꿰뚫었다.

그리고 이어진 사후 세계가 나의 모든 것을 뒤바꾸어 놓았다.

병원에 도착한 한 환자로 인해 응급실이 급박하게 돌아갔다.

"총상 환자입니다! 지금 쇼크 상태입니다!"

"급하니까 총알 제거부터 실시하고, 제세동기도 준비해!"

의사와 간호사의 손길에 의해 환자의 옷이 오려졌다.

총알을 제거하는 과정에서 수많은 용어들이 오가며 환자 상태의 심각함을 알려 왔다.

"어레스트!"

심정지.

그 과정에서 최강이란 이름을 가진 난, 사후 세계를 겪고 있었다.

정신을 차려 보니 내가 무지개 빛깔의 커다란 관속을 두둥실 뜬 채로 빨려 들어가고 있었다.

"뭐야, 나 지금 죽은 거야?"

아직 20대 후반.

죽음이란 건 먼 나라 얘기인 줄만 알았다.

물론 나이를 떠나 사고와 병은 피해 갈 수 없는 거라지만, 그래도 내게 죽음이 이렇게 빨리 찾아올 줄은 조금도 예상하지 못했다.

"말도 안 돼. 내가 죽다니. 아냐, 이건 꿈일 거야. 여긴 사후 세계라고 하기엔 좀 이상하잖아."

옆으로 한 아이가 해맑게 웃으며 매우 빠른 속도로 날아갔다.

"와, 내가 하늘을 날고 있어! 부우우우웅-!"

자신이 죽었다는 사실보단, 날고 있다는 것에 신이 나는가 보다. 아주 두 팔까지 활짝 피고 날아가고 있었다.

얘야, 지금 좋아할 때가 아니지 않니?

다른 옆을 보니 한 여자가 서글피 울며 지나쳤다.

"저 어린 걸 놔두고 어떻게 죽어……. 허흐흐흐흑!"

보아하니 어린 자식을 놔두고 죽은 모양이다.

왜 죽었는지는 몰라도, 엄마 없이 커 갈 아이가 불쌍해 안타까운 한숨이 흘러나왔다.

그런데 몇 사람 지나치는 걸 보고 있자니 뭔가 이상하다는 걸 느꼈다.

"근데 왜 저 사람들은 나보다 빨리 가지?"

물론, 저승길 빨리 가는 것이 부럽진 않다.

그저 다른 사람들과는 다른 느린 이동이 답답할 뿐이었다.

"이왕이면 천국에 갔으면 좋겠는데."

그러던 중 어느 노인의 말이 가슴을 깊게 후비고 들어왔다.

천국.

그곳은 죽어서야 갈 수 있는 곳이다.

그제야 죽음이란 단어가 조금 더 생생하게 다가왔다.

"역시 지금 이 상황은 리얼인 거지? 하아, 우리 엄마 하나뿐인 아들을 이렇게 잃어서 어떻게 하나. 나만 바라보고 살았을 불쌍한 우리 엄마인데."

가여운 엄마가 눈에 밟혔다.

아들을 잃고 서글피 울고 있을 엄마를 떠올리면 절로 눈시

울이 붉어졌다.

그런데 뭔가 이상했다.

"잠깐만. 근데 난 왜 죽은 거야? 아…… 기억이……."

죽었으면 그 죽은 이유가 있을 거다.

근데 죽은 이유가 떠오르질 않는다.

"뭐야. 대체 나한테 무슨 일이 일어난 거냐고? 왜 아무것도 기억이 안 나?"

기억을 떠올리기 위해 갖은 노력을 하는데 저만치 멀리서 시끄러운 소리가 들려왔다.

옆을 보니 다른 관에서 두 사람이 엉켜 싸우다가 튕겨져 나와 내가 있는 관으로 옮겨오는 게 보였다.

자세히 보니 중년의 사내와 나이가 많은 노인이다.

둘은 얼마나 서로를 잡아당기고 발로 차 대는지 내가 있던 관에서도 튕겨져 나갔다가 다시 들어오기도 했다.

"이 썩을 노인네야! 너 때문에 나까지 죽었잖아!"

"나를 죽이러 온 네놈이 나쁜 놈이지! 이 못된 암살자 놈아!"

"닥쳐! 지금이라도 쳐 죽여 주마!"

"내가 마법만 쓸 수 있었어도, 네놈은 그 영혼조차 소멸되었어!"

"웃기는 소리! 나한테 칼만 있었으면 당신은 영혼의 조각도 못 찾아! 알아!"

나보다 속도가 빠르던 둘은 결국 나를 중심으로 서로를 노려봤다.

나는 그 시선의 중심에 있자니 상당히 부담이 되었다.

"저기…… 이왕 죽으신 거, 마지막은 좀 얌전히 가시는 게 어떨까요."

둘이 동시에 소리를 빽 내질렀다.

"네가 뭘 안다고 끼어들어!"

"내가 저놈 때문에 죽었는데, 얌전히 갈 수 있을 것 같아!"

"이대로는 못 죽는다. 아니, 안 죽어!"

그러더니 갑자기 나를 사이로 두고 손을 뻗어 싸워 대기 시작했다.

그들이 잡고 있는 바람에 나도 빨려 드는 속도가 빨라진 것 같았다.

"아이 좀, 그만들 하시라니까요!"

"너 이, 나쁜 놈……!"

"못생긴 노인네, 그 얼굴을 찢어 주겠어!"

그런데 바로 그때였다.

셋 모두는 갑자기 기이한 울림을 느끼며 행동을 멈췄다.

두둥-!

갑자기 셋 모두가 어디론가 빨려 드는 게 멈추었다.

"뭐야. 왜 우리만 멈추는 거지?"

급기야 내 몸이 반대로 빨려 들기 시작했다.

제세동기가 충격을 줄 때마다 다시 본래의 생으로 돌아가려

하는 거였다.

-300J!

어디선가 들려오는 소리에 나는 표정이 밝아졌다.

"이 소리는……!"

의료 드라마에서 자주 듣던 소리다.

바로 제세동기 전력을 뜻하는 소리였다.

대략 상황이 짐작이 됐다.

"그래, 나는 지금 병원인 거다. 나는 아직 안 죽은 거야! 그랬구나. 내가 다른 사람들보다 느린 이유가 이거였어!"

-다시 한번!

"그래, 되살려라! 이렇게 죽기엔 너무 억울하단 말이야! 할 수 있어! 조금만 더!"

두둥-!

반대로 빨려 들기 시작하자 그 속도는 더욱 빨라졌다.

"됐다!"

그러나.

턱!

투욱!

대뜸 두 사람이 양쪽에서 내 옷을 강하게 붙잡았다.

"뭐, 뭡니까? 왜들 그래요?"

"우리도 이렇게 죽기는 억울해서."

"혹시 알아? 너를 따라가면 되살아날 수 있을지?"

"네에?"

나는 황당해 하며 몸부림쳤다.

"아니 잠깐만. 이것 좀 놓으세요! 두 사람 때문에 제가 되돌아가질 못하고 있잖아요!"

둘은 손을 하나 더 뻗어 나를 더 강하게 붙잡았다.

"안 돼! 최강의 암살자인 내가 이렇게 죽는 건 말이 안 된다고!"

"네놈이 유일한 희망인데 어떻게 놔! 난 죽을 수 없다! 아직 해야 할 일이 산더미처럼 많단 말이다!"

그 순간, 한 번의 충격이 더 느껴졌다.

두둥-!

셋은 갑자기 엄청나게 빨라진 속도로 반대로 날아가며 강렬한 빛을 맞이해야 했다.

"어어! 어어어-!"

"다시 되살아난다!"

"나는 돌아갈 것이야-! 흐헤헤헤헤!"

번쩍-!

* * *

얼마쯤 지났을까, 웅웅거리는 소리가 들려왔다.

"총상 환자니까 바이탈 잘 체크하고. 문제가 없는지 때때로 확인하도록 해. 언제 위급한 상황이 생길지 모르니까."

"네, 선생님."

눈을 뜨긴 힘들었지만 환자 어쩌고 하는 걸 보니 저 목소리가 의사의 것이란 건 알 것 같다.

회진인가?

아무튼 저 목소리가 들리는 걸 보면 내가 살아난 건 확실하다.

흐흐, 살았다.

역시 나는 죽지 않은 거였어!

근데 왜 이렇게 눈을 뜨기 힘든 거지?

정신은 또 왜 이렇게 아득해지는 거야.

다시 잠에 빠져들 것처럼 의식이 깊은 곳으로 가라앉는 것 같았다.

-깨어나라, 이것아! 언제까지 자고 있을 거냐!

뭐야! 누구야!

아득해지는 정신이 놀람으로 또렷해졌다.

-빨리 안 일어나? 이 약골 새끼, 겨우 이딴 걸로 저 세상을 간 게 말이 돼? 요령 피우지 말고 빨리 일어나!

누구냐고!

누군지 모를 목소리에 갑자기 소름이 전신을 확 번져 왔다.

그리고 그 순간, 뭔가가 떠오르기 시작했다.

사후 세계의 기억!

되살아나기 전, 자신을 붙잡고 놔주지 않던 사내와 노인이 떠오른 것이다.

'말도 안 돼!'

충격이 심했을까, 온몸으로 찌릿한 자극이 강하게 퍼지더니 나도 모르게 눈이 번쩍 떠졌다.

"크허허허헙-!"

눈을 뜬 난 눈이 뻐근한 걸 느꼈다. 하지만 그게 문제가 아니다. 방금 전에 들려온 목소리가 꿈이어야 한다는 걸 먼저 인식해야 했다.

"병원. 그래, 병원이구나."

옆으로 수액이 매달려 있는 게 보였다.

가만히 천장을 봤다.

눈알을 이리저리 돌리기를 여러 번.

나는 웃음을 지었다.

"아……. 깜짝 놀랐네. 역시 꿈이었잖아. 그래, 그 두 사람 목소리가 들려올 리가 없는데. 내가 뭔가 착각을 한 거야. 어휴, 생각만 해도 끔찍하네. 대체 무슨 꿈을 꾼 거야. 하하, 하하."

그렇게 안심하는데 동시에 목소리가 들려왔다.

-이놈 아직 자기가 어떻게 된 건지 모르는 것 같지?

-그래, 상당히 멍청한 놈인 것 같다.

"허억!"

안심했던 심장이 덜컥 경직되어 왔다.

이 목소리가 왜 또 들려와!

아냐, 이건 뭔가 잘못됐어!

"뭐야, 당신들. 지금 어디에 있는 거야?"

-어디긴 어디야. 너의 몸속이지.

"뭐?"

-아무튼 네가 눈을 뜨고 나니까 이제야 세상을 좀 보게 되는군. 호오~ 너의 세상은 이렇게 생겼어? 뭔가 신기한 것들이 많군.

사내의 목소리에 이어 노인의 목소리도 들려왔다.

-가슴이 답답해서 도저히 못 참겠구나. 어찌 된 건지 네가 느끼는 고통을 우리도 함께 느끼고 있다. 일단 너의 몸부터 치료할 테니 잠깐 생각을 멈추어라.

"네?"

의문을 가지는데 갑자기 손이 저절로 떠올라 가슴으로 향해 갔다.

"뭐야, 내 손이 왜 이래! 지금 할아버지가 이러는 거예요?"

그러더니 나의 입에서 속삭이듯 기이한 소리가 흘러나왔다.

"라울 스미라가 가이라스 코나디아……."

갑자기 손에서 빛이 나는가 싶더니 가슴을 뻐근하게 짓눌러 왔던 아픔이 씻은 듯이 사라졌다.

상처가 낫는 건 물론, 그 흉터까지도 모조리 사라지고 있었다.

붕대로 칭칭 감겨 있어 확인을 하긴 어려웠지만, 뭔가 상처가 나았다는 느낌을 받을 수 있었다.

"뭐야, 아픈 게 사라졌다고?"

방금 전 노인은 치료를 한다고 했다.

마법사야 뭐야?

이거 무슨 게임에 나오는 힐링 마법, 그런 건가?

"할아버지 대체 정체가 뭐세요?"

질문의 답이 곧장 날아들었다.

-흘흘, 나는 세계 최강의 마법사. 제라로바라고 한다!

"뭐야…… 진짜 마법사였어?"

놀람과 충격도 잠시, 갑자기 사내의 목소리가 들려왔다.

-다 나았으면 이제 그만하고 일어나!

오른손이 총상을 입은 몸을 치료했다면, 왼손이 갑자기 짚고 몸을 일으켰다.

저절로 벌떡 몸이 일으켜진 난 양손을 마구 흔들었다.

"아니, 아니! 잠깐만요! 이건 제 몸이라고요. 이렇게 마음대로 움직이시면 곤란하죠. 아니, 그리고 두 분이 왜 제 몸에 들어와 있냐고요."

노인이 난감해하는 목소리로 말했다.

-너를 붙잡고 되돌아가면 살 수 있을 줄 알았더니. 아무래도 우린 너의 몸에 빙의가 된 듯싶다.

"빙의라고요?"

사내가 말했다.

-나가려고 해 봤는데, 도저히 그게 안 돼. 방법을 찾을 때까진 아무래도 너의 몸을 같이 써야 할 것 같아.

"가, 같이 쓰다니요! 무슨 말도 안 되는 소리를! 나가요. 둘 다 나가라고요! 어서요, 빨리!"

-이놈아! 나갈 방법을 모르겠다고 하잖아!

"아니, 난 그런 건 모르겠고. 제발 좀 나가시라고요!"

병실 밖을 지키던 경찰은 안에서 목소리가 들려오는 것 같아 자리에서 일어났다.

"음? 뭐지?"

이 방의 환자는 총상으로 수술을 받고 입원한 지 3일째다.

의사도 쉽게 깨어나기 힘들단 말을 했었다.

하지만 총상 환자였고, 혹시라도 의식을 회복했을 때의 조사와 또다시 누군가가 노릴지도 모른다는 이유로 보호가 필요해 그 앞을 지키고 있는 거였다.

드르르륵.

그러나 문을 열고 들어가니 환자는 조용히 누워 있었다.

반듯하게 누워 있는 환자를 보던 경찰은 방 안을 슬그머니 둘러봤다.

"이상하네……."

분명히 목소리를 들은 것 같았는데.

하지만 복도가 시끄러우니 잘못 들었겠거니 싶었다.

하여 경찰은 조용히 문을 닫고 다시 의자에 앉아 핸드폰을 보기 시작했다.

스르르륵.

그제야 다시 눈을 뜬 난 황당해하며 몸을 일으켰다.

"뭐야. 방금 저 사람은 경찰인 것 같은데. 경찰이 왜 내 병실 앞을……."

-후후! 내가 아니었으면 너 들켰을걸? 어떠냐, 이 재빠른 몸 놀림이!

나는 두 손으로 귀를 막았다.

"아우, 미치겠네, 진짜. 생각 좀 하게 잠깐만 조용히 있어 줄래요? 둘 다?"

나는 정신을 차리기 직전 들려왔던 의사의 말을 떠올렸다.

["총상 환자니까 바이탈 잘 체크하고. 문제가 없는지 때때로 확인하도록 해. 언제 위급한 상황이 생길지 모르니까."]

'그래, 총상 환자.'

총상이라면 경찰이 내 문 앞을 지키고 있는 것도 이해가 간다.

대한민국에서 흔치 않은 총상 환자라면 더욱 그럴 것이다.

보호 차원도 있겠지만, 감시의 목적인 게 맞으리라.

하지만 문제는 내가 어쩌다가 총상을 입게 되었는지 그게 떠오르지가 않는다는 거다.

사후 세계에까지 미쳤던 기억의 상실.

"대체 난 왜 총을 맞은 거야. 누가 날 쐈다는 거지?"

-너 무슨 죄라도 지은 거 아니냐?

"그런 거 아니거든요? 저 이래 보여도 정부 요원이라고요. 국가의 중요한 일을 비밀리에 수행하는. 비록 지원요원일 뿐이지만."

다 기억이 나는데, 총을 맞은 그 순간만 기억이 사라졌다. 아니, 그날 무슨 일이 벌어졌는지 전혀 모르겠다.

그리고 정보요원인 내가 총을 맞았다면 분명 국가 차원의 보호가 있어야 정상이다.

신분이 철저히 보호되어야 하니까.

근데 정작 나를 지키고 있는 건 경찰 한 명뿐.

뭔가 이상하다.

이렇다는 건 국가정보원에서 아무런 조치도 안 이루어진다는 게 된다.

왜?

사라진 기억 속에서 내가 뭔가 다른 범죄라도 저질러서?

그래서 혹시 손절당한 거야?

"아우, 대체 무슨 일이 있었던 거야. 궁금해 미치겠네."

우선 사라진 기억을 먼저 찾는 게 가장 중요하다고 판단했다.

깨어난 것이 오후 늦은 시각.

아무래도 아까 그건 오후 회진이었던 모양이다.

어디선가 음식 냄새가 솔솔 풍겨 왔다.

저녁 시간인 것 같은데.

[PM 5: 30]

아무래도 병원 저녁 시간은 이때인가 보다.

꼬르르르륵.

"수액을 맞고 있으면 배가 좀 덜 고플 줄 알았는데. 정신을 차려서 그런가. 아휴 배고파 죽겠네."

-이 좋은 냄새가 위장을 자극시키는구나! 가서 뭐라도 좀 가져와야겠다!

몸이 막 저절로 앞으로 나아가려고 했다.

나는 힘주어 버티고 섰다.

"무, 무슨 소리를 하시는 거예요, 지금 밖에 경찰이 떡하니 지키고 있는데. 정신 차린 거 알면 곧바로 조사 들어갈 거라고요. 내가 왜 총을 맞고 입원한 건지도 모르는데 불리한 상황이라도 되면 어쩌라고요!"

-내 생애 배고픈 걸 참은 적은 없다! 난 꼭 먹어야겠어!

"아 진짜. 하루 정도 굶는다고 죽는 거 아니니까 좀 참자고요."

배고픈 걸 참기 위해 잠이라도 잘까 했지만 소용이 없다.

한 시간, 두 시간.

시간이 지날수록 굶주림의 고통은 더욱 강해졌다.

치킨, 족발 등 온갖 것들이 다 떠올랐다.

보쌈에 달달한 무 생체를 넣고, 된장에 마늘을 찍어 쌈을 하나 싸서 입에 넣으면 진짜 죽일 텐데.

하지만 그것도 한 시간쯤 더 지나니까 배고픔이 조금 줄어들었다.

"이제 좀 괜찮아진 것 같죠?"

-당장은 그렇구나.

-괜찮기는 무슨! 언제까지 이러고 있을 거야! 앞에 누가 지키고 있으면 며칠이고 굶을 생각인 거냐?!

그러고 보니 그것도 곤란하다.

이것도 어쩌다가 하루지, 내일 아침에도 음식 냄새가 풍겨오면 인내의 한계가 올 것이다.

나보다도 할아버지 쪽이 미쳐 날뛸 것 같았다.

또각. 또각. 또각.

그때, 어디선가 발자국 소리가 들려왔다. 가까워지던 발자국 소리는 내 병실 앞에서 멈췄다.

드르르륵.

내가 얼른 눕기 무섭게 마스크를 낀 간호사 하나가 병실로 들어섰다.

눈을 감고 있어도 침대 가까이 와서 쳐다보고 있는 게 느껴졌다.

그러던 중 미세한 진동 소리가 울렸다.

우우우웅. 우우우웅.

잠시 진동 소리만 계속 들려왔다.

그는 나의 상태를 빤히 살펴보는 것 같았다.

의식이 없다는 걸 확신한 것일까, 곧 남자 간호사가 조용한 목소리로 전화를 받았다.

"네, 말씀하십시오."

"지금 지켜보고 있습니다."

"의사 말로는 쉽게 의식을 찾기 어려울 거란 말이 있었습니다."

"네, 의식을 차리면 아는 게 있는지 물어보고, 곧바로 처리하겠습니다."

처리? 뭐야 이 새끼?

지금 나를 죽인다고 하는 거야?

간호사가 나간 후, 나는 벌떡 일어났다.

"뭐야, 저 새끼. 대체 정체가 뭐야? 뭔데 처리한다는 거지? 저놈이 말하는 그 처리가 죽인다는 거 맞는 거지?"

뭔지는 몰라도 심각한 일에 된통 휘말린 기분이다. 아무튼 계속 여기에 있다간 죽임을 당한다는 사실은 분명해졌다.

꿀꺽.

이런 것들은 영화나 드라마에서도 자주 나오는 부분이다.

거기 나오는 암살자들은 대부분 경찰 따윈 간단하게 처리하고 병원에 입원한 증인을 감쪽같이 죽인다.

나중에 주인공들이 암살자를 밝혀내고 그 뒤의 흑막까지 밝혀낸다지만, 그럼 죽은 놈은?

지금 그 죽을 놈이 나인데?

“여기에 있으면 안 돼. 이대로 여기 있다간 저놈이 몰래 내 수액에 독주사를 놓거나, 목을 조르거나, 그게 아니면 칼로 푹……! 끄으윽!”

-얘 왜 이러는 것 같냐?

-죽다 살아났더니 제정신이 아닌 것 같구나.

이들의 미친놈 취급도 지금은 귀에 안 들어온다.

어떻게 살아났는데 죽음을 멀뚱히 기다릴 순 없었다.

탈출!

“나가야 해. 누가 손을 쓰기 전에 먼저 여기서 나가야 해. 그게 사는 길이야.”

어떤 일에 휘말렸는지 지금으로서는 아무것도 모른다.

하지만 깨어난 걸 알면 나를 죽이러 올 것이다.

어떻게든 여기서 빠져나갈 방법을 찾아야 했다.

근데 쉽지가 않았다.

창밖을 보니 까마득하게 높았다.

최소한 5층 이상은 되지 싶다.

“어우, 씨. 여긴 또 뭐가 이렇게 높아.”

그때였다. 때마침 노인의 솔깃한 목소리가 들려왔다.

-여길 빠져나가려는 것 같은데, 내가 도와주련?

“혹시 방법이 있을까요?”

-흘흘……. 이 세상에 내가 못 하는 일이란 없다. 잘 보아라. 나의 놀라운 능력을……

* * *

조용히 열리는 문으로 손이 뻗어 나왔다.

경찰은 아무것도 모르는지 핸드폰을 보는 데 열중이다.

그사이 교대가 있었는지 다른 사람으로 바뀌어 있었다.

누군가가 복도를 지나치자 손이 쏙 들어갔지만, 지나갔을 때 다시 나와 경찰의 머리 쪽으로 향했다.

“아샤이 무루아 에파뤼아.”

속삭이는 음성이 무척 작게 들려오고.

핸드폰을 보던 경찰이 돌연 눈이 돌아가며 축 늘어졌다.

잠시 뒤.

나는 경찰복을 입고 병원을 나오며 흥분을 감추지 못했다.

“할아버지 진짜 대박! 우와, 나 진짜 내가 마법을 실제로 볼 줄은 몰랐다니까요.”

-흘흘! 이제야 나의 진가를 알겠느냐?

사내가 강하게 시기했다.

-흥! 노인네가 잡술로 애를 아주 제대로 홀렸네. 너 저런 거에 속았다간 큰 코 다친다. 명심해.

-헛소리 마라! 칼이나 들고 설치는 네깟 것들하고는 차원이 다를 뿐이다!

-뭐? 지금 말 다 했어?

-예로부터 마법사는 지식의 집대성이었다! 너희 같은 살인마하고는 비교 자체가 불가인 것이다!

-웃기시네! 당신들이 사람들한테 사기 쳐서 뜯어낸 돈이 얼마인 줄 알아? 내가 살인마이면, 당신들은 어려운 사람들 등골 빼먹는 사기꾼들이었어!

-뭐라! 이놈이 뚫린 입이라고 말을 함부로 하는구나!

양쪽에서 웅웅 소리를 질러 대니 머리가 깨질 듯이 아파 왔다.

"아우, 제발 좀 그만!"

나도 모르게 목소리를 조금 높였을까, 사람들이 쳐다봤다.

괜한 의심을 살 것 같은 분위기에 얼른 모자를 푹 눌러 쓰며 그곳을 빠져나왔다.

"제발 그만들 좀 하세요. 무슨 말만 하면 싸워. 사후 세계에서도 그러더니, 여기서도 계속 싸움만 할 겁니까?"

-저놈이 먼저 시비를 걸지 않느냐?

-저 노인네 하는 짓에 현혹되지 마라. 입에서 나오는 건 전부 사기를 치기 위함이니까! 아마 조만간 이상한 의식 같은 걸 하자고 할걸?

"의식? 무슨 의식이요?"

-뻔하지. 거짓된 달콤한 말로 속여서 너의 몸을 혼자 독차지할 그런 의식.

-네 이놈! 어디 사람을 모함하느냐!

-당신이 할 법한 짓을 미리 알려 주는 건데, 왜? 내심 찔리나 보지?

-닥쳐라, 이놈!

마법사라고 한다면, 그것도 자기 세상에서 최고라고 스스로 자부하듯 말할 수 있는 존재이면 그런 것도 불가능하진 않겠거니 싶었다.

'도움은 받되, 이용은 당하지 말아야지. 암.'

사내의 말을 들어 보면 제라로바라는 마법사도 그리 선한 존재는 아니지 싶다.

하여 그 충고의 말은 뇌리에 새기고자 했다.

"아, 됐고요. 서로 뭔가 필요할 때 빼고는 말 좀 그만합시다. 아주 머리가 울려서 죽을 것 같단 말입니다."

-빠져나오긴 했는데, 이젠 어쩔 테냐?

제라로바가 현 상황의 가장 중요한 점을 지적했다.

지금으로서는 눈앞이 캄캄한 게 사실이다.

"하아, 뭐부터 해야 할지 모르겠지만, 일단 집부터 먼저 가야겠습니다. 옷장이고 뭐고 아무것도 없는 걸 보면 누가 내 신분을 감춰 주려고 한 것 같긴 한데, 아무튼 내가 다친 걸 누구도 엄마한테 알려 주지 않았을 거란 말이죠. 며칠이나 입원해 있었는지는 몰라도 지금쯤이면 엄마가 많이 걱정하고 있을 거라고요."

택시를 타고 집 앞으로 도착했다.

경찰관 옷에 있던 지갑으로 결재를 한 나는 엄마를 볼 생각으로 걸음을 서둘렀다. 그런데 아파트로 들어서며 2층을 본 순간, 나는 움직일 수가 없었다.

"뭐야……. 이거 왜 이래……."

창문이 온통 새까맣게 그을려 있었다.

화재.

한눈에 보기에도 2층에서 시작된 불로 그 위층과 옆집까지 모조리 불이 옮겨붙은 모습이다.

"엄마…… 안 돼……!"

다급하게 2층으로 올라간 나는 폴리스 라인을 뜯고 집 안으로 들어갔다.

역한 재의 냄새.

축축한 바닥.

오그라들며 깨져 버린 텔레비전까지.

아무것도 남지 않고 전부 타 버렸다.

"말도 안 돼……. 그럼 엄마는? 우리 엄마는 어디에 있는 거지?"

나는 곧장 밖으로 나갔다.

주민 누구에게든 묻기 위해서다.

막 학원 버스에서 내려 내가 있는 쪽으로 걸어 나오는 여학생이 보였다.

"저기 학생!"

"네?"

"혹시 말이야. 여기서 언제 불이 났는지 알아?"

"이틀 전에요."

"사람은! 여기에 살던 사람은 어떻게 됐는데? 얼마나 다쳤는지, 어느 병원에 입원했는지 뭐 들은 거 없어?"

"아저씨 경찰 아니에요?"

"뭐?"

"경찰이 왜 그것도 몰라."

"아, 그게 말이야. 사정이 있어서. 아, 그래! 내가 지방에 잠깐 다녀왔거든. 그래서 사건에 대해 아는 게 없어. 그러니까 그냥 아는 것만 좀 말해 주면 안 될까?"

"저도 아줌마들 얘기하는 거 대충 들은 건데요. 저 집에서 불이 나고 시신이 하나 나왔다고 들었어요."

"뭐……?!"

"듣기로는 여자 시신이었다고 하던데."

나는 세상이 핑핑 도는 정신으로 단지를 빠져나왔다.

멍하니 걷기를 얼마, 다리에 힘이 풀린 나머지 어느 상가의 계단 앞에 쭈그려 앉았다.

믿기지가 않았다.

엄마가 죽다니.

"왜…… 집에서 왜 갑자기 불이……."

혼란스러움과 괴로움에 머리가 부서질 듯 아파 왔다.

"나는 왜 총을 맞은 거고, 집엔 왜 불이 난 거냐고! 아으으으으!"

-얘야, 괜찮으냐?

"괜찮을 리가 없잖아요! 제발 이럴 때는 좀! 말 좀 걸지 말아 달라고요……!"

제라로바의 물음에 나는 고함을 내지르고 싶은 심정이 굴뚝 같았다.

그렇지만 이빨을 꽉 물며 화를 억눌렀다. 길을 지나던 사람들이 이상한 시선으로 쳐다봐서다.

그런데 그러던 중 사내의 목소리가 들려왔다.

-아직 너의 어머니가 죽었다는 확실한 증거는 없어. 그 집에서 나온 시신이 정말로 너의 어머니 것이라고 그냥 그렇게 믿어 버릴 거야?

나는 어이가 없었다.

그 집에서 다른 사람의 시신이 나올 일이 뭐가 있다는 것일까?

"그 집에 있을 사람이 엄마밖에 없는데…… 그럼 엄마가 아니면 누구란 말입니까……. 우리 엄마는……! 꺼흐흑!"

엄마가 죽었다고 생각하니 목이 메어 왔다.

불쌍한 우리 엄마.

여섯 살 때 아빠가 교통사고로 돌아가시고 줄곧 혼자의 힘으로 나를 키워 오셨다.

아침 신문 배달부터 식당 설거지까지 안 해 본 일이 없다. 정작 당신은 먹고 싶은 거 한 번 못 먹으면서 아들이 먹고 싶은 건 거르지 않고 사 주시던 분이었다.

그런 분이었다.

우리 엄마가.

"엄마……. 어흐흐흐흑!"

그런데 슬퍼 미칠 것 같은 기분을 자꾸 들러붙은 영혼들이 망쳐 놓았다.

-나도 저놈과 같은 생각이다. 확실한 걸 알기 전까지는 슬퍼하긴 일러.

"뭘 안다고 자꾸 그런 말을 합니까. 네에……?!"

-확인을 해 보자. 그 집에서 무슨 일이 일어났는지.

"네?"

나는 다시 불이 난 집으로 돌아왔다.

그리고 제라로바에게 물었다.

"정말로 여기서 무슨 일이 일어났는지 마법으로 알 수 있다는 거죠."

제라로바가 확신하듯 말했다.

-그렇다.

-그 노인네가 그런 잡술에는 능하니까 믿어 봐도 될 거야.

그렇게나 제라로바를 싫어하던 사내도 그를 인정했다.

좋다.

뭘 하든 시도나 해 보자.

그 결과가 참혹할지언정, 언제고 받아들여야 할 문제라면 빠른 게 나아.

"좋습니다. 한번 해 보십시오."

허락을 하자마자 손이 저절로 움직였다.

앞으로 내밀어진 두 손은 서로 다른 문양을 반복해서 그려 가기 시작했다.

그리고 저절로 열린 입에서 제라로바가 마법을 펼칠 때마다 흘러나오는 기이한 울림의 속삭임이 흘러나왔다.

"아쿼르 세프샤프 이롸쿠나트. 놔르 아모라토카 타라 파라쿠……."

현장이 기억하는 상황을 그대로 보여 주는 마법이었다.

눈앞에서 타 버린 모든 것들이 연기처럼 사라지고 모든 것들이 물결치듯 본래 상태로 돌아왔다.

그리고 저녁에 식탁에 홀로 앉아 전화기만 만져 대는 엄마도 보였다.

"엄마……!"

-조용! 마법이 흐트러진다!

"아……. 네……."

엄마는 전화를 걸었다가 끊으며 시름 섞인 한숨을 내뱉고 있었다.

["이 녀석이 왜 이리 연락도 안 되는 거야. 밥은 잘 먹고 다니는 건지. 이렇게 연락도 없이 외박을 한 적은 없었는데."]

엄마 미안.

평소에도 참 연락 잘 안 하는 아들이었지.

미안.

늘 곁에 있을 거라는 생각에, 엄마가 이렇게나 소중한 건지 깨닫지를 못하고 있었어.

그러니까 제발…….

죽지만 마.

엄마가 살아만 있으면 내가 뭐든 할게. 그러니까 제발…….

절로 흐르는 눈물을 소매로 훔칠 그때였다.

띠릿! 띠릿! 띠리릿!

띠로릿!

비밀번호가 눌리며 문이 열리고 있었다.

엄마는 내가 온 줄 알고 기뻐하며 뛰어나갔다.

["최강이니?"]

"안 돼, 엄마……! 내가 아니야……!"

손을 휘젓지만 눈앞에 보이는 건 진짜가 아니다.

과거의 모습을 환영으로 보여 줄 뿐이었다.

["강아, 왜 이렇게 늦었어? 어제는……!"]

엄마가 문 앞에 다가갔을 그때, 문이 천천히 열렸다.

정체를 알 수 없는 여자 하나가 거기에 서 있었다.
["누, 누구세요?"]
여자는 다짜고짜 엄마의 복부를 발로 차 넘어뜨렸다.
퍽!
["어흑!"]
"엄마……!"
넘어진 엄마가 크게 소리쳤다.
["당신 뭐야! 누군데 나한테 이래!"]
여자는 엄마를 발로 짓누르고는 주사기 하나를 꺼냈다.
["참 남자 복은 지지리도 없는 여자야, 당신. 안 그래?"]
["뭐? 당신, 우리 아들 어디에 있는지 알아? 뭐야 당신. 우리 아들 어디에 있어!"]
여자는 엄마에게 주사기를 놓으려 하며 말했다.
["죽으면 곧 알게 될 거야. 저승에서 오붓하게 잘 지내?"]
나는 마구 손을 휘저었다.
"안 돼! 안 돼, 하지 마! 엄마……!"
그 부질없는 손짓에 나는 눈물만 하염없이 흘렸다.
"엄마……! 엄마, 안 돼-!"
그런데 바로 그때였다.
파다닷!
갑자기 여자의 뒤로 남자 하나가 빠르게 덮쳤다.
퍼억!

["어윽!"]

남자는 엄마를 일으켜 세운 뒤, 여자와 격투를 벌이기 시작했다.

서로 공방을 이어 가며 격렬하게 싸우던 것도 잠시, 떨어진 주사기를 주어든 남자가 여자를 그것으로 찔렀다.

["허읍!"]

["왜, 남 죽일 땐 괜찮다가. 네가 당하려니까 겁나나?"]

죽음을 앞두자 여자는 두려움이 섞인 표정으로 남자를 붙잡다가 쓰러졌다.

그리고서 사내가 엄마에게 물었다.

["괜찮습니까?"]

["아, 네……. 고맙습니다."]

나는 그제야 사내를 알아봤다.

"정이한 요원? 퍼플 에이스?"

-아는 놈이야?

"네. 제가 다니는 회사의 에이스 현장요원이에요. 근데 왜 정이한 요원이 우리 엄마를……."

이후 정이한은 쓰러진 여자의 몸 위로 가져온 무언가를 뿌리더니 불을 붙였다.

그리고는 엄마를 데리고 어디론가 사라져 버렸다.

활활 타오르는 집을 마지막으로 환영은 사라졌다.

나는 의문은 많았지만 엄마가 살아 있다는 사실만으로도 기뻤다.

"엄마가 아니었어. 여기서 나간 시신은 엄마가 아니었어……!"

하지만 언제까지 기뻐만 하고 있을 순 없다. 이젠 다른 많은 것들을 생각해야 했다.

정이한 요원은 왜 우리 엄마를 데려간 걸까?

누군가가 우리 엄마를 그리 죽일 건 어떻게 알고 찾아온 거지?

아니, 애초에 죽은 여자는 왜 우리 엄마를 노린 거야?

"후우, 풀어야 할 수수께끼가 산더미네."

하지만 엄마를 되찾으려면 어떻게든 이 모든 상황의 원인을 풀어야 했다.

그런데 바로 그때, 이상한 냄새가 났다.

그러다가 코에서 뭔가가 흐르는 게 느껴졌다.

코피.

"뭐야, 갑자기 코피가 왜……."

거기다가 약간의 현기증도 느껴졌다.

제라로바는 그 원인을 아는지 난감해 하며 말해 왔다.

-아무래도 아직 고차원의 마법을 쓰는 건 너에겐 무리인 모양이구나.

"무슨 말이에요? 그럼 이게 마법 때문이란 거예요?"

-마법은 정신의 힘과 주문으로 구현된다. 정신은 내가 담당

한다고 하지만, 마법의 시행은 너의 육체가 행하는 것이니 그 뇌가 버티지 못하는 걸 테지.

"그럼 마법을 계속 쓰면 위험할 수도 있다는 건가요?"

-그런 건 아니다. 차차 익숙해지면 보다 강력한 마법도 능히 쓸 수 있게 될 거다. 지금은 몸이 견뎌 내지 못할 뿐이야.

마법의 편리함에 무척 큰 힘을 얻었다고 여겼건만.

그것도 제약은 있는 모양이었다.

집을 벗어난 나는 공원으로 가 생각에 잠겼다.

일단 정이한 요원이 왜 우리 엄마를 구했는지 알아야 했다.

누가 무슨 이유로 엄마를 죽이려 한 건지 그걸 알아내는 게 먼저일 테지만, 그 부분에선 매듭을 찾을 방법이 없어 보였다.

일단 아는 것부터 시작하는 게 빠르지 싶었다.

"정이한 요원. 거기서부터 시작해야 해."

나는 제라로바에게 물었다.

"할아버지. 혹시 사람을 추적하는 그런 마법도 있을까요?"

-몇 가지 재료가 필요하다. 추적하고자 하는 상대의 머리카락이나 물건, 아니면 내가 마법의 직인을 찍어야 하는데…….

"다 타 버렸는데 그런 게 남아 있을 턱이 없잖아요."

-그럼 방법이 없겠구나.

"마법이라고 만능은 아니란 소리네."

-끄음…….

"아, 미안해요. 그렇다고 할아버지를 탓하는 건 아니고요.

그냥 내가 답답해서 그럽니다. 너무 막막해서."

그래도 어디서부터 매듭을 손대야 할지는 알 것 같았다.

"퍼플. 거기부터 가야겠습니다."

-퍼플?

"네. 제가 일하던 사무실요. 거기라면 뭐든 알아볼 수 있을 거거든요."

정부의 비밀조직 중의 한 곳.

방대한 자료는 물론, 첨단 설비까지 갖춰져 있어 무언가를 알아내기엔 그보다 적합한 장소도 없었다.

지금의 경찰 복장을 최대한 활용해야 했다.

여러 크고 작은 신문사들이 모인 건물이어서 참고인 조사차 건물로 들어간다고 하면 문제없을 것이다.

그런데 막 일어나려는 차에 갑자기 예상치 못한 상황이 벌어졌다.

부르르릉-!

끼이이익.

차가 들어올 수 없는 공원으로 두 대의 차가 갑자기 들어와 멈춰 섰다. 차 안에선 건장한 정장의 사내들이 내리더니 순식간에 나를 포위했다.

"퍼플 요원, 최강. 같이 좀 가야겠다."

"누, 누구시죠?"

"저항하면 다칠 거다. 얌전히 따라와."

꿀꺽.

이유도, 목적도 알려 주지 않는다.

그러나 뭔지는 몰라도 잡혀가면 무사히 빠져나올 수는 없을 거란 직감이 들었다.

덜컥 겁이 났다.

그렇지만 현재의 내 능력으로 이들을 벗어나는 건 불가능.

하는 수 없이 빙의된 영혼들에게 도움을 청해 봤다.

"형님, 할아버지. 나 이제 어떻게 해야 하죠?"

곧 머릿속으로 자신감 넘치는 목소리가 울렸다.

-후후, 이제야 내가 나설 때인가.

* * *

국가정보원 3과로 4과 고무겸 과장이 찾아왔다.

"이봐, 신 과장. 얘기 좀 하지."

신정환 과장이 사무를 보다가 날카로운 눈매로 그를 쏘아봤다.

"7과 일로 찾아온 건가?"

"대체 왜 이렇게까지 하는 건가? 전부 소각시킬 것까지는 없는 거잖아?"

"7과 현장요원 에이스가 이중 스파이였어. 나머지 놈들 중에 동조하고 있는 놈이 없을지 누가 알아. 거기다가 그 물건을 누군가 보기라도 했다면, 그것만으로도 사라질 이유는 충분해."

고무겸 과장이 흥분해서 말했다.

"자네 일을 너무 키우고 있어! 원장님한테는 뭐라고 보고하려고?"

"이미 일본에서 큰돈으로 정이한을 매수하여 기밀 자료를 빼내 갔다고 보고 올려놨어. 그놈 계좌도 빵빵하게 채워 놨고. 몇 년에 한 번씩 바뀌는 원장이 자세히 들여다볼 것도 아니고. 그거면 되는 거 아닌가?"

"자네 정말……."

"7과 요원들을 죽인 건 우리가 아니라 정이한인 거야. 그러니까 자네도 그렇게 알아 둬."

"그럼 병원에 입원했다가 사라진 최강이란 놈은 어쩔 건데? 그놈이 다 봤으면……?!"

"그놈도 이미 손을 써 놨으니까 걱정 마. 물건의 행방은 물론, 뭘 아는지부터 캐야 할 테지만, 곧 쥐도 새도 모르게 정리될 거야."

"크음……. 최소한 7과 허상훈 과장만이라도 빼 줄 순 없는 건가?"

"후훗, 그러고 보니 자네와 허상훈이 동기였지. 서로 부부동반으로도 자주 모일만큼 친하다고 했던가? 그런데 이걸 어쩌나. 위에서 이미 명령이 떨어진 것을."

* * *

주변을 둘러싼 건장한 사내들이 조금씩 다가왔다.

나는 빙의된 사내에게 다시 물었다.

"정말 믿어도 되는 거죠……?"

-맡겨 둬. 이런 것들은 나한테는 식사 후의 소화꺼리도 안 되니까.

시도 때도 없이 서로 죽일 듯이 싸우더니, 제라로바도 웬일로 그 말엔 수긍했다.

-맡겨 봐라. 그놈이 또 그런 일에는 통달한 녀석이니.

이런 걸 보면 서로 싸우기는 해도, 서로의 능력은 인정하는 모양이었다.

사내가 말했다.

-대신 온전히 내게 몸을 맡겨야 해. 잠깐이면 되니까 몸에서 힘 빼고 억지로 움직이려고 하지만 마.

"그러고 보니까 형님 이름도 안 물어봤네요. 이름이 뭐죠?"

-이런 상황에서 잘도 그런 걸 묻는구나?

"좀 그런가요?"

-케라. 내 이름은 케라다.

"네, 케라 형님. 알겠습니다. 그럼 잘 부탁드리겠습니다."

사내들은 혼자 작은 목소리로 중얼거리는 내가 이상해 보였는지 서로 시선을 교환했다.

"이 새끼, 뭐야?"

"혼자서 뭐라고 지껄이는데?"

"총을 두 발이나 맞고 사경을 헤맸다고 하잖아. 그걸로 회까닥 한 모양이지."

"사람들이 본다. 얼른 데리고 빠져나가자고."

사내 하나가 손을 뻗어 왔다.

나는 어쩌나 싶어서 가슴이 졸려 오는데 저절로 손이 움직였다.

홱!

두둑!

옆으로 슥 피하더니 사내의 손가락 하나를 잡아 꺾어 그대로 내동댕이쳤다.

철퍼덕!

"커윽!"

"우와-!"

모두가 나를 이상하게 쳐다본다. 자기가 해 놓고는 신기해하고 있으니 이상해할 법도 했다.

그들은 내가 쉬운 상대가 아니란 걸 깨달았는지 동시에 달려들기 시작했다.

공격해 올 방향을 어찌나 그렇게 잘 예측하는지 굳이 빠르게 움직이지도 않는데 그들의 공격을 전부 피했다.

뒤에서 날아오는 발길질도 가볍게 피하고는 무릎을 차 다리를 부러뜨려 버렸다.

매끄럽게 움직이는 몸은 내 몸 같지가 않았다.

내가 움직이는 게 아니니 당연할 테지만, 그래도 내가 이렇게 움직일 수도 있구나 싶어 신기했다.

"대박! 오호호!"

웃으며 공격하는 내 모습이 이들 눈엔 미친놈처럼 보일 것이다.

너희는 모를 거다.

이 순간 슈퍼맨이 된 것만 같은 나의 기분을.

희열에 가득한 표정으로 다른 무언가에 이끌리듯 화려하게 움직이는 나는 마치 영화 속에 나오는 무술 고수가 된 것만 같았다.

"좋아! 그렇지!"

그러나 흠은 있었다.

돌려차기를 할 생각인지 다리가 번쩍 올라간 순간 밑천이 드러났다.

올라가던 다리가 가슴팍에서 멈춰 서서는 지지하던 뒷발까지 끌려와 넘어지고 만 것이다.

철퍼덕!

이어서 밀려오는 사타구니의 강렬한 통증!

얼른 벌떡 일어나 몸을 비비 꼬는 나에게 케라 형님이 황당해하며 물었다.

-야, 뭐야! 다리가 왜 이 모양이야?

인대가 찢어진 것만 같은 고통은 오로지 나의 몫이던가.

"형님, 운동 한 번 안 한 제가 다리가 그렇게 올라갈 턱이 없잖아요. 아이고야, 내 사타구니."

-이런 약골 새끼!

"이건 제 잘못이 아니죠. 제 몸의 상태를 좀 확인하고 움직이셨어야죠."

유일하게 남은 상대가 주춤하는 나에게 발길질을 해 왔다.

홱 하고 돈 나의 몸은 손쉽게 공격을 피하더니 팔꿈치로 그의 얼굴을 가격하며 기절시켰다.

쓰러진 모두를 보니 황홀함이 번진다.

"하아, 하아! 대박. 내가 이 대단한 사람들을 전부 쓰러뜨렸다고? 형님 진짜 최고!"

-이런 변변찮은 놈들이 내 상대가 될 리 없지.

"허억! 허억! 아우, 근데 몸이 갑자기 왜 이러지. 어우……."

호흡도 가빴지만, 머리가 핑 돌고 온몸 곳곳이 쑤셔 오는 것이 상태가 급격히 안 좋아졌다.

-너의 썩어빠진 몸이 그런 움직임을 보였으니 정상일 리 없지.

"아니, 말을 너무 심하게 하시네. 사람 몸을 썩었다니요. 아우, 근데. 이건 뭔가. 너무 안 좋네요……. 허억! 허억!"

* * *

강남 경찰서 강력 2반 최소현은 병원으로 와 병실로 들어섰다.

안에서는 익숙한 목소리가 누군가를 꾸짖고 있었다.

"너 제정신이야? 인마, 니가 환자복을 왜 입고 있냐고?!"

"그게 저도 잘 모르겠습니다. 분명 문 앞을 지키고 있었는데……! 눈을 떠 보니까 제가 이러고 있더라고요."

"너 이 새끼, 솔직히 말해 봐. 그 새끼한테 얼마 처먹었어? 얼마나 처먹기에 대신 환자 행세를 하며 처 누워 있었던 거냐고?!"

"그런 거 아닙니다, 정말……! 믿어 주십시오!"

최소현이 윤석준 반장에게 물었다.

"반장님, 어떻게 된 거예요? 총상 환자가 사라졌다면서요?"

"어, 최소현. 왔냐? 아니, 이게. 이 새끼가 문 앞을 지키고 있었다는데, 환자가 도망칠 때까지 아무것도 몰랐다고 하면서, 지가 환자복을 입고 여기에 누워 있더란 말이지. 이 새끼 이거 분명해. 돈 처먹고 눈감아 준 거야."

문 앞을 지키던 경찰은 억울함에 팔짝 뛰었다.

"반장님, 그런 거 정말 아닙니다. 진짜 아니라고요. 아우, 미치겠네, 진짜."

곧 문으로 최소현의 파트너인 김동운이 들어왔다.

"선배, 왔어요?"

"어. 어디 갔다가 와?"

"병원 보안실에요. 저기 반장님, 제가 영상 하나 따 왔는데, 이것 좀 보셔야겠습니다."

셋은 곧 영상을 확인했다.

영상에는 복도에 있던 경찰이 갑자기 축 늘어지더니 뻗어 나온 손에 의해 병실 안쪽으로 조용히 끌려 들어가는 모습이 찍혀 있었다.

잠시 뒤 병실 안에서는 경찰 복장을 한 이가 유유히 걸어 나와 병원을 빠져나가고 있었다.

문 앞을 지키던 경찰도 그걸 보더니 눈을 치켜떴다.

"이거 보십시오! 이 새끼, 뭘 했는지는 몰라도 저를 마취시키거나 그랬다니까요. 이 뒤로는 진짜 아무것도 기억이 안 난단 말입니다! 제가 이 새끼한테 뭘 먹고 한 거 진짜 아니라고요!"

복도부터 병원 로비까지.

몇 가지 영상을 더 확인하던 최소현이 심상치 않은 표정을 머금었다.

"근데요. 이 사람. 총상 환자라고 하지 않았나요?"

"어. 총을 두 발이나 맞고 3층 옥상에서 떨어졌던 모양이야. 다행히 차 위로 떨어져서 목숨은 건진 거고."

"동운아, 이 환자 수술은 언제 했는지 알아?"

"3일 됐답니다. 의사도 이렇게 의식을 회복할 줄은 몰랐다고 하네요. 왔을 때 상태가 엄청 심각했다고 했고요."

"총상을 입은 위중한 상태의 환자가 지키던 경찰을 기절시키고 이렇게 멀쩡한 모습으로 나간다고? 이 사람 움직임을 봐. 이걸 누가 아픈 사람으로 보겠냐고. 안 그래?"

"그러게요. 그 상처로 움직이는 게 쉽지 않을 텐데. 대체 뭐 하는 사람일까요? 입원할 때 입고 있던 옷하고 신분증도 전부 사라졌다고 하던데요."

최소현이 반장을 쳐다봤다.

"반장님, 신원 확인은요? 하셨죠?"

"나도 물어봤는데, 지문 떠 간 놈들이 자료가 사라졌데."

"네?"

"이상하지."

"엄청요. 떠 간 지문이 왜 사라져요? 누가 일부러 지운 거라면 몰라도?"

"걔들도 지금 증거 자료 훼손으로 징계 운운하면서 난리도 아니야. 히야, 이거 진짜 무슨 일인지 모르겠다. 대한민국 내에서 흔치 않은 총상 환자가 생겼는데, 찍어 간 지문은 사라지고 환자도 감쪽같이 사라진다고?"

"누군가 계획적으로 은폐하고 있다는 냄새가 나긴 하네요."

윤석준 반장이 최소현과 김동운을 바라봤다.

"이거, 너희 둘한테 맡길 테니까, 한 번 제대로 파 봐."

"네, 반장님."

"조심들 하고. 뭔가 위험한 냄새도 나니까. 진행 상황도 때때로 보고해야 해. 알았지? 그래야 위험할 때 빨리 지원이라도 붙여 줄 거 아니냐."

"네, 알겠습니다."

* * *

"뭐어……?!"

국가정보원 3과 신정환 과장이 전화를 받더니 크게 화를 냈다.

"야 이 멍청한 새끼들아! 지원요원 하나 못 잡아서 지금 뭐가 어떻게 됐다고? 병원? 니들 전부 죽고 싶어!"

-죄송합니다. 그렇지만 그놈, 단순히 지원요원은 아닌 것 같았습니다. 정신 상태가 완전 미친놈이긴 했습니다만, 몸놀림 하나는 제대로 훈련받은 요원 같았습니다.

"그만 핑계 댈 거면 닥치고 끊어, 이 새끼야! 니들 처분은 나중에 결정할 테니까 그렇게 알아!"

그는 전화를 강하게 내려친 후에 심호흡을 했다.

"후우……. 뭐야, 이거……. 뒤에서 컴퓨터나 만지는 해커가 이럴 리는 없고, 설마 그것도 다 조작된 거였어?"

신정환은 서류를 뒤져 최강의 자료를 살폈다.

아버지는 어려서 교통사고로 죽고, 시장에서 장사를 하는 홀어머니 밑에서 컸다고 되어 있었다.

고등학교 시절 몇몇 게임 대회에서 우승을 해 상금을 살림에 보탰고, 스무 살이 넘어선 작은 해킹 대회에서 우승하여 특채로 국가정보원에 들어온 녀석이었다.

"훈련 같은 걸 거칠 시간도, 조작된 흔적도 없어 보이는데……. 대체 정체가 뭐야, 이 새끼?"

운동을 했다는 이력은 전무했다.

아무리 스스로 운동을 했어도 훈련받은 정보요원을 몇이나 쓰러뜨리고 도주한다는 건 말이 되지 않는다.

수상한 게 한두 가지가 아닌 인물.

"아무튼 뭔가 있어, 이 새끼. 잡아 보면 알게 되겠지."

* * *

케라가 물어 왔다.

-아직도 몸이 안 좋아?

"몸은 여전히 쑤셔 죽겠는데요, 머리 아픈 건 좀 덜하네요. 근데 이거 왜 이러는 거예요?"

-너, 뛰는 것조차 안 해 본 사람이 갑자기 먼 거리를 전력 질주하면 어떻게 될 것 같아?

"아……."

그 정도는 나도 알고 있다.

과도한 움직임으로 혈류 속도가 빨라지지만, 혈액은 충분히 돌지 않아 뇌로 공급되는 산소량이 줄었을 것이다.

운동을 했던 사람의 혈관은 안 한 사람에 비해 굵고 튼튼하다.

그런데 전혀 갖춰지지 않은 몸으로 그들보다 더 격하게 움직였으니 몸에 탈이 나는 게 당연했다.

현기증.

구토.

거기에 과도하게 움직인 심장의 통증까지.

"결국 운동 부족이 원인이란 거네요."

-내가 이 몸을 제대로 쓰려면 몸이 어느 정도는 만들어져야 해. 안 되겠다. 오늘부터 특훈이라도 하자.

"트, 특훈이요? 안 돼요, 형님! 지금 제가 무슨 상황인지도 잘 모르는데, 언제 그런 걸 하고 있습니까?"

-무슨 상황인지는 몰라도 누가 널 잡으려고 쫓아다니는 건 분명하잖아! 나중에 더 많은 수에 포위당하면 네가 감당할 수나 있을 것 같아? 아니, 쫓기면 제대로 뛸 수나 있냐?

"뛰는 거는……."

세상에서 뛰는 게 가장 싫은 나다.

아니, 남들이 다 하는 그 흔한 헬스도 힘든 게 싫다는 이유로 하지 않았다.

당연히 누가 쫓아오면 1분도 안 되어서 붙잡힐 수밖에 없다.

1분 동안 뛰는 건 가능할까?

"그건 아니지만, 아무튼 나중에요. 저도 배워 보고 싶은 의지는 있는데, 아무튼 지금은 그럴 때가 아닙니다. 제가 처한 상황부터 먼저 알아봐야 한다고요."

제라로바가 물어 왔다.

-그럼 이제 어디로 갈 생각이냐? 아까 그자들은 네가 어디에 있는지 정확히 알고서 찾아온 거였다. 어딘가로 숨지 않으면 똑같은 일을 또 일어날 거야.

"아무래도 그렇겠죠."

일단은 몸을 숨겨야 했다.

아까 잡으러 온 남자들을 보니 평범한 사람들은 아니었다.

케라 형님 덕에 살았지만, 움직임이 하나같이 대단한 자들이었다.

다년간 현장요원의 뒤를 보조해 온 눈으로 판단하건데, 그들 역시 현장요원임이 틀림없었다.

이제는 체력도 마법도 도움을 받을 수 없는 상황.

피하는 것만이 답이었다.

나는 곳곳을 둘러봤다. 정말 많은 카메라들이 수없이 많이 보였다.

그것들이 전부 자신을 찾고 감시하는 눈이다.

만약 나를 쫓는 것이 국가정보원이고, 다른 과 지원요원들이 추적 중이라면 지금쯤 그것들을 통해 나의 위치를 현장요원들에게 알리고 있을 것이다.

어떻게 아냐고?

내가 그런 일을 해 왔으니까.

지원요원의 역할은 현장요원 주변 카메라를 살피고, 원하는 정보를 공급하며, 때때로 생길 변수를 잡아내고 알려 주는 것이었다.

뿐만 아니라, 추적대상을 신속하게 추적하여 현장요원에게 즉시 알리기도 했다.

그렇지만 이번 추적대상은 나 자신.

이번엔 그런 것들을 뒤집어 이용해야 했다.

주변 카메라들이 나를 지켜보고 있을 걸 감안하여 사각지대로 다니고 옷도 바꿔 입어야 한다.

경찰 복장은 돌아다니기에 너무 시선을 끌었다.

그래서 복잡한 시장으로 발길을 돌렸다.

우글거리는 사람들 속에서 누군가를 판별해 내기란 무척 어려웠다.

물론, 국가정보원의 특정 프로그램은 그 어려운 것도 잘만 해낸다.

AI는 안면 인식, 체격, 걸음걸이까지 모든 걸 잡아내어 범인을 색출할 것이기에 사실은 이런 복잡한 시장에 온다 한들 카메라만 있으면 피하는 게 거의 불가능했다.

하지만 방법은 있다.

"이거하고, 이거 좀 주세요."

경찰관에겐 미안하지만, 그의 돈을 좀 써야 했다.

이따가 친구를 만나면 다시 돈을 채워 넣어 우체통에 넣어 줄 생각이다.

아무튼 지금은 위장이 필요했다.

두꺼운 패딩을 두 개나 사고, 귀까지 가리는 모자에 신발엔 키 높이 깔창까지 몇 개나 사 깔았다.

거기에 마스크를 쓰니 감쪽같다.

얼굴과 체격은 이로써 추적이 불가능하게 된다. 거기에 키 높이 깔창을 깔게 되면 그 높이에 따른 걸음걸이가 달라지기 때문에 아무리 고도의 AI라도 잡아낼 수 없을 것이다.

"후훗, 이제야 마음 놓고 다닐 수 있겠군."

시장까지 왔던 걸 추적한 것일까.

막 시장을 벗어나려고 하는데 정장 입은 사내들 몇이 시장을 훑고 다니는 게 보였다.

벌써 오다니.

무서운 놈들.

그렇지만 바로 옆을 지나가도 모른다.

계속해서 무전을 받고 있는 모양이지만 소용없을 거다.

나도 정보요원이었다, 이놈들아.

니들 수는 이미 꿰고 있다고!

저들이 왜 나를 뒤쫓고 있는 건지 그 이유는 아직 모른다. 하지만 알기 전까진 잡힐 수 없었다.

엄마에게 그런 짓을 한 걸 보면 나도 제거 대상일 게 당연한 일.

어떻게든 그 이유를 알아내어 서둘러 해결책을 찾아야 했다.

* * *

다음 날, 저녁.

터걱.

띠릭. 띠릭. 띠릭.

누군가가 현관 비밀번호를 누르고 집으로 들어온다.

사내는 들어오자마자 박수를 두 번 쳤다.

짝짝!

그 순간 거실의 불이 켜졌다.

하지만 그 불은 또다시 들려오는 소리에 다시 꺼지고 말았다.

짝짝!

사내는 깜짝 놀라 자세를 낮췄다.

"뭐, 뭐야……! 거기 누구야?!"

"그러고 서 있지 말고, 조용히 이 앞에 와서 앉아."

사내에겐 익숙한 목소리였다.

"최, 최강? 야, 너야?"

"어, 나야."

그는 그제야 안심했다.

"아우, 깜짝이야! 간 떨어지는 줄 알았잖아, 인마! 아우…… 내 심장. 너 내가 심장마비라도 걸리면 책임질 거야?"

"심폐 소생술 해 줄게. 나 그건 잘해."

"이게, 이씨……. 근데 불은 왜 끄고 앉았어?"

김정원.

내 가장 친한 친구다.

고등학교 동창으로 마음이 맞아 가슴 속 얘기도 모두 털어놓는 둘도 없는 녀석이다.

가끔 술이나 마시려고 알아 두던 녀석들과는 차이가 있다.

무엇이든 도와주고 싶고, 챙겨 주고 싶은 친구랄까.

어려서는 집안 형편이 어려운 녀석을 집으로 데려와 밥도 많이 먹였었다.

직장을 얻은 뒤로는 집을 구하기 힘들어하자, 절반을 보태어 지금의 집을 마련할 수 있게 도와주기도 했다.

물론, 전세였지만.

아무튼 지분이 있는 관계로 언제든 마음대로 들어와 잠도 자고, 같이 술도 마시고 그래 왔었다.

짝짝!

김정원이 다시 불을 키려 손뼉을 두드렸다.

짝짝!

나는 다시 껐다.

"어어?"

짝짝!

짝짝!

"하지 마."

"켜지 마라. 다 너를 위한 거니까."

"아니, 무슨 일인데 불도 못 켜게 해?"

다시 손뼉을 치려는 녀석에게 나는 말했다.

"장난치는 거 아니니까 그만하고 여기 앞에 와서 앉아 봐. 야, 향초 같은 거 없냐? 있으면 그거나 좀 가져오든가."

잠시 뒤, 약하게 불빛을 내는 초 앞에서 무서운 얘기를 할 것처럼 이상한 분위기가 만들어졌다.

그리고 나는 지금까지 내가 비밀로 지켜 왔던 일과 지금 처한 상황들을 모두 얘기해 주었다.

그리고 듣고 난 녀석의 반응은 이러했다.

"아이, 이 새끼. 뻥을 쳐도. 내가 어린애냐? 그딴 말을 믿게? 이게 오랜만에 찾아와서는 안 하던 짓을 하네. 혹시 이거 신종 놀림이냐? 이 새끼 이거 어디 카메라 설치해 둔 거 아냐? 나 두고두고 놀리려고?"

역시 안 믿는다.

누가 베프 아니랄까 봐.

"정원아."
"뭐, 인마?"
"너 내가 해커 대회에서 우승했던 거 알지."
"그걸 모르면 내가 니 친구냐? 내가 그때 얼마나 좋아했는데. 동창들한테도 내가 다 자랑하고 다녔잖아. 내 친구 최강이 세계 대회에서 우승했다고."
"그랬던 내가 신문사나 들어가는 게 말이 된다고 생각하냐?"
"그러니까. 난 그게 진짜 이해가 안 가더라. 컴퓨터나 두들기던 놈이 무슨 언론사에서 일을 한다는 건지. 그 좋은 능력을 왜 썩히냐고. 바보같이."
"고액 연봉이 보장된 유명 IT 회사에 개발자로 들어가려고 했던 나다. 그런데 말도 안 되게 신문사로 들어가게 된 건, 그 신문사가 위장 신분이었기 때문이야."
"뭐야, 무섭게. 야, 너 내가 알던 최강 맞냐? 지금 리얼로 얘기하는 거야?"
"3일 동안 총에 맞고 병원에 누워 있었다."
김정원이 커진 눈으로 나를 쳐다보는 가운데, 나는 말을 이었다.
"정신을 차리고 집에 갔더니 집이 불에 완전히 타 있더라."
아무리 장난이 심해도 이런 걸로 장난 칠 놈이 아니란 건 녀석도 안다.

"야, 진짜? 그럼 어머니는?"

"안에서 여자 시신이 하나 나왔다더라."

"허업! 야……. 야, 진짜……? 아니, 이건……. 야, 너 괜찮아? 아니, 그럼 어머니가……!"

녀석은 어려서부터 잘 챙겨 주셨던 분이 죽었다는 생각에 벌써부터 눈시울이 붉어진다.

거기다가 눈빛은 나에 대한 걱정으로 가득해 있었다.

하여간 내가 친구 하나는 잘 뒀지.

마음도 여린 녀석.

"걱정 마. 여자 시신이 나오긴 했는데, 그거 우리 엄마 아냐."

"진짜……?"

"다른 누군가가 엄마를 죽이려고 보내졌고, 내가 일하던 사무실의 에이스 현장요원이 나타나서 막아 줬더라. 그 현장요원은 여자 시신을 태워 증거를 모두 소각시켰고."

"야, 그럼 어머니는 살아 계신다는 거야?"

"어. 다행히도."

세심한 녀석은 아닌지라 그걸 어떻게 알았는지는 묻지 않는다.

뭐 내겐 다행스러운 일이지만.

"미쳤다……. 너 대체 무슨 일에 휘말린 거야?"

"그러니까. 그걸 몰라서 나도 지금 그걸 알아내려고."

“방법은 있고? 야, 내가 무슨 도와줄 일 없을까?”

“돈 좀 빌리자. 여기저기 다니면서 쓰려면 한 2천만 원 정도.”

녀석은 고민조차 하지 않았다.

“하루만 시간 줄 수 있나? 내가 지금 통장에는 한 6백 정도 있는데, 내일 당장 대출이라도 받아서 줄게.”

이런 친구가 또 어디에 있을까.

지금 세상엔 아마 없을 거다.

고마운 녀석.

내가 진짜 친구 하나는 잘 뒀다.

“나중에 꼭 갚을게.”

“안 갚아도 상관없어. 위험한 일에 끼어들지만 마라. 다치지 말고.”

“정말…… 너밖에 없다. 이런 부탁할 사람이.”

“친구 좋은 게 뭐냐. 너한테는 이 정도는 해 줄 수 있어.”

안다, 친구야.

그리고 너무 고맙다.

“미안하지만 오늘 이후로는 나한테 연락을 하려 해서도, 찾으려고 해서도 안 돼. 명심해. 잘못했다간 너까지 다쳐. 필요하면 내가 연락할게. 아마 놈들이 너까지 감시하고 있을지도 몰라.”

지금 이 순간도 정원이가 위험해질 이유는 충분했다.

그렇지만 도무지 도움을 받을 사람이 이 녀석밖에 없었다.

뭐든 알아보고 돌아다니려고 해도 돈 없이는 아무것도 할 수가 없었다.

지금까지 내가 모은 돈은 어쩌고 친구한테 돈을 빌리냐고?

당연히 시도해 봤다.

하루 찜질방에서 보낸 후, 애써 주민 센터에서 예비 신분증까지 발급받아 은행에 가서 분실을 이유로 통장도 새로 만들었건만. 모두 부질없는 짓이었다.

통장은 이미 동결되어 있었다.

그래서 결국 위험에 빠뜨리고 싶지 않은 친구를 보러 올 수밖에 없었던 거였다.

다음 날.

점심시간에 잠깐 빠져나온 김정원은 대출을 받은 후에 약속된 장소에 돈을 숨기고는 다시 회사로 들어갔다.

나는 정원이가 약속된 장소에 돈을 놓고 사라져서도 한참을 지켜봤다. 누군가 정원이를 뒤따라오거나 감시할까 봐서다.

똑똑한 정원이라면 시키는 대로 잘했을 것이다.

[“내 얘기 잘 들어 정원아. 곧바로 약속된 장소로 와서는 안 돼. 오는 도중 몇 군데 들려서 뭔가를 숨기는 척을 해. 최소한 세 군데는 그런 행위를 하고서 내가 말한 장소에 돈을 숨겨야 해. 알았지?”]

아마도 누군가가 감시하고 있다면, 첫 번째 장소에서 내가 나타나는지 기다리고 있을 것이다.

어쩌다가 내가 도망자 신분이 되었는지는 몰라도 잡히지 않으려면 신중에 신중을 더해야 했다.

그러기를 30분. 다행이 아무도 없는 모양이다.

조심스럽게 다가간 난 그 돈을 챙겼다.

2천만 원.

액수는 정확했다.

고맙다, 정원아. 나중에 내가 두 배로 갚을게.

던지기 수법은 마약을 거래하는 범죄자들이 자주 사용하는 수법이다.

만나지 않고 무언가를 주고받기엔 이거만큼 좋은 방법도 없었다.

돈도 생겼겠다, 일단 차부터 구하자.

다닐 곳은 많은데, 대중교통을 이용하는 건 너무 위험했다.

해서 나는 피시방에 가서 여러 사이트를 뒤졌고, 대포차를 파는 이를 찾아 거래를 하기로 했다.

불법적인 거래이니 당연히 현금 거래다.

그런데 거래 장소가 마음에 걸렸다.

너무도 야심한 시각에 경기도의 낚시터로 오라고 해서다.

근처에 가니 이미 문을 닫은 지 오래인 낚시터였다.

"굳이 이런 곳까지……. 그냥 대충 서울 인근에서 주고받아도 됐을 텐데."

-야심한 시각에 이런 곳을 이용한다는 건, 다른 꿍꿍이가

있다는 거다. 조심해라.

케라 형님의 말이 강하게 가슴에 닿았다.

"역시 그런 거겠죠?"

인터넷상 아이디라 해 봐야 익명이다.

애초에 나쁜 짓을 할 생각인 놈들이 자기 신분으로 가입했을 리도 없다.

불법 거래를 하러 나온 이의 돈을 빼앗고 잠적하는 건 너무 뻔한 레퍼토리려나?

상관없다.

정상적인 거래가 아니라면 똑같이 대응하면 된다.

차만 잘 가져왔다면 그거로 족했다.

"혹시라도 안 좋은 일이 생기면 형님만 믿겠습니다. 아, 그리고 그 발차기는 좀…… 자제해 주시고요."

-고장 난 몸이지만 어떻게든 잘 써 보마.

"썩은 몸에 고장 난까지……. 하아, 진짜 너무하시네요. 형님한테는 눈에 안 찰지 모르지만, 저한테는 충분히 건강하고 멀쩡한 몸이란 말입니다."

약속된 시간, 오후 8시.

8시 정각이 되자 낚시터 한쪽에서 큰 노랫소리가 들려왔다.

누군가가 차량 라이트까지 켜고 기다리고 있었다.

가지고 온 차량은 두 대.

한 대는 줄 차량이고, 다른 한 대는 자신들이 타고 갈 목적인 모양이겠지.

나온 사람은 둘이 보였다.

주고받기로 한 신호로 핸드폰 불빛을 세 번 가렸다가 보인 나는 그들에게로 다가갔다.

"차 팔러 오신 분인가요?"

"아이고~ 우리 구매자분! 어서 오십시오."

간사한 눈빛에 양아치 끼가 다분한 인상이다.

목소리도 영 듣기가 재수가 없었다.

"그래, 돈은 가지고 오셨고?"

"300이라고 하셨죠."

"맞습니다."

"가져왔습니다."

"그럼 건네주시면, 저도 키를 드리겠습니다."

그런데 이 양아치의 눈빛이 간혹 나의 어깨너머로 향한다.

뒤에 뭐가 있나?

그와 동시에 바람을 가르는 소리가 들려왔다.

후웅……!

휘익-!

야구 방망이가 머리 위로 스쳐 지나가는 걸 느낀 나는 얼른 옆으로 몸을 옮겼다.

물론, 내가 한 건 아니다.

케라 형님이 아니었으면 이미 뻗어서 차가운 바닥에 뻗어 있었으리라.

"야이, 병신아! 그것도 못 맞추냐?"

"내가 못 맞춘 게 아니라 저게 피한 거잖아!"

'노래를 크게 틀어 놨던 건 뒤에서 다가오는 소리를 못 듣게 하려고 했던 건가.'

양아치 새끼들 주제에 머리가 제법 굴러가는 놈들이다.

아무튼 케라 형님, 나이스.

형님 덕분에 살았습니다.

"역시 목적이 정당한 거래는 아니었던 모양이군."

처음 대화를 주고받던 양아치가 바닥에 침을 뱉었다.

"퉷! 그냥 좋은 말로 할 때 돈 내려놓고 꺼져. 그럼 몸은 멀쩡하게 보내 줄게. 안 그러면……."

스윽.

양아치 놈이 허리춤에서 긴 사시미를 꺼내 보인다.

거기다가 사악한 미소 한 번 지어 보이니 백정 놈이 따로 없다.

정말 혼자였으면 이 난관을 어떻게 극복했을까.

상상만 해도 암담했다.

이래서 도망자도 아무나 되는 게 아닌 모양이다.

그러나 나는 혼자가 아니다.

이걸 운이라고 해야 할지 불행이라 해야 할지 모르겠지만, 지금 내겐 놀라운 능력을 지닌 분들이 빙의해 계시다.

"누가 하실래요?"

-나.

-나.

대답은 동시에 흘러나왔다.

그러나 행동은 제라로바가 더 빨랐다.

"라이큘 대뷰라셔스."

눈앞에 있던 세 사람이 크게 당황했다.

"어, 어……! 이게 뭐야!"

"야, 이거 왜 이래……!"

"야이, 씨……! 뭐야, 이거……!"

갑자기 늪처럼 다리가 지면으로 빨려 들어가더니 허리까지 빠졌을 때 굳어 버렸다.

녀석들은 빠져나오려고 안간 힘을 써 보지만 다리는 꿈쩍도 안 했다.

-이 비겁한 노인네!

-흘흘, 먼저 움직이는 사람이 자격을 갖는 거다.

누가 되었건 나는 만족스러운 결과만 얻으면 그만이다.

충분히 만족스러운 미소를 머금은 난 양아치 놈에게 다가갔다.

"자, 이제 키를 주실까? 아, 상황을 봐서 알겠지만 돈은 못 줄 것 같아. 네가 한 짓이 있으니까 이유는 알겠지?"

양아치가 칼을 휘둘러 왔다.

"이 새끼가……!"

휘익!

턱!

"아악-!"

왼손이 저절로 움직여 놈의 칼을 든 손을 낚아 잡더니 그대로 꺾어 버렸다.

왼손은 칼을 빼앗은 건 물론, 칼등으로 놈의 목을 후려쳐 기절까지 시켰다.

퍼억!

"어우, 아프겠네."

내가 칼을 든 채로 쳐다보자 다른 두 녀석은 얼굴이 새하얗게 질려 버렸다.

"사, 살려 주세요!"

"저희는 그냥 저 새끼가 시켜서 한 거예요! 진짜예요!"

"네, 맞아요! 그러니까 제발 목숨만은……. 훌쩍."

배신도 모자라, 가만히 쳐다만 보는데도 질질 짜려고 한다.

아이고, 이런 것들도 서로 친구랍시고 어울리고 있으니.

이러니 양아치 소리를 듣는 거다.

서로 간의 의리도 뭐도 없는, 쥐 발톱만도 못한 관계.

상대할 가치도 없다.

기절한 놈한테서 키를 빼앗아 일어나는데 케라 형님이 물어왔다.

-그냥 가려고?

"그럼요?"

-당연히 이런 것들은 죽여야지.

"죽이라고요?"

죽인다는 말이 흘러나오자 녀석들이 손바닥을 비비고 난리가 났다.

"살려 주세요, 제발! 잘못했습니다!"

"엉엉! 잘못했어요……. 제발 살려 주세요……."

충분히 겁에 질려 보였지만, 다신 이런 짓 못 하게 해야겠지 싶었다. 또 다른 피해자를 위해서라도.

"흠, 이대로 차로 셋 다 싹 밀어 버릴까……."

녀석들이 눈물 콧물 다 빼기 시작했다.

"아니면 여기서 그냥 목을 확……."

장난으로 칼끝으로 한 녀석의 콧등을 쳤더니 그냥 기절해 버린다.

"얼래? 야, 정신 놨냐? 뭐야……."

옆에서는 따라서 기절하는 척까지 한다.

죽음을 눈앞에 두니까 참 별짓을 다 한다 싶다.

이것들이 누구를 살인마로 아나.

황당한 나머지 웃음이 절로 나왔다.

"이런 짓거리 한 번만 더 하다가 걸려라. 그땐 파묻은 채로 밀어 버린다. 그리고 다음에 나 보면 알아서 피하고. 오늘 하지 못한 일을 마저 끝내려고 들지도 모르니까."

나는 차를 타고 쌩 달리기 시작했다.

나쁜 놈들을 혼내 준 것도 통쾌했지만, 빼앗은 차로 달리는 기분이 묘한 쾌감을 가져왔다.

이래서 사람들이 도둑질을 하나?

아무튼 지금까진 모두 잘 풀리고 있다.

처음엔 원하지 않던 이들과의 동거가 끔찍하고 암담했다. 그렇지만, 지금은 이들이 없었으면 어땠을까 싶다.

병원 탈출?

꿈도 못 꿨을 거다.

여전히 총상의 고통에서 허우적대며 죽음이나 기다리고 있었거나, 진작에 '처리'당했겠지.

사후 세계에서 만나 빙의가 되기까지.

나도 언제까지 이런 상태가 계속될지는 모른다.

하지만 이들 없이는 하루도 버틸 수 없을 건 분명했다.

"두 분도 뭐 이런 놈의 몸에 들어와서 이 고생을 하나 싶겠지만, 염치불구하고 부탁 좀 드리겠습니다. 제가 왜 이런 처지가 되었는지 알기 위해 조금만 더 도와주십시오."

* * *

고무겸 과장은 은밀히 한강 인근으로 차를 몰았다.

차에서 내린 그는 주변을 조심스럽게 살폈다.

“여기가 맞는데.”

그는 뭔가 잘못되었나 싶어 걱정스러운 표정을 머금었다. 그러면서 낮의 일을 떠올렸다.

그는 언제나 그랬듯이 점심 식사를 마치고 계산을 한 후에 영수증을 받았다. 한데 습관적으로 영수증을 찢어 버리려고 하는데, 반쯤 찢던 영수증 뒷면에 무언가 코드가 적혀 있었다.

보통 사람들은 알아차리지도 못하고 지나쳤을 것이나, 그는 아니다.

요원이라면 사소한 것도 놓치지 않는 관찰력이 있어야 했다.

그것은 다름 아닌, 비밀 접선 암호.

그걸 해석하면 한강이란 단어와 좌표가 나온다.

예전부터 허상훈과 이런 얘기를 주고받았던 걸 떠올렸기에 고무겸은 이 표시를 남긴 게 그라는 걸 알 수 있었다.

아마도 식당 카드기의 수리를 명목으로 영수증 용지를 미리 바꿔치기했으리라.

띠리리리.

그런데 풀숲 어딘가에서 전화벨 소리가 울렸다.

가만히 다가간 고무겸은 전화를 찾아 받아 보았다.

“여보세요.”

[나다 허상훈.]

"이봐, 자네. 지금 어디에 있어?"

[미안하지만 지금은 아무도 믿을 수가 없어서. 얼굴 못 보여주는 걸 너무 서운해하진 말라고.]

"이봐 상훈이. 자네 지금 얼마나 곤란한 상황인지는 아는 거야? 윗선에서 제거 명령이 떨어졌어!"

[그렇겠지.]

"소울. 설마 그거, 자네 짓인 건 아니지?"

[아니라고 하면 누가 믿어 줄까. 아닌 걸 알아도 이미 난 제거 대상이야. 아니야?]

"내가 도와줄게. 내가 잘 소명해 줄 테니까……! 어떻게든 소울 카드만 찾아와. 그럼 전부 되돌릴 수 있어!"

[정이한 이 새끼……. 그놈이 내 뒤통수를 칠 줄은 몰랐어. 나도 이렇게 당하진 않아. 어떻게든 그 새끼 잡아서 소울 카드 가지고 갈 테니까, 상부에 내 뜻이라도 좀 전달해 줘. 반드시 본래대로 되돌려 놓겠다고.]

"자네 혼자서 뭘 어쩌려고? 혼자서 할 수 있는 일이 아니란 거 자네도 잘 알잖아!"

[소울 카드 찾으면 이걸로 연락할게. 내가 망친 건 내가 수습해. 그러니까 조금만 기다려 줘. 그리고 이발한 모양인데, 역시 자넨 짧은 머리가 어울려. 뚝.]

"어이, 이봐! 상훈이……!"

이발에 관해 말한 걸 보면 어딘가에서 지켜보고 있다는 것이다.

하여 그는 주변 곳곳을 둘러봤지만, 아무것도 보이지 않았다.

그런데 잠시 후, 갑자기 라이트조차 켜지 않은 차량들 몇 대가 빠르게 다가와 멈춰 섰다.

드르르륵!

차에선 많은 인원이 쏟아져 나와 주변을 수색하기 시작했다.

그리고 뒤이어 3과 과장 신정환이 나타났다.

"역시 자네한테는 연락을 하는군그래."

고무겸이 귀 가까이 있는 이어캡을 떼어 내며 물었다.

"자네도 들었지. 허상훈 과장하고는 관계없는 일이야. 어떻게든 찾아서 가져온다잖아!"

"자네한테 표시를 남긴 거나, 이렇게 현장에 나오지 않는 것만 봐도 그 용의주도함이 대단하긴 해. 그래, 그런 상황에선 아무도 믿어선 안 되겠지."

"이봐, 신 과장!"

"근데 말이야. 그게 다 쇼일 수도 있다는 걸, 우리도 감안해야 하지 않을까?"

그때 요원 몇몇이 곳곳에 있는 휴대폰을 몇 개 가져왔다.

"이것 좀 보십시오. 화상 연결로 곳곳에 세워져 있었습니다."

"하여간 정보요원 훈련담당 맡았던 사람 아니랄까 봐. 대한민국 통신을 자기 감시 카메라로 활용도 하고 말이야. 대단해.

아무튼 허상훈이가 카드 가져오면 그때 판단해 보자고."

몸을 뒤돌던 신정환은 멈춰 서더니 다시 고무겸을 쳐다봤다.

"아, 그리고 하나 충고하겠는데, 남 챙기다가 자칫 오해를 살 수도 있다는 거 잊지 마. 조직이 당신의 충성을 의심할 수도 있는 문제거든."

"음……."

* * *

문방구에서 도화지와 펜, 몇 가지 물건을 산 나는 여관방을 잡았다.

나는 생각나는 것들을 거울에 적어 붙이기 시작했다.

총상.

엄마를 죽이려는 자들.

엄마를 도와준 정이한 요원.

나를 쫓는 자들.

동결된 통장.

이것저것 적으며 뭐가 문제인지를 파악하려 했다.

"대충 봐도 내가 뭔가 위험한 일에 휘말린 것 같은데. 환장하겠는 건 그 이유를 전혀 모르겠단 말이지."

나는 대체 왜 총에 맞았을까?

그 충격이 심했던 걸까?

기억은 대체 왜 날아간 거야?

"하아, 총 맞는 순간이 아무리 생각해도 기억이 안 나. 그 전에 무슨 일이 있었는지도."

달력을 봤다.

날짜를 가만히 보던 중에 머리로 무언가가 스치고 지나갔다.

"18일! 그래, 이날은 동창회가 있던 날이잖아!"

동창회.

과연 나는 참석했을까?

몇몇 친구들에게 전화를 돌리면 금방 알 수 있을 것이다.

그렇지만 쫓는 이들이 생각보다 폭넓은 감시 중이라면 순식간에 추적당할 수도 있다.

짧은 통화라도 해 볼까?

아니야.

더는 친구들을 끌어들여서는 안 돼.

그보다 내가 총을 맞고 입원을 한 날짜는 언제지?

"일단 총 맞은 날짜부터 알아야겠어. 그러자면 병원 전산망을 해킹해야 할 것 같은데."

다행히 눈앞에 컴퓨터가 있다.

가격대가 있지만 컴퓨터가 있는 여관을 잡은 건 잘한 선택이다.

나는 얼른 컴퓨터를 켜고 자주 이용하는 웹하드에서 저장해 둔 프로그램 몇 개를 다운 받았다.

타닥. 탁.

타다다닥.

일단 기본 바탕에서 프로그램을 만들기 시작했다.

가장 필요한 건 추적을 할 수 없도록 여러 나라를 거치는 경유 프로그램이었다.

나 정도 되는 실력이면 만드는 건 오래 걸리지 않는다.

추적 불가능한 내 스스로를 방어할 프로그램이 완성되자 다른 프로그램을 실행하여 병원 전산망을 해킹했다.

몇 번 안 두드리자 신원 미상의 내 자료가 나왔다.

"이상하네. 내 신원이 왜 미상인 거지?"

지갑도 핸드폰도 분명 주머니에 있었을 텐데.

이렇다는 건 누군가 내 신분을 감추기 위해 모두 가져갔다는 게 된다. 병실 옷장에 내 옷이 하나도 없던 것도 이해가 되는 부분이다.

그렇다고 하더라도 경찰에서 지문을 떴을 텐데 이상한 일이다.

"다른 과 요원들이 움직였으면 조직적인 은폐가 가능하니 당연하다고 봐야 하려나."

[입원 날짜는 5일 전.]

[총상은 둘.]

의사 소견으로는 의식을 찾을 가능성이 극히 적다고 되어 있다.

근데도 3일 만에 깨어난 걸 보면 아무래도 내게 빙의된 두 분의 도움이 컸던 모양이다.

깨어날 때만 해도 그렇게 시끄럽게 굴던 둘이었으니까.

"총을 맞고 병원에 입원한 게 5일 전이면, 동창회 다음 날이야. 이날 퇴근 후부터 내 움직임 전체를 살펴봐야겠어."

나는 곧장 방범 카메라와 곳곳의 감시 카메라를 해킹하기 시작했다.

나의 사무실은 신문사들이 모여 있는 빌딩에 있었다.

잠시 후, 내가 회사를 나와 퇴근하는 모습이 보였다.

그리고 택시를 타고 어디론가 가는 것 같았다.

"이때까진 멀쩡히 퇴근을 했다는 건데."

약속된 호프집에 들어가고 3시간 후, 꽤나 취한 모습으로 친구들과 나오는 것도 확인했다.

"그래, 맞아! 이날 희철이가 여자 친구 생겼다고 자랑했었어! 돈 많은 집 딸인데, 얼굴도 예쁘다고 얼마나 떠들어 대던지. 동석이는 대리로 승진해서 월급이 많이 올랐다고 자랑했었고. 그래, 내가 동창회까지는 갔었구나. 그래, 맞아. 그날 정원이는 회사 회식 때문에 못 온다고 했었지."

그렇다면 뭔가 일이 생긴 것은 총을 맞은 그 당일이라는 게 된다.

"총 맞은 당일. 분명 그때 무슨 일이 생겼던 거야."

집 근처 카메라들을 살펴봤다.

출근 시간, 조금 늦은 시간에 집을 빠져나오는 게 보였다.

"뭐야, 출근 시간이 왜 이렇게 늦어. 내가 이날 지각을 했어?"

그러다가 다른 카메라를 보던 중, 먼 카메라에서 이상한 모습이 보였다.

언덕을 막 뛰어서 내려오는데 골목 중간에 멈춰 서서 누군가와 얘기를 나누는 거였다.

"누구지?"

장면을 보고 났더니 그제야 또 기억이 되살아났다.

"아, 맞다! 그 어린놈의 새끼들! 다른 애들 돈 뺏는 거 막으려고 하니까 이 자식이 대뜸 칼을 꺼내 들었어."

["어이, 아저씨. 신경 쓰지 말고 그냥 가지 그래."]

["뭐? 너 이 녀석! 저 애들하고 친구냐? 아니, 어린 것들이 어디 할 짓이 없어서……!"]

["그냥 가라고. 아니면 용돈이라도 주고 가려고?"]

["음음. 아니, 그게."]

잃은 기억을 되찾은 게 마냥 좋은 것만은 아니었다.

녀석이 보인 칼도 두려웠지만, 녀석이 짓던 그 비웃음 섞인 미소가 눈앞을 어른거렸다.

무서워서 피했던 나.

강한 수치심과 모멸감이 뒤따라 왔고, 돌연 짜증이 솟구쳤다.

"그 싸가지……!"

강한 스트레스가 밀려왔지만, 꾹 눌러 참았다.

"후우, 나중에 한 번 걸리기만 해. 아주 가만히 안 둘라니까. 아무튼 기억이 돌아오고 있는 건 좋은 일인 것 같으니까 그건 잠깐 잊고……."

그런데 바로 그때, 갑자기 수많은 기억이 물 밀려오듯 떠오르기 시작했다.

띠리리리리링-!

엉켜 있던 기억의 실타래가 조금 풀리자 다른 기억들까지 모조리 풀려나는 것 같았다.

띠리리리리링-!

화재 경보 소리.

뒤이어 사무실 내의 침입 경보까지 울렸다.

웨이잉-! 웨이잉-!

["침입자입니다! 엘리베이터의 미허가 탑승이 있습니다! 곧장 저희 층으로 올라오고 있습니다!"]

우리가 있는 층은 특정 위치에 신분증을 대야만 누를 수 있다.

그걸 해킹으로 뚫고 올라오고 있는 것이기에 울리는 경보였다.

경보가 울리기 전, 정이한 요원이 사무실로 들어왔던 게 떠올랐다.

무척 심각한 표정으로 허상훈 과장의 사무실로 들어간 그는 무언가를 꺼내어 보였다.

허상훈 과장은 놀라더니 곧바로 블라인드를 쳤었다.

이후 일어난 침입과 총 소리.

타앙! 타앙!

침입한 이들은 직원들을 향해 무차별 사격을 했다.

파트너인 채린 씨도 가슴에 총을 맞고 쓰러졌다.

["채린 씨!"]

다가온 정이한 요원과 허상훈 과장이 얼른 내 어깨를 짓누르고는 침입한 이들에게 총을 쐈다.

["정신 차려, 최강! 지금 나가지 않으면 너도 죽어!"]

창고로 가 문을 잠그고, 비상 탈출 튜브를 타고 1층으로 내려오기까지.

가장 먼저 내려온 내가 위를 봤을 땐, 창고가 폭발하고 있었다.

콰광-!

정이한이 수류탄을 던지고 내려온 거였다.

["어서 가! 어서!"]

복잡한 길을 따라 한참을 달렸다.

숨이 턱까지 차오르는데, 도망치던 중 허상훈 과장이 다른 쪽으로 몸을 틀며 소리쳤다.

["여기서 흩어져야겠어! 카드는 내가 가지고 있을 테니까,

2번 안가에서 기다리고 있어! 이따가 보자고!"]

["네, 과장님!"]

모든 게 기억이 났다.

그리고 나선 한참 도망치던 끝에 3층 건물로 몰리고.

정이한은 오수관을 붙잡고 내려갔지만 나는 미처 내려가지 못했다.

타앙! 타앙!

퍼억! 퍼억!

그렇게 난 쫓아온 이들이 쏜 총에 맞고 밑으로 떨어졌었다.

그 떨어지는 순간, 미안해하는 표정으로 나를 보던 정이한의 시선도 떠올랐다.

"이제야 다 기억이 나……."

-이제 뭔가 기억이 난 것이냐?

제라로바가 물어 왔다.

"네, 기억이 났어요. 아직은 우리 사무실 사람들이 왜 죽어야 했고, 저도 왜 총을 맞은 건지 잘 모르겠지만……."

아니다!

습격이 있기 직전에 정이한이 급하게 사무실로 들어와 허상훈 과장을 만나지 않았던가.

"잠깐만! 그러고 보니……!"

정이한이 허상훈 과장에게 건넸던 그 물건!

"그래, 어쩌면 그것 때문인지도 몰라. 과장님이 분명 무슨 카드 어쩌고 했던 것 같은데……."

손바닥만 한 크기의 작은 물건.

어쩌면 그것이 원인인지도 몰랐다.

"정이한 요원이 뭔가 중요한 물건을 손에 넣은 거야. 그것 때문에 놈들이 습격한 게 틀림없어. 마지막에 헤어졌을 때 분명 과장님이 카드를 가지고 있겠다고 하고, 2번 안가에서 보자고 했는데……."

-2번 안가가 뭐야?

케라 형님이 물어 와 알려 주었다.

"숨어 있을 수 있는 대피 장소 같은 곳이에요. 근데 제가 알기론 안가는 한 군데밖에 없었는데……."

뭔가 그들만이 아는 다른 안가가 있었던 것일까.

다른 직원들은 그걸 알았을까?

아니, 사무실 내 다른 사람들 중 누군가 살아 있기는 한 걸까?

총에 맞던 많은 이들이 떠올랐다.

가차 없이 쏴 대는 총에 모두가 저항 한 번 못 해 보고 죽어 갔다.

너무도 끔찍한 기억.

떠올리는 것만으로도 심장이 마구 두근거렸다.

"기억이 없을 땐 어떻게든 사무실로 가면 전부 다 알 수 있을 줄 알았는데……."

기억이 돌아오고 생각이 바뀌었다.

사무실에서 그런 일이 일어났으면 지금쯤이면 전부 치워졌을 것이다.

"그런 일이 있었는데 뉴스 한 번 안 나와. 이미 은폐된 거겠지."

뭐가 되었건 카드가 발단인 게 맞는 것 같았다.

"어떻게든 과장님을 찾아야겠습니다. 그래야 우리 사무실이 왜 그렇게 되었는지 알 수 있을 것 같네요. 과장님이 가지고 있던 카드가 무엇이었는지, 그것도요."

빙의로
최강요원

2. 신 씨는 누구인가?

빙의로
최강요원

강남 경찰서 강력 2반 형사들인 최소현과 김동운은 최강이 총을 맞고 떨어진 3층 건물에 와 있었다.

"사건 현장은 여기라는 건데……."

"저쪽에 카메라가 있네요."

"그럼 뭐가 찍혔겠네. 경비실로 가 보자."

"네."

둘은 경비실로 가 카메라 영상을 확인하려 했다.

그러나 뜻밖의 말을 듣게 됐다.

"없어졌어, 그거."

"없어지다니요?"

"경찰이 와서 잠깐 여길 비웠는데, 그사이에 누가 싹 털어갔더라고."

"도둑이 들었다는 거예요?"

"다른 없어진 건 없고, 카메라 저장된 것만 싹 사라졌더라고. 그 하드인가 뭐시기인가."

둘은 밖으로 나와 심각한 표정을 머금었다.

"갈수록 수상하죠."

"누가 자꾸 흔적을 지우고 있어."

"하드까지 빼 간 걸 보면 데이터 복구까지도 차단하고자 한 게 분명합니다."

최소현은 주변에 주차된 차들을 보았다.

"그래도 여기 세워진 차들 전부를 어떻게 하진 못했을 거야. 발품을 팔아서라도 뭐라도 건져 보자."

두 사람은 그날 주차되어 있던 차들을 알아보기 위해 감시카메라 영상을 보려 했다.

그러나 그것도 불가능했다.

"지워졌다고요?"

"네, 그렇더라고요."

"아니, 복구할 방법은 없고요?"

"그날 해킹을 당했는데, 이 동만 한 달 자료가 싹 날아갔더라고요. 복구는 지금 엄두도 못 내고 있고요."

주차하는 자리에 항상 주차하는 경우가 많아 그날 주차한 차를 찾기도 했지만 그것도 문제가 있었다.

"경찰한테 넘겼다고요? 정말요?"

"네, 분명 넘겼습니다."

알아보니 주변 차주들 블랙박스를 받은 경찰은 없다고 한다.

"블랙박스 메모리를 넘겨받은 경찰이 아무도 없다는 거죠. 확실한 겁니까?"

-네, 확실합니다.

다른 누가 이미 손을 썼다는 거였다.

"와, 이거 대체 어떤 놈들이야. 손을 안 댄 게 없네. 이렇게까지 한다고?"

"저기 이거 말입니다, 선배. 혹시 정보부 뭐 그런 사람들 짓 아닐까요? 그렇지 않고서야 이렇게까지 은폐하는 게 쉽지는 않은 걸 텐데요."

최소현은 주변을 둘러보며 곳곳의 카메라를 쳐다봤다.

"이 근처 한 달 치 자료가 다 날아갔으면 역순으로 추적할 수도 없다는 건데. 눈앞이 캄캄하네, 진짜."

"어떻게 하죠? 포기해야 할까요?"

"조금만 더 알아보자. 그래도 명색에 강력반인데 여기서 포기하면 쪽팔리잖아?"

"병원에서 총상 환자 도주할 때 얼굴이라도 찍힌 게 있으면 좋았을 텐데. 모자를 눌러 써서 그것도 아는 게 없고. 참 답답한 사건이네요."

"그러게. 병실로 옮겨질 때도 그 호흡기 때문에 다 가려져서는. 하아."

"그래도 의사나 간호사들한테 물어봐서 몽타주 만들어 가고 있다고 하니까, 그거라도 의존해 봐야죠."

* * *

저녁 늦게까지 많은 걸 알아보던 난 늦게야 일어났다.

눈을 뜨자 가장 먼저 눈에 들어온 건 거울에 붙여 놓은 것들이다.

"과장님을 추적하려고 해도 어떻게 된 건지 그 주변 영상이 전부 지워져 있었어. 꼭 누가 싹 지워 버린 것처럼."

누군가 이미 손을 쓴 게 분명했다.

그 영상들로 인해 시끄러워지는 것을 원치 않는 누군가가 있는 것이다.

엄마를 먼저 찾을까도 했지만 그것도 어려움이 많았다.

분명 화재 현장을 빠져나간 건 확실한데, 주변 카메라에 찍힌 게 아무것도 없었다.

"대체 정이한 요원은 엄마를 어디로 데려간 거야……. 구해 준 건 고마운데, 아니 무슨, 연락할 방법이 있어야지."

나는 도로 벌렁 뒤로 누워 버렸다.

"망했다, 진짜. 찍힌 건 다 지워지고 죄다 숨어 다니니 무슨 수로 찾냐고 진짜."

그때, 케라 형님의 목소리가 들려왔다.

-일단 네가 쫓기는 이유를 알려면, 놈들 중 하나를 붙잡아서 물어보는 게 가장 빠르지 않을까?

나는 다시 벌떡 일어나 물었다.

"놈들 중 하나를 붙잡으라고요? 무슨 수로요?"

-후후, 미끼가 있는데 뭐가 걱정이냐.

"미끼? 혹시, 나 말인가요? 미쳤어요? 그러다가 잡히면 어쩌라고요? 그놈들 총도 있단 말이에요."

-총?

"총 몰라요?

-몰라.

"그러니까 총이 뭐냐 하면요. 하아…… 보여 주는 게 빠르겠네요."

나는 즉시 텔레비전을 틀어 영화 채널을 찾았다.

서부 영화기는 했지만, 총격전을 벌이는 장면이 나왔다.

"저게 바로 총입니다."

-뭐야, 저 탕 소리가 나면 상대방이 죽는다고?

"그런 게 아니라, 저 총 속에는 총알이 있는데 그 총알이 보이지 않을 만큼 빠른 속도로 날아가서 사람을 맞춰서 그런 겁니다. 예를 들면 진짜 빠른 암기 같은 거죠."

-흠, 위험한 물건이구나. 근데 놈들이 저런 걸 가지고 있단 말이지.

"네."

제라로바가 말했다.

-우리가 도울 텐데 뭐가 걱정이냐. 케라의 말대로 해 봐라. 우리가 돕는다면 너는 뭐든 못 할 게 없을 테니.

"그렇기는 하지만……."

솔직히 무섭다.

잡히면 쥐도 새도 모르게 죽을지도 모른다.

이분들이야 어떤 삶을 살아왔는지는 몰라도 나는 아니다.

고작 컴퓨터로 살아온 삶이 전부였다.

그런 내가 그런 대담한 행동을 할 수 있을까?

"하아."

한숨을 내쉬며 일어나려 하는데, 갑자기 몸이 확 가라앉았다.

털썩.

쓰러진 나는 영문을 몰랐다.

"뭐야, 내 몸이 왜 이래?"

그러고 보니 아까부터 조금씩 움직일 때마다 찌릿찌릿한 근육통이 장난이 아니다.

3일간에 일도 많았고, 피곤해서 몸살이 난 건가 했지만 그렇다고 보기엔 뭔가 달랐다.

황당하게도 그 원인을 케라 형님이 알려 왔다.

-내가 좀 무리를 했나?

"네? 그게 무슨 말이에요?"

-아니, 너의 몸이 너무 부자연스러워서 내가 훈련을 좀 했지.

"자, 잠깐만요! 그러니까 그 말은, 내가 잘 때 내 몸을 마음대로 움직일 수 있다는 거예요?"

-후후, 그게 되더군.

어쩐지 푹 자고 일어난 것 같은데 몸이 쉬지 못한 것처럼 죽을 듯이 괴롭더라니.

"아니, 암만 그래도 그건 아니죠! 이 몸은 제 것이라고요. 그렇게 마음대로 쓰시면 곤란하죠."

-그럼 앞으로 무슨 일이 생길지 모르는데 그 몸으로 계속 이 난관을 해쳐 나가자고?

"아우, 삭신이야. 아니 사타구니는 또 왜 이렇게 아파. 대체 저한테 무슨 짓을 하신 거예요?

-일단은 유연성을 좀 늘려 놨어. 그래도 카우라의 생성은 마쳐 놨으니까 회복은 빠를 거야.

"카우라? 그건 또 뭔데요?"

-몸을 좀 더 강하게 쓸 수 있는 힘.

힘.

그래, 현재 상황에서 힘은 절실했다.

뒤쫓는 요원들을 상대하자면 케라 형님의 능력은 반드시 필요하다.

지난 번 상황을 떠올려 보자면 다리조차 안 올라가 넘어지는 경우는 없어야 했다.

만약 다수가 주변을 감싸고 있는데 그런 일이 벌어졌다면 무척 곤란한 상황으로 이어졌을 것이다.

"찝찝하긴 한데. 오히려 잘됐다고 해야 하려나……. 아무튼 내가 의식이 없을 땐 내 몸을 자유자재로 움직이는 게 가능하다, 이거죠."

-어.

"잠깐만. 근데 난 왜 안 깨어난 거지?"

-그러게. 한 번도 안 깨고 잘만 자던데?

"와, 이 빙의 참 이상하네. 몸이 이 지경이 될 때까지 안 깼다고?"

아무튼 다시 중요한 부분으로 돌아가 보자.

"근데요. 케라 형님이 보기엔 어땠어요? 그렇게 훈련을 하면 좀 더 제 몸을 잘 쓸 수 있겠던가요?"

-날이 지날수록 좋아지긴 할 테지. 나의 특별한 수련을 계속한다면 너도 금방 강해질 수 있을 거다.

몸은 만신창이인데 힘겨움 하나 느끼지 못하고 잠만 잤다.

몸의 피로는 강했지만, 정신적인 피로는 모르겠다.

그사이 뇌는 쉬고 있었던가?

그렇지만 당장은 죽을 만큼 힘든 게 사실이다.

걷는 것조차 힘이 드는데 여기서 무얼 할 수 있나 싶었다.

-정 움직이기 힘들면 잠깐 나한테 몸을 맡겨 볼래? 내가 괜찮도록 해 줄게.

"그게 가능해요? 저 아픈 건 딱 질색인데."

그런데 두고만 보고 있던 제라로바가 대뜸 말했다.

-시간도 없는 놈한테 또 무슨 짓을 하려고? 그건 내가 해결해 주마.

갑자기 오른손이 가슴으로 닿더니 속삭임의 주문이 흘러나왔다.

"라울 스미라가 가이라스 코나디아……."

뜻은 몰랐지만 어디선가 들어봤던 말이다.

아……!

병원에서 총상을 치유할 때 썼던 그 마법!

치유 마법.

그것이 몸을 정상으로 되돌려 놓았다.

"대박! 이제 안 아파요, 할아버지! 우와, 이거 치유 마법 뭐 그런 거 맞죠? 이런 게 아무 때나 가능하다고요? 상처도 낫고 체력도 막 회복하고?"

-어떠냐? 그거면 이제 움직이는 데 문제는 없겠지?

"네, 오히려 가뿐한 것이 막 힘도 넘치네요. 진짜 할아버지 능력은 최고인 것 같아요."

그런데 케라 형님이 갑자기 불평을 드러냈다.

-하여간 음흉한 노인네라니까. 당신 일부러 최강이가 깨어날 때까지 기다린 거지? 그거 보여 주려고?

-이놈아, 남의 선의를 왜 그리도 곡해하려 드느냐?

-곡해는 무슨……! 그럼 최강이가 깨어나기 전에 해도 될 것을 왜 이제 와서 하는 건데?

-네놈이 그렇게 최강이를 혹사시킬 줄은 몰랐으니까.

-웃기시네! 다 지켜봤으면서 그걸 핑계라고 대는 거야?

둘이 한 번 말싸움을 하기 시작하면 머리가 웅웅 울리고 강한 압박으로 두통이 밀려왔다.

"자, 잠깐만요! 두 분이 그렇게 감정적으로 싸울 때마다 제 머리가 터질 것 같단 말이죠. 두 분도 제가 느끼는 고통을 똑같이 느끼신다면서요? 그러니까 싸우는 건 자제 좀 부탁드릴게요. 네?"

-저놈이 사람의 선의를 멋대로 해석하지 않느냐!

-저 늙은이 믿지 마라, 최강. 내가 지켜보고 있으니 망정이지, 안 그랬으면 무슨 짓이든 할걸?

-이 놈이! 그 주둥아리 닥치지 못할까!

두통에 관자놀이가 찌릿거렸다.

"알았어요. 두 분이 말씀하시는 부분 다 알겠으니까 이제 그만. 제발 그만이요."

아무튼 좋은 거 하나는 발견한 것 같았다.

"어쨌든 제가 자고 있을 때 케라 형님이 제 몸을 좀 더 활동

적이게 만들어 줄 수 있다는 거잖아요. 그죠? 그리고 할아버지는 그렇게 지친 제 몸을 회복시켜 줄 수 있다는 거고요."

-그렇지.

-그 정도야.

"그럼 앞으로의 대비로 제 몸의 훈련은 케라 형님한테 맡기겠습니다. 피로감은 할아버지한테 맡기고요. 그래 주실 수 있죠?"

그때, 제라로바가 제안을 해 왔다.

-그러지 말고 나의 마법도 한번 익혀 봄이 어떠하냐?

"제가요? 마법을요?"

-그래. 그럼 마법을 펼칠 수 있는 횟수도 더 늘어날 거다.

"하지만 그건 깨어 있어야 가능한 거잖아요."

-흠, 그렇기는 하지.

"죄송한데요. 아시다시피 제가 지금 뭘 신경 써서 배우고 할 여유가 없습니다. 이번 일만 좀 해결되면, 그때요. 그때까지 조금만 미루면 안 될까요?"

-쩝, 어쩔 수 없구나. 알았다.

아무래도 케라 형님이 내게 하는 걸 보고는 샘이 나신 모양이다.

아무튼 둘의 적극적인 협조는 무척 다행스러운 일이었다.

행여 사이가 틀어져 해코지라도 한다면 곤란해진다.

나 스스로도 어떻게든 이 둘을 잘 구슬려 좋은 관계를 유지

해야 할 필요가 있었다.

* * *

"유 팀장님, 이것 좀 보십시오."

국가정보원 3과 2팀장 유동민은 지원요원의 말을 듣고 카메라를 살폈다.

"추적 중이던 최강입니다."

"이 새끼, 지금 어디 있어?"

"대치역 사거리 편의점입니다."

"당장 가까운 현장요원 파견시키고! 얼른 쫓으라고 해!"

그는 씩 웃음 지었다.

"찾았다, 이 새끼. 이번에 너만 잡으면 1팀장 장호철을 밀어내고 내가 오른팔이 될 수 있을 거야."

그는 즉시 사무실을 나가려고 했다.

"우리도 그쪽으로 간다. 따를 수 있는 요원들 전부 동원해!"

"네!"

대치역 사거리로 간 유동민은 먼저 와서 주변을 수색 중이던 요원을 만났다.

"어떻게 됐어?"

"주변을 수색 중이긴 한데, 아직 못 찾았습니다."

유동민이 즉시 도로에 있는 카메라를 찾더니 이어 무전기를 통해 사무실 지원요원에게 물었다.

"지원팀, 뭐 본 거 없어? 그놈 어느 쪽으로 갔어?"

-골목으로 돌아서 아파트 단지로 향했습니다.

"알았어. 다들 들었지. 아파트 단지는 물론이고, 그 주변 전부 뒤져서 찾아. 지원팀은 계속 주변 감시하면서 놈의 동태를 알려 주고."

-네.

"네, 알겠습니다."

이십여 명 가까이 되는 요원들이 사방으로 흩어져 곳곳을 뛰어다녔다.

몇몇은 단지 내부로, 몇몇은 단지 주변으로, 또 몇몇은 사이사이 골목마다 찾아다녔다.

하지만 그들 중에 최강을 찾은 사람은 아무도 없었다.

"뭐야, 놓친 거야? 하늘로 솟은 거야, 뭐야? 어디로 갔어, 이 새끼?"

신정환 과장에게 점수 좀 따 보겠다며 좋다고 나왔던 유동민은 표정을 잔뜩 구겼다.

그런데 곧 다시 모인 요원들 중에 이상한 말들이 오갔다.

"야, 최명훈. 안 들려? 어디야, 너?"

"최명훈. 보고해. 지금 어디에 있어?"

유동민은 이상해하며 물었다.

"뭐야? 무슨 일이야?"

"그게 말입니다. 요원 중 하나가 갑자기 연락이 안 됩니다. 핸드폰도 안 받고요."

"뭐? 누구?"

"최명훈이요."

유동민도 무전을 해 보았다.

"최명훈, 대답해. 너 이 새끼 어디서 뭐 하고 있는 거야? 야! 대답 안 해?!"

그러나 아무리 물어도 그는 대답이 없었다.

당연했다. 그는 정신을 잃은 채로 차 트렁크에 갇혀 납치되어 있었다.

그리고 운전을 하는 사람은 다름 아닌, 최강이었다.

동료가 납치될 때까지 그걸 아는 사람은 아무도 없었던 것이다.

* * *

절연 장갑을 낀 나는 전봇대로 올라갔다.

가지고 올라간 선을 따 두 개의 못에 연결하고, 굵은 전선을 찢어 두 곳에 찔러 넣어 절연 테이프로 봉합을 했다.

내려와서는 길게 늘어진 선을 끌어다가 폐가의 옥탑방으로 들어가 선을 이었다.

딱.

-켜졌다!

-녀석, 실력이 좋구나!

켜진 불에 나보다도 빙의된 둘이 더 좋아했다.

확실히 어둡기만 하던 곳보단 보기가 좋았다.

누가 버리려고 내어 놓은 전기난로까지 켜니 공기도 한결 따듯해졌다.

절반밖에 안 나오지만 그거로도 충분했다.

"전기는 해결됐고. 이제 컴퓨터만 사다가 나르면 되겠네요."

성능 좋은 컴퓨터 하나면 못 할 게 없다. 인터넷도 위성 안테나 하나면 해결된다.

내겐 공짜 전기에, 공짜 인터넷 쓰는 것 정도는 아무것도 아니었다.

물론 걸리면 곤란한 처지에 놓이겠으나 지금보다 더 나빠질 일도 없었다.

근데 왜 하필 폐가냐고?

재개발 지역이어서 그 흔한 방범용 카메라도 없고, 숨어도 찾기 힘든 장소로 이만한 장소가 없다.

이동 경로를 추적당하여 여관에 숨어 있다가 붙잡히는 범죄자들이 얼마나 많은데.

그게 다 수없이 많은 대한민국의 카메라들 덕에 이루어지는 일들이다.

때문에 감시의 눈이 닿지 않는 이런 곳을 선택하는 것이 유일한 답이다.

그리고 찾아보면 유리창도 멀쩡하고 보일러도 괜찮은 집을 찾을 수 있다.

기름보일러라면 기름만 조금 채워 주면 난방까지도 가능하고 말이야.

그리고 가장 중요한 것 한 가지.

누군가를 잡아와도, 그 누군가가 비명을 질러도 아무도 신경 쓰지 않는다는 것이다.

끼이이이익.

문 여는 소리에 방 안에 있던 요원이 격하게 움직였다.

의자에 꽁꽁 묶어 놔서 움직일 수는 없을 거다.

거기에 눈도 가리고, 입도 막아 두었다.

아무리 사람이 안 다니는 재개발 지역이라고 하지만, 아주 아무도 안 사는 건 아니다.

귀찮은 일이 생기면 곤란해지니까 해 둔 조치다.

"미리 말해 두는데. 묻는 것만 잘 얘기하면 고통은 없을 거다. 그리고 대답을 할 땐 신중히 하는 게 좋을 거야."

수많은 요원들이 나를 찾는 와중에도 감쪽같이 잡아 온 이놈.

어떻게 잡았냐고?

케라 형님과 제라로바 할아버지의 합작품이다.

["나튤라 미브로울라."]

바로 모습을 투명하게 해 주는 마법이다.

나도 처음 이걸 보고 얼마나 놀라고 신기해했는지 모른다.

이런 게 있었으면 진즉에 좀 알려 주지.

그랬으면 도망치는 데 좀 더 수월했을 거 아냐.

물론, 지속 시간이 길지는 않다. 하여 계속해서 투명 인간으로 다니는 건 불가능했다.

연속으로 펼치는 게 불가능한 건 아니지만, 약간의 딜레이도 있고 남용했다간 코피를 쏟을 테니 너무 의존하는 건 무리가 있었다.

아무튼 투명 마법에 케라 형님의 급소 가격으로 손쉽게 잡은 이놈을 트렁크에 태워 여기까지 데려올 수 있었다.

"입을 풀어 줄 테니까 소리 지르진 말고. 뭐 소리를 지른다고 해서 누가 올 것도 아니지만."

입을 풀어 주자 그가 물어 왔다.

"나는 왜 납치한 거야, 원하는 게 뭐야?"

갑자기 왼손이 휘둘러졌다.

짝!

나는 깜짝 놀라 왼손을 쳐다봤다.

그리고 작게 속삭였다.

"왜 때리는 거예요?"

-질문은 네가 한다고 말해. 이런 건 휘둘리기 시작하면 끝이야. 주도권을 네가 가져와야지.

"아……."

그래.

영화에서도 보면 항상 심문하는 사람이 주도권을 쥐는 거라고 설명하지 않던가.

케라 형님도 보면 이런 부분에선 상당한 전문가인 것 같다.

"음음, 질문은 내가 해. 내가 묻는 것만 대답해."

"끄음…… 알고 싶은 게 뭔데?"

또다시 휘둘러지는 왼손.

짝!

나는 멋대로 움직이는 손을 보다가 다시 말했다.

"무, 묻는 말에만 대답하라고 했잖아!"

"끄응……."

나는 따로 노는 왼손을 곤란해하며 다시 물었다.

"말해 봐라. 나는 왜 잡으려고 하는 거지?"

"네가 누군데? 난 너의 얼굴도 보지 못했어. 지금도 이렇게 눈이 가려져 있고. 얼굴이라도 보여 줘야 누구인지 알 것 같은데? 안 그래?"

-이 새끼, 좀 패고 시작하자.

내가 고개를 갸웃하자 케라 형님이 말했다.

-이놈 이거, 자기 눈을 볼 수 있게 만들어서 지금 있는 이곳을 탐색하려는 수작이야. 나중에 풀려나면 자기가 봤던 거, 주변에서 들려오던 소리, 그런 걸로 이곳의 위치를 유추해서 추

적해 올 생각인 거지. 그게 아니면 구조 신호를 보내거나 탈출 방법을 모색하든가.

한마디로 개수작질이란 소리다.

"음, 맡기겠습니다."

잠시 뒤.

그 말 한마디에 왼손이 눈앞에 있는 놈을 아주 묵사발을 만들어 놨다.

"끄으으으으……."

피가 가득한 침을 줄줄 흘리는데 불쌍해서 못 봐 줄 정도다.

"야, 괜찮냐?"

"끄으으으……."

신음 소리가 무척 불쌍해진다.

하기야. 그럴 만도 하다.

패 놓고서 괜찮냐고 묻고 있으니 이 무슨 미친놈이 다 있나 싶을 거다.

"그러니까 허튼수작 말고 묻는 거에 대답이나 해. 나 최강, 왜 잡으려고 하는 건데?"

"너희가…… 돈을 받고 기술을 빼돌렸으니까……."

"뭐?"

기술.

혹시 그 카드라는 것에 지금 말하는 기술이 들어 있던 건가?

"무슨 기술?"

"마인드 솔로 사의 인공지능 기술. 이번에 삼정기업이 인수한……."

"무슨 미친 소리야? 그건 중도에 우리가 막아서 잘 지켰었잖아!"

"그런 후에 정이한 요원이 일본에서 돈을 받고 팔아 버렸지."

"뭐?"

"모르는 척하지 마라. 이미 그놈 계좌나 너의 계좌로 확인된 사실이니까."

"설마, 내 계좌 동결된 거? 그게 이거 때문이라고?"

알고 보니 내가 휘말린 일은 상상 이상으로 큰일이지 싶었다.

"정이한 요원 계좌엔 50억. 너의 계좌엔 30억이 입금된 내역을 이미 확인했어."

"말도 안 돼. 난 아는 게 전혀 없는데, 내 계좌에 정말 그런 돈이 입금되었다고?"

입출금 알람도 받지 못했다고!

동결된 계좌는 잔액 조회조차 불가능했다.

그래서 평범한 방법으로는 들여다볼 방법이 없었다.

대체 누가 무슨 이유로 내 계좌에 돈을 넣었을까?

조작임에는 틀림없다.

나를 옭아매려는.

"나는 아니야."

"뭐?"

"그날 갑자기 사무실을 습격당하고는, 정이한 요원하고 허상훈 과장님의 도움으로 같이 몸을 피한 거였어. 그런 뒤에 도망치다가 총을 맞은 게 전부였다고! 뒤에서 보조나 하는 지원요원인 내가 그런 일에 휘말리는 것 자체가 이상하잖아? 니들은 그런 의심도 안 해 봤어?"

"흐흐흐, 그럼 계좌는 어떻게 설명할 건데?"

"그건……! 하아, 미치겠네. 대체 누가 내 통장에 그런 돈을 넣었다는 거지? 아니, 그리고 말이야. 다른 사람이 돈을 넣었다고 해서 나까지도 범인이라고 하는 건 너무하잖아?"

"누가 대가도 없이 돈을 주지? 너라면 어떻게 생각하겠어?"

모함인 게 분명하지만, 꼼짝없이 기술 유출 범죄에 휘말려 버렸다.

나는 모르는 일이지만, 계좌에 입금된 돈을 내가 모르는 것이라고 증명할 방법이 없다.

입금한 사람을 알아내려면 은행까지 해킹해야 하는데, 거기까지 가면 진짜 일이 복잡해진다.

대체 누가 나한테까지 이런 죄를 뒤집어씌우려고 하는 걸까.

내게 이렇게 해서 무슨 득이 있는 거지?

"좋아, 그럼 이것도 말해 봐. 우리 엄마. 우리 엄마는 왜 죽이려고 한 거야?"

"무슨 헛소리야……. 우리가 네 엄마를 왜 죽여?"

"우리 집에 불이 난 걸 모른다는 거야?"

"아, 그거. 그건 알지. 화재로 안타깝게도 어머니를 잃었더라."

나는 놈의 멱살을 붙잡았다.

"개수작 부리지 마! 이미 요원으로 보이는 여자 하나가 침입해서 우리 엄마 몸에 주사를 넣어 죽이려고 한 걸 확인했어. 근데도 모른 척하겠다는 거야?"

"뭐……?"

이 새끼, 뭐지?

표정을 보니 정말 모르는 것 같다.

"우린 국가정보원이다. 안보 위협으로부터 나라를 지키는 것이 우리의 일이야. 그런 우리가 죄도 없는 민간인을 죽일 리가 없잖아."

"그럼 그 여자는 누구인데!"

"그거야 우리는 모르지! 네가 또 무슨 일에 휘말렸을지 우리가 거기까지 어떻게 알아!"

제라로바가 말해 왔다.

-아무래도 너무 잔챙이를 잡아온 것 같구나. 이놈에게선 중요한 정보를 얻어내기 어려울 것 같다.

그의 말이 맞다.

이놈은 아무것도 모른다.

그리고 엄마를 죽이려고 한 요원과도 관계가 없어 보인다.

밑에서 시키는 대로만 움직이는 요원.

작은 부품에 불과하다.

"후우……. 그럼 말이야. 어디에서 내 계좌로 돈을 보냈는지 그건 알고 있어?"

"각신."

"각신기업……? 거기 누구?"

"기술부 팀장, 마츠오카 하루. 돈 받은 놈이 누가 준 지도 모른다고 하니, 웃기는군. 쇼하지 마라. 그런다고 해서 한 짓이 안 한 짓이 되진 않으니까."

빡!

나는 내 의지로 놈의 뒤통수를 갈겼다.

"아무것도 모르는 주제에 함부로 지껄이지 마. 같은 요원이 무슨 누명을 뒤집어쓴 지도 모르면서 무슨 국가정보원 요원이라고. 한심한 새끼들."

그보다 일이 복잡해졌다.

"미치겠네. 그걸 물어보려고 일본까지 갈 수도 없고. 가서 만난다고 해도 발뺌하면 또 방법이 없잖아."

"정말로 결백하다면, 순순히 잡혀서 조사를 받아. 그게 너한테 최선이야."

"내 말 못 들었어? 누가 우리 엄마를 죽이려고 했어. 분명

요원 같았다고! 누가 나한테 누명을 씌웠는지도 모르는 상황에서 내가 지금 누굴 믿을 수 있겠어? 그러고 보면 돈이 입금됐다고 해서 그것만 곧이곧대로 믿어 버리는 것도 이상해. 지원요원들이 조금만 더 신경 써서 캐 보면 다 나올 텐데 말이야."

나는 잡아온 요원을 차에 태워 한적한 곳의 버스 정류장 앞에 내려 주었다.

밤이어서 사람은 없었지만, 누군가 버스에서 내린다면 알아서 풀어 줄 것이다.

"너 말이야. 어느 편인지는 몰라도 좋은 쪽이면 나에 대해 더 자세히 조사해 봐라. 그래도 국가정보원 이름을 달고 있으면……! 최소한 그 이름 값어치는 하라고, 인마. 쪽팔리게 남이 정한 거에 휘둘리지 말고. 아, 그리고 걸어 다니지 말고 그 자리에 딱 서 있어. 그러다가 차에 치여 뒤지면 너만 손해니까."

차를 타고 폐가로 돌아온 나는 사 온 컴퓨터부터 설치했다.

하지만 설치를 끝내고 의자에 앉자 힘이 쭉 빠졌다.

"잡아온 놈은 개뿔 아무것도 모르고……. 그럼 이제 어떻게 해야 하나."

풀어갈 수록 모르는 것만 가득 쏟아져 나온다.

"그래도 내 통장이 왜 동결된 건지 그건 알았네. 30억……. 진짜 받기라도 했으면 억울하지나 않지. 어우, 짜증나."

그렇지만 이대로 포기할 순 없다.

찾아낼 거다.

찾아서 누가 나에게 죄를 뒤집어씌웠으며, 누가 그런 짓을 했는지 밝혀낼 거다.

엄마를 찾는 것도 마음이 급했지만, 지금은 할 수 있는 것부터 해야 되지 싶었다.

"각신기업 마츠오카 하루라고 했지……."

일본 내 대기업이라서 그런가, 보안망을 뚫는 게 제법 힘들었다.

그렇지만 난 최강이다.

그 정도는 해낼 수 있다.

"뚫었다."

뚫기는 했지만 몇 분 못 갈 것이다.

그쪽에서도 해킹당한 걸 알고 조치를 취하기 시작할 거다.

어떻게든 막히기 전에 원하는 정보를 찾아야 했다.

그런데 그러던 중에 중요한 사실을 알아냈다.

"뭐야, 이 사람 지금 여기에 있는 거야? 출장?"

마츠오카 하루의 일정 중에 한국 기업과의 기술 협약으로 출장을 온다고 되어 있었다.

아니, 날짜를 보니 지금 여기에 와 있었다.

"한국에 있다 이거지. 좋아, 일단 잡아서 물어보자."

-이놈이 너한테 죄를 씌운 놈이냐?

케라 형님이 묻자 나는 고개를 끄덕였다.

"이 사람이 저한테 돈을 입금시켰다고 하는군요. 일단 만나서 정말로 나한테 돈을 입금한 게 맞는지, 나를 알지도 못하면서 왜 그랬는지. 그걸 알아내야겠습니다."

그때, 제라로바가 말해 왔다.

-다음 심문에는 내가 해 보는 것이 어떻겠느냐?

"네?"

-만약 그놈이 아는 것이 많은 놈이라면, 마법을 이용하면 숨기는 모든 것까지 알아낼 수 있을 거거든.

"아니, 그런 게 있으면 아까 좀 해 주시지 않고요."

-몇 가지 물었어도 아는 거 하나 없는 놈한테 뭐 하러 그런 짓을 해.

그러자 케라 형님이 말한다.

-그게 저 노인네들 특성이야. 자기들이 필요하겠다 싶은 걸 두고 보고 있다가 꼭 뒤늦게 나선단 말이지. 지들이 대단하다는 걸 더 부각시키려고.

-이놈이 또 나의 선의를 곡해하려 드는구나!

제라로바 할아버지는 아니라고 하지만, 내가 봐도 케라 형님이 하는 말이 틀리지 않은 듯싶다.

가만 보면 머리도 굉장히 좋으신 제라로바 할아버지다.

근데 적기에 가만히 있다가 늘 뒤늦게 나선다고?

나서 줄 때의 효과는 정말 놀랍고 대단하다 싶지만, 그 뒤늦은 도움이 답답한 것도 사실이다.

'다음부터는 필요한 게 있을 땐 직접 물어야겠다. 마법으로 무슨 도움을 줄 수 있는지.'

"머리 아프니까 싸우지들 마시고요. 아무튼 그런 게 된다고 하시니까, 다음 심문은 할아버지한테 맡겨 볼게요."

-흘흘, 기대해도 좋다. 기대 이상을 얻게 될 테니까.

* * *

빌딩의 건물 내부로 들어온 나는 지하실로 가 내부의 전산망으로 침투했다.

어떻게 이렇게 쉽게 들어올 수 있었냐고?

이젠 제라로바 할아버지가 투명 마법을 쓸 수 있다는 걸 안다.

그거 하나면 앞으로는 어디든 침투할 수 있고, 걱정 없이 빠져나갈 수 있었다.

"할아버지 마법은 진짜 굉장한 것 같습니다. 이곳 세상에서 할아버지하고 제 능력만 합쳐도 정말 못할 게 없을 겁니다."

몰래 은행에 들어가 계좌도 마음대로 조작할 수 있을 것이다.

뒤에서 직원이 치는 비밀번호까지 전부 보고 있을 텐데 뭐가 어려울까.

하지만 나는 범죄자가 아니다.

지금과 같이 어쩔 수 없이 해야만 하는 일이 아니라면, 불필요한 범죄는 피하고 싶었다.

-흘흘, 이 위대한 마법사는 원래 생에서도 못하는 게 없었느니라.

그러고 보니 궁금해진다.

가만 보면 이들 둘은 나와는 시대적으로 동떨어져 있는 것 같았다. 아니, 그 이상의 느낌이 있었다.

"저기 근데요. 두 분께선 어디에서 온 거죠?"

둘이 동시에 답했다.

-에타브리나.

-에타브리나.

들어 본 바가 없다.

"그게 어디인데요?"

-에타브리나 대륙. 나는 그곳의 페르잔 왕국의 궁정 마법사였다.

"페르잔……."

역시 들어 본 바가 없다.

"과거는 아닌 것 같고, 혹시 다른 세상에서 온 거란 건가요?"

-아마도 그런 것 같구나.

-나도 같은 생각이다. 여긴 우리가 살던 세상과는 너무 다르거든.

"역시 그때 보았던 다채로운 색의 터널들은 저마다 다른 차원으로 연결되어 있던 거였구나."

마구 싸우는 통에 그 터널에서 벗어나 나의 터널까지 넘어왔던 두 사람.

황당하게도 그들은 다른 차원의 사람들이었다.

"그럼 그 많은 차원의 죽은 사람들이 전부 한곳으로 모여드는 거였다는 건데……."

사후 세계의 신비.

그 일부분을 조금 엿본 것도 신기하지만, 이렇게 한 몸에 세 영혼이 자리 잡는 것도 이해하기 힘든 부분이었다.

이 사고에 대해 대체 누구에게 묻고 따져야 할까.

신?

지켜보고 있으면 조금만 기다려 주기 바란다.

지금 내게는 이 사람들이 꼭 필요하니까.

"그럼 두 분은……."

둘이 왜 그렇게 원수지간으로 지내냐, 그걸 물으려 했지만 순간적으로 머릿속에서 경고 신호가 울렸다.

이건 참자.

둘이 소리 높여 싸우기 시작할 게 당연한데, 지금 그러면 무척 곤란해진다.

-왜?

-뭘 물어보려 한 것이냐?

“하하, 아무것도 아닙니다. 음음, 지금은 해야 할 일이 있으니까 질문은 여기까지 하죠. 얘기는 다음에요.”

그렇게 쭈그려 앉은 나는 시간을 확인하며 카메라 영상으로 빌딩으로 도착하는 차들에 주목했다.

그렇게 얼마나 있었을까, 드디어 찾던 사람이 차에서 내렸다.

[이름 : 마츠오카 하루.]

[나이 : 58세.]

[직업 : 각신기업 기술부 팀장.]

[가족 : 56세의 부인과 두 명의 딸.]

그가 인공지능 관련 기술 협약을 위해 셀로스 본사에 도착한 것이다.

셀로스는 현재 국내 기업 중에 유일하게 식당 서빙 로봇을 공급하고 있는 회사로, 현재는 로봇 택배 배송을 개발 중이었다.

그것을 위해 여러 통신 회사와 보다 세밀한 위성 관련 지도 맵을 구축하기 위해 힘쓰고 있었으며, 그와 함께 세계 최초의 안드로이드를 만들겠다는 야망을 지닌 기업이었다.

태블릿 하나만을 가지고 자리에서 일어난 나는 겉옷을 벗어 말끔해진 정장 차림으로 걸음을 옮기기 시작했다.

“무슨 일이 있어도 오늘 꼭 이유를 알아야겠어.”

잠시 뒤, 태블릿을 통해 마츠오카 하루가 엘리베이터 쪽으로 이동하는 것이 보였다.

바로 옆 계단 통로에 있던 난 제라로바 할아버지에게 부탁했다.

"할아버지, 지금입니다."

"나튤라 미브로울라."

* * *

스으으윽…….

마츠오카 하루는 엘리베이터를 기다리던 중 기이한 바람을 느끼며 옆을 쳐다봤다.

이제 막 닫히고 있던 문이 다시금 철컥 하고 닫히고 있었다.

"으음?"

그가 이상하게 쳐다보자 그걸 함께 봤던 경호원이 다가가 문을 열어 계단을 살폈다.

하지만 그는 고개를 저으며 돌아왔다.

별거 아니라고 생각할 테지만, 그들은 모른다.

최강이 투명해진 모습으로 함께 엘리베이터를 타고, 같은 층에서 내린 것을.

회사 대표의 사무실로 들어간 마츠오카 하루는 셀로스의 대표인 김학진과 인사를 주고받았다.

"어서 오십시오. 반갑습니다."

"今日はよろしくお願いします。このようにお会いできてどんなに嬉しいか分かりません。"

"반갑습니다. 이렇게 보게 되어 얼마나 기쁜지 모릅니다."

옆에 있던 사내가 통역을 해 주었고, 김학진은 웃으며 앉기를 권했다.

"편히 앉으십시오. 그럼 사업 얘기를 해 보겠습니다."

하지만 최강은 그들이 하는 사업 얘기를 기다려 줄 생각이 없었다.

사아앗!

모습을 드러낸 그가 대뜸 문으로 가 문을 잠갔다.

철컥.

문이 잠길 때까지 그의 존재를 몰랐던 모두가 그제야 문 쪽을 바라봤다.

김학진이 표정을 굳히며 물었다.

"당신 뭐야? 못 보던 얼굴인데?"

"당연하지. 나도 당신 처음 보니까."

"뭐?"

회사 대표인 자신에게 이렇게 건방지게 말을 한다는 건 회사 사람은 아니란 뜻이다.

"당신 여기 어떻게 들어왔어! 당장 나가지 못해!"

그의 큰 소리에 문 밖에서 물어 왔다.

"대표님, 대표님 괜찮으세요?"

처걱. 처걱.

"어? 문이 왜 잠겼지? 대표님?"

함께 왔던 마츠오카 하루의 경호원들도 문을 열려고 안간힘을 쓰는 것 같았다.

시간이 별로 없다.

저들이 들어오기 전에 어떻게든 원하는 걸 알아내야 한다.

"미안하지만 내 용건은 당신이 아닙니다. 마츠오카 하루. 당신한테 있지."

마츠오카 하루가 심각해진 얼굴로 둘을 번갈아 봤다. 그 옆의 통역이 급하게 둘 사이에 오가는 대화를 알려 주고 있었다.

마츠오카 하루는 자신에게 용건이 있다는 최강의 말을 듣고 물어 왔다.

"내게 무슨 볼일이지?"

최강은 전달해 주는 통역과 대화를 나누기 시작했다.

"나는 국가정보원 7과에서 근무하던 최강이라고 해."

"私は国家情報院7課で勤務するチェ·ガンだと言う。"

"지금 당신이 나한테 입금한 돈 때문에 내가 무척 곤란한 상황에 놓여 있거든. 그게 어떻게 된 일인지 설명 좀 해 줬으면 해서."

국가정보원이란 말에 경비를 부르려던 김학진이 잠시 주춤했다. 그는 전화를 다시 내려놓으며 물었다.

"국가정보원?"

마츠오카 하루는 잠시 긴 생각을 하는 듯 보였다.

불편한 기색과 함께 매서운 눈빛으로 최강을 보기를 잠시, 통역이 그가 하는 말을 전해 왔다.

"나는 무슨 말을 하는 건지 모르겠다. 그렇게 말씀하십니다."

최강이 씩 웃었다.

뻔뻔한 표정으로 시선을 돌리는 걸 보니 아주 모르는 건 아닌 것 같았다.

"그렇게 나올 거라고 예상했지. 김학진 대표님?"

"뭔가?"

"중요한 증인이 될 수도 있을 것 같으니까 잠깐만 잠자코 있어 주시죠. 저도 이런 쪽바리 앞에서 같은 한국 사람한테 위협을 가하고 싶지는 않으니까."

"근데 자네, 정말 국가정보원이 맞기는 한 거야?"

"그건 저희들 간의 대화를 들어 보시면 알게 되실 겁니다."

최강은 마츠오카 하루에게 다가갔다. 그러자 통역이 얼른 막아섰다.

퍽!

"커윽!"

그러나 한 대 후려치자 코피를 쏟으며 넘어진다.

"처맞기 싫으면 옆에서 통역이나 제대로 해."

그때, 마츠오카 하루가 뭐라고 하더니 통역이 말해 왔다.

"나에게 이렇게 하고도 네가 무사할 수 있을 거라고 생각하지 마라."

"아니. 누가 무사하지 못할지는 두고 보자고. 만약에 당신도 한통속이면 진짜 가만 안 둘 생각이거든."

최강의 말을 듣고 마츠오카 하루의 표정이 불쾌함으로 굳어졌다.

"어차피 말할 생각도 없는 것 같으니까 내가 먼저 손을 쓸게."

최강이 그의 뒤로 가더니 손을 내밀었다.

"아쉴레나 미레우라 카뮤쉐리."

그 순간, 마츠오카 하루가 부르르 떨더니 눈을 뒤집어 깠다.

놀란 김학진이 크게 소리쳤다.

"뭐야, 당신! 지금 무슨 짓을 한 거야? 이보십시오, 마츠오카 하루 씨!"

"다치게 하려는 건 아니니까 걱정 안 하셔도 됩니다. 이봐, 통역. 통역할 준비해."

"……네."

최강이 태블릿의 영상 녹화 어플을 누른 뒤 질문을 하기 시작했다.

"국가정보원에서 하는 말로는, 당신이 기술을 넘겨받는 조건으로 정이한 요원과 나 최강 요원에게 돈을 입금시켰다고 했어. 나는 전혀 모르는 일인데. 왜 그런 짓을 한 거지?"

말을 전한 통역이 마츠오카 하루의 말을 듣더니 심각해진 표정을 머금었다. 이런 걸 통역해도 괜찮은지 갈등하는 것 같았다.

"통역해. 또 맞고 싶어?"

최강의 으름장에 통역이 주춤하며 말했다.

"그, 그게……. 음음, 한국에서의 공조 요청이 있어 그렇게 입금을 시켰다."

"공조 요청? 그게 무슨 말이야? 제대로 설명해 봐."

"정이한이 가져간 물건이 매우 중요한 것이라고 했다. 그걸 찾기 위해선 누명을 씌워 몰이를 해야 한다고 했다. 그래서 요청에 따라 너희들의 계좌로 입금을 시켰다."

"정이한 요원은 그렇다 쳐도, 왜 나까지 누명을 씌운 건데? 나는 아무 상관도 없잖아? 대체 왜 나한테까지 그러는 거야?"

"요청인의 말에 의하면, 그걸 본 사람도 죽어야 한다고 했다."

"미친……. 무슨 그런 말도 안 되는……. 좋아, 그럼 우리 엄마는? 우리 엄마는 왜 죽이려고 했어?"

"거기까진 나도 모른다. 하지만 짐작은 된다. 네가 사라질 경우 가족이 귀찮게 원인을 찾으려 할 테니까. 언론에서 의문을 가지기 전에 미리 처리한 거라고 본다."

문에서 강한 충격음이 들려오기 시작했다.

콰당! 콰당!

문이 곧 부서질 것 같았다. 그렇지만 아직 듣지 못한 얘기들이 많았다.

마음이 급해진 최강은 가장 중요한 것을 물었다.

"정이한이 가져간 물건이 뭔데?!"

"거기까진 나도 모른다. 나는 요청에 따른 것뿐이다."

"무슨 카드라고 했어! 뭐든 떠올려 봐!"

하지만 대답이 없다.

"빌어먹을……."

나는 다시 물었다.

"그럼 공조를 요청한 사람이 누구야! 혹시 국가정보원 소속이야?"

"그것은 신……!"

그때, 기어이 문이 부서졌다.

퍼서석!

"에이, 씨! 케라 형님!"

그 외침과 동시에 그의 움직임이 놀랍도록 빨라졌다.

파밧!

퍼억!

최강은 날아오는 주먹을 전부 쳐 내고 상대의 얼굴을 가격했다.

다른 자가 발로 차려 하자 때린 자의 멱살을 잡아끌고 와 대신 맞게 했다.

그를 밀치자 두 사람은 뒤로 떠밀렸고, 최강은 뒤로 휘돌아 뒷발로 상대의 가슴을 발로 차 버렸다.

그러나 그때, 밖에 있던 여자 비서가 경비를 부르는 소리가 들려왔다.

"빨리요! 빨리 좀 와 주세요!"

최강은 마츠오카 하루를 보며 갈등했다.

들어야 할 건 산더미인데, 빌딩 경비들이 전부 몰려오면 감당할 자신이 없었다.

"할아버지, 두 사람을 투명 인간으로 만들 순 없나요?"

-이미 오늘만도 마법을 세 번이나 펼쳤다! 더는 무리야! 어서 자리를 피해라. 여기에 더 있다간 네가 위험해!

-최강 너도 알다시피 오래 싸우는 건 아직 너의 몸으로는 무리야! 피해야 해!

둘 모두 피할 것을 권고했다.

최강은 자신의 저질 체력이 원망스러웠다.

"젠장……!"

무섭게 비서를 쏘아본 그는 빠르게 그곳을 빠져나갔다.

최강이 사라지고 잠시 후.

마츠오카 하루는 그제야 제정신을 차렸다.

"으음? 뭐야. 그놈은 어디로 갔어?"

아무것도 모르는 걸 보면 기억에 없는 모양이다.

"몇 가지를 묻고는 사라졌습니다."

"물어? 그놈이 나한테 뭘 물었는데?"

"기억이 안 나십니까?"

그때, 김학진 대표가 식은땀을 흘리며 통역을 급히 불렀다.

"이보게, 통역! 여기에서 있었던 일은 자네와 나만 아는 게 어떤가? 생각 잘하게. 자칫 잘못하면 이 일에 자네와 나까지 휘말려!"

통역도 불안해진 것일까, 잠시 머뭇거리더니 어색한 표정을 머금으며 고개를 끄덕였다.

"네, 그러겠습니다."

"그래, 그러는 게 좋겠어……. 뭔가 알아서는 안 될 걸 들은 것 같거든."

마츠오카 하루가 통역에게 재차 물어 오자 통역은 애써 미소를 지으며 답했다.

"그놈이 뭘 물었냐니까? 그리고 김학진 대표와는 무슨 얘기를 하는 거야?"

"김학진 대표께서 거래를 이어 진행하자고 하십니다. 엉뚱한 사람 때문에 많이 놀랐다고 하시면서요. 그리고 이 부분에 대해 사과를 하고 계십니다."

"그래? 음……."

두 사람이 보기에 마츠오카 하루는 자신이 한 말을 기억하지 못하는 것 같았다.

하여 두 사람은 시선을 교환하며 이곳에서 들은 것들을 서로의 가슴에 묻고자 했다.

* * *

폐가로 돌아온 나는 마음이 무거웠다.

기껏 계좌에 돈을 넣은 이유를 물으러 갔더니 제대로 듣고 온 게 아무것도 없었다.

“누군가가 누명을 씌운 건 이미 짐작하던 거였다고. 근데 그런 것만 듣고 오면 어쩌자는 거야. 하아, 그 마지막에 누구라고 말을 한 것 같은데……! 신, 신 뭐라고 했지?”

하필이면 그 순간에 문이 부서지며 경호원들이 들이닥칠 게 뭐란 말인가.

그것 때문에 가장 중요하게 들어야 할 사람의 이름을 듣지 못하고 말았다.

“우선은 신 씨 성을 가진 사람을 추려 보자. 원장 신우범, 산업 스파이와 사이버 공격을 맡고 있는 3차장 신재섭, 그리고 기획조정실장 밑으로 있는 3과의 신정환 과장.”

국가정보원에서 가장 지위가 높은 원장.

그 밑으로 1차장, 2차장, 3차장.

그리고 기획조정실장이 국가정보원의 실세라 할 수 있다.

하지만 각 과의 수장들도 신 씨 성을 지니고 있다면 충분히 살펴야 했다.

이 중요한 일에 그 누구 하나 예외로 둘 생각은 조금도 없었다.

"외부에 사무실을 둔 7과이자 퍼플인 나의 부서는 3차장의 밑에서 업무를 보고 있었어. 우리가 주로 하는 일이 산업 스파이를 잡는 일이었으니까."

3차장, 신재섭.

휘하의 부하 직원이니 죄를 뒤집어씌우기가 가장 손쉬웠을 것이다.

차장의 발언권이면 원장도 그가 올리는 보고를 곧이곧대로 믿을 게 틀림없다.

"신재섭 차장. 누명을 씌운 게 그일까?"

정보가 없다면 알아낼 방법은 하나뿐이다.

"일단 신재섭 차장, 그부터 만나 봐야겠어."

다음 날 아침.

하루 자고 일어났더니 몸이 가뿐했다.

전날 지끈거리던 두통도 많이 사라졌다.

"어떻게 훈련의 성과는 좀 있나요?"

내가 자고 있을 때 케라 형님이 내 몸을 움직였을 게 분명하여 묻는 것이다.

-겨우 며칠로 성과를 바라다니. 걷기도 전에 날려고 하는구나.

"역시 그거로는 어렵겠죠?"

-그래도 폐활량은 많이 늘어났어. 조금 무리를 하긴 했지만, 노인네가 회복시켜 줘서 몸에 부담은 없을 거다.

"다행이네요."

그때, 제라로바가 제안을 해 왔다.

-최강, 너에게 제안할 것이 하나 있다.

"뭔데요?"

-너의 몸에 룬을 하나 새기고 싶다.

"룬? 그게 뭔데요?

-일종의 마법 문양 같은 것이다. 그것을 새긴다면 뜻하는 것만으로도 간단한 마법 정도는 곧바로 펼칠 수 있게 된다.

"혹시 그 간단한 마법이라는 게, 제 의지로도 가능한 건가요?"

-그래.

"호오……."

솔직히 문신 같은 것엔 취미가 없다.

그렇다고 문신에 혐오감이 있는 건 아니다.

충분히 개인 취향이라 생각한다. 단지 내가 문신하는 것에 거부감이 있을 뿐.

그러나 뭔가를 새김에 따라 마법을 쓸 수 있다고 한다면 얘기가 달라진다.

마법이다.

그걸 내가 펼칠 수 있게 된다는 거잖아!

뭔가 고통이 있거나 심각하게 혐오감을 주는 것만 아니라면 해 봐도 좋지 않을까?

"어떤…… 건데요?"

그러자 오른손이 저절로 팬을 가져와 종이에 무언가를 그리기 시작했다.

뭔가 복잡하거나 하진 않았다.

네 개의 구부러진 선들이 얽혀 있는 모양이다.

젊은 층에서 할 법한 멋스러운 엠블럼 문신 같기도 했다.

"모양은 나쁘지 않네요. 크기는요?"

-지금 보는 크기 그대로다.

"뭔가 손바닥에 새기기에 좋아 보이네요."

-나는 이마에 새겼었다만, 다른 이들은 손등에 새기고는 했다.

"손등은 곤란해요. 추적하기 가장 쉬운 게 또 문신 같은 것이거든요.

-그럼 손바닥에 하자꾸나.

그때, 케라가 의심을 해 왔다.

-노인네, 무슨 수작이지? 그딴 걸 최강의 몸에 새겨서 뭘 하려는 거야? 혹시 무슨 다른 생각을 먹고 있는 거 아냐?

-또 무슨 트집을 잡으려고 그러느냐?

-그 문양이 최강에게 나쁘지 않은 거라는 보장이 있느냔 말이다.

나는 아차 싶었다.

그러고 보니 마법을 쓸 수 있다는 말에 넘어가 너무 쉽게 허락을 했다.

만약 말한 것과 다른 마법이 발현되면?

제라로바가 나를 속이지 말란 법이 없었다.

늘 필요할 때마다 도와주는 그이지만, 그 속내까지 무슨 수로 알아?

"할아버지, 이 문양의 능력은 뭐죠?"

-네가 두려워하는 그 총이란 무기의 대비이다.

그러고 보니 며칠 전에 총에 관해 말한 적이 있었지.

그것이 얼마나 무서운 무기인지도.

"어떤 대비라는 거죠?

-그 문양을 들어 보이며 멈추라는 의지를 가지면, 날아오던 무엇도 일시에 멈출 거다. 물론, 너의 정신력에 따라 그 효능이 달라질 테지만 위기를 넘기기엔 충분할 테지.

일종의 염력!

정신력의 차이로 효능이 달라질 거라고 하지만 가지고 싶단 충동이 일었다.

"케라 형님은 어떻게 생각하세요?"

-룬 문장 하나로 몸을 지배하거나 할 수 있을 것 같지는 않은데…….

제라로바가 무척 서운해했다.

-최강아! 설마 너까지도 나를 의심하는 것이냐?

"아, 아뇨! 그런 건 아니고, 다 같이 의견을 나눠 보자 뭐 그런 거죠. 하하, 그러니까 오해는 하지 말아 주세요.”

-끄음…….

오해하지 말라고 했지만, 이미 내 마음을 알아차린 것 같다.

내가 곤란해하자, 케라가 제라로바에게 물었다.

-정말로 최강에게 해가 없는 문양이겠지?

-믿어라, 이 살인자 놈아!

-만약 거짓일 시에는 내가 그 손을 잘라서라도 뜻대로 하지 못하게 할 줄 알아라.

-마음대로!

아니, 왜 내 몸을 자기들 멋대로 정해?

“저기요. 내 손이거든요? 자른다니 무슨 그런 끔찍한 말씀을 하세요!”

-저 노인네가 다시 회복시켜 줄 게 아니냐?

“그렇긴 해도, 그 고통은요! 확인되기 전까진 그런 짓 절대로 하지 마세요. 이건 부탁이 아니라 경고입니다.”

-일단은 두고 보고 결정하자.

잠시 뒤, 왼손이 오른손 위를 빙글빙글 돌았다.

그에 따라 나의 입에선 계속해서 여러 언어들이 흘러나왔다.

“샤이 노 드라쉬라 아뒤나 미루쉐이카 나이로트 뷔레 아타카트라…….”

너무 오랜 주문이 이어지자 내 시선이 자꾸 왼쪽에 놓인 손도끼로 향한다.

내가 그러는 것이 아니다.

케라 형님이 그러는 거였다.

아저씨, 좀 참으세요. 당신이 그러니까 저도 불안해 죽겠단 말입니다.

뭔가 마법 문양을 새긴다고 하지만, 주문이 길어져 마치 의식 같은 느낌이 강하게 드는 것도 사실이다.

대체 언제까지 이럴 생각이지?

그런데 갑자기 묘한 변화가 일어났다.

손바닥 중앙으로 검은 무언가가 둥글게 생기더니 점차 퍼지며 아까 제라로바가 그렸던 그림처럼 변해 가는 거였다.

"되, 된 건가요?"

-다 되었다.

왼손이 슬그머니 손도끼를 잡아갔다.

다급해진 나는 얼른 제라로바에게 물었다.

"시, 실험! 그럼 정말 말씀하신 것처럼 되는 건지 뭐든 해봐야죠!"

오른 손이 문양을 그렸던 종이를 구기더니 허공으로 던졌다.

가만히 보고 있는데, 오른손이 활짝 펴지는 순간 떨어지던 종이가 허공에서 멈췄다.

"우와!"

-어떠냐?

"진짜 이게 된다고요? 잠깐만요, 제가 해 볼게요!"

떨어지는 종이를 허둥대며 잡아낸 나는 다시 허공으로 던지며 손을 활짝 펴 보았다.

투둑.

근데 그냥 바닥으로 떨어진다.

"에엥? 왜 안 돼."

-제대로 집중을 해야지! 마법이라는 게 그렇게 만만한 것이라고 생각하느냐?

다시 한번 시도해 보지만 또 툭 하고 떨어졌다.

-더 강하게!

졸지에 마법 수련을 하는 것 같은 기분은 뭘까.

아무튼 쓸 곳이 많아 보이니까 이거 하나는 제대로 배워 두자.

"흡!"

정말 있는 힘껏 눈을 부릅뜨며 손을 펼쳤다.

스읏!

그런데 정말로 멈췄다.

"됐다! 진짜 멈췄어요! 으하하하하!"

-그러한 집중도 익숙해지면 언제든 마음먹은 대로 가능해질 거다. 다른 마법처럼 큰 무리를 주는 건 아니니 자주 연습하여 숙달되도록 해라. 그리고 그 숙달은 다른 마법을 더 많이 사용하는 데에도 도움이 되겠지.

왼손이 손도끼를 내려놓았다.

제라로바가 말한 것이 진실임을 알아서였다.

-흥! 그렇게 잘난 노인네가 내가 던진 암기는 왜 못 피했대.

-네놈이 나 몰래 물에 독을 타지 않았더냐! 그 때문에 집중력이 흐트러지지만 않았어도 내가 네놈한테 죽는 일은 없었어!

-자기가 부주의했던 걸 날 탓하려고?

-이 비겁한 살인마 놈이……!

이쯤 되자 나는 정말 한 번은 물어봐야겠다고 생각했다.

이왕 싸우기 시작한 거, 미룰 거 없이 지금 하자.

"저기 말입니다. 말이 나왔으니까 하는 말인데요, 두 분은 왜 그렇게 서로 원수가 된 거죠?"

제라로바가 먼저 말했다.

-케라 저놈이 나를 암살하러 왔기 때문이다!

"그럼 케라 형님은 왜 제라로바 할아버지를 노린 건데요?

-국왕의 명령이었다.

"네에?"

-저 교활한 마법사가 왕자를 현혹시켜 반정을 꾀하였기 때문이다. 그걸 미리 알아차린 국왕께서 첩보 세력을 거느린 내게 저 노인네를 처리하라 명령하셨다.

-흥! 그 국왕은 나라의 안위는 신경도 안 쓰는 폭군이었어! 나라의 재정은 바닥이 나고, 굶어 죽는 국민이 늘어 갔으나 그는 국민의 원성을 칼로 다스렸다! 타국의 공격으로 나라가

쪼개지게 생겼는데도 지원은커녕 성에만 틀어박혀 자신의 안위만 챙겼어! 그게 무슨 왕이란 말이냐!

얘기를 들어보니 짧은 사극 드라마를 한편 본 것 같다.

결국 이기적인 폭군 사이에서 두 신하가 서로에게 칼을 겨눈 셈이다.

"왕에 대한 충심이냐, 나라를 위하는 충심이냐. 그런 거였군요."

둘은 머릿속에서 한참 싸웠다.

그래, 원 없이 싸워라.

한 번은 놔둬야 하지 싶다.

아이고, 골아…….

싸움이 어느 정도 잦아들자 나는 소리쳤다.

"자, 이제 그만! 정치적인 견해로 부딪쳐 봐야 이젠 소용없다는 거 두 분 다 아시잖아요. 이제 두 사람은 다신 그곳에 돌아갈 수 없고, 이미 그곳에 있던 육신도 사라졌을 겁니다. 그러니까 이젠 싸움의 이유 같은 건 내려놓으세요."

-…….

-…….

어째 말이 없다.

둘 다 상당한 고집쟁이란 거겠지.

며칠 상대해 보니 알 것 같다.

아무튼 둘이 이토록 사이가 안 좋은 이유를 알고 나니 속은 후련했다.

* * *

강남 경찰서.

강력 2팀 김동운이 최소현에게 다가왔다.

"선배, 이것 좀 보세요."

"뭔데?"

김동운이 유튜브 영상을 보여 주며 말했다.

"총상 환자가 입원한 그날 말입니다. DS빌딩에서 화재가 있었던 모양이더라고요. 총상 환자가 발견된 그 지점에서 10분 거리쯤 되는 곳이고요."

"그거 오작동이라고 하지 않았어?"

"보고받기로는 그랬었죠. 다른 얘기도 없었고요. 근데 이걸 보시면 뭔가 다르다는 걸 알 겁니다."

영상에는 높은 건물에서 탈출용 튜브가 내려오더니 이후 폭발이 일어나는 광경이 찍혀 있었다.

콰광!

"뭐야, 이거. 그날 화재는 없었다더니. 이건 뭐가 폭발한 거잖아?"

"근데 기사 하나 안 나오더란 말이죠. 이상하죠."

"어, 이상해."

"더 황당한 게 뭔지 아세요? 사람들이 이걸 퍼다 나르기 시작하자마자 영상이 감쪽같이 사라졌다는 겁니다."

"정말이야?"

"이건 제가 핸드폰으로 따로 찍은 거라서 다행히 무사한 거고요."

가만히 영상을 보던 최소현이 김동운의 손을 붙잡았다.

"거기! 잠깐만! 거기서 멈춰 봐. 아니다, 그냥 줘 봐. 내가 할게."

재생 장면을 앞뒤로 돌려보던 그녀는 튜브를 타고 내려오다가 넘어진 사내의 얼굴을 흐릿하게나마 볼 수 있었다.

바로 최강이었다.

그 뒤로 몇 사람이 더 내려와 함께 뛰기 시작했고, 이후 그 뒤를 검은 양복의 사내들이 뒤쫓는 게 보였다.

영상은 거기서 끝났지만, 최소현은 얼른 지도 앱을 열었다.

"DS빌딩이라고 했지."

"네. 중소 언론 매체들이 모여 있는 곳이라네요."

"이걸 좀 봐. 거기서 도망친 사람들이 뛰는 방향하고, 총상 환자가 발견된 장소가 일치해."

"그럼 이들 중에 하나가 그 도망친 총상 환자라는 걸까요?"

"이들 중 하나가 아니지. 환자 추정 나이가 몇이라고?"

"20대 후반. 아……! 그럼 방금 탈출하다가 넘어진 사람이 그 사람일 수도?"

"그렇지. 호호, 이제야 얼굴을 찾았네. 자, 그럼 몽타주 그린 거하고 비교해 보러 가볼까?"

의사와 간호사들의 말을 듣고 그린 몽타와 찍힌 장면과 대조해 보았다.

두 모습은 정확히 일치했다.

"똑같네요."

"그럼 시작점이 이 빌딩이라는 건데……. 단서를 찾았으니까 이제 움직여 보자고."

* * *

야심한 밤.

차에 몸을 웅크린 나는 망원경으로 한 집을 지켜봤다.

그 과정에서 몇 사람이 평상복을 입고 집 주변을 걸어 다니는 게 포착되었다.

동네 주민이라면 저렇게까지 한 집 주변을 배회하진 않는다.

요원이 틀림없었다.

"요원들 몇은 차장의 집을 보호하고 있는 모양이군."

몇몇 요원들이 서로 돌아가며 국가정보원의 중요 인물들을 경호한다는 말은 들은 적이 있다.

대한민국은 70개국에서 침입하려는 해커와 산업 스파이들을 막아 오고 있었다.

그 과정에서 국가정보원의 간부를 노리는 건 한 번쯤 써 볼 법한 수단 중 하나였다.

저런 경호와 보호가 이루어지고 있는 것도 충분히 이해가 되는 부분이다.

하지만 상관없다.

나는 신재섭 차장만 도착하는 걸 보면 된다. 그만 나타난다면 들어가는 건 일도 아니었다.

스으으윽.

그때, 골목길이 밝아지는가 싶더니 차량 한 대가 와서 멈춰 섰다.

뒤따라온 차량에서 사람들이 나와 주변을 경계하는 사이 신재섭이 차에서 내려 집으로 들어갔다.

"지금 바로 움직이긴 좀 그렇고. 경계가 조금 느슨해지면 움직여야겠어."

신재섭은 집에 들어와 씻고, 가족들과 식사를 한 후에 뉴스를 조금 보다가 서재로 들어왔다.

그는 각 팀에서 올린 보고를 다시 검토하는 중이었다.

그런데, 그때.

딱.

갑자기 불이 꺼졌다.

"음? 뭐야? 정전인가?"

그런데 그때, 어둠 속에서 목소리가 흘러나왔다.

"차장님, 잠깐 대화 좀 하시죠."

크게 놀랐을까.

신재섭의 몸이 한차례 움찔거렸다.

"뭐, 뭐야……! 거기 누구야!"

신재섭은 얼른 서랍 밑으로 있는 경보 장치를 누르려고 했다.

하지만 어둠속 목소리가 먼저 말했다.

"그 스위치 선은 이미 다 잘라 두었습니다. 그러니까 목소리 낮추시고 얘기 좀 하시죠. 위협을 가할 생각은 없습니다."

신재섭은 천천히 중간 서랍을 열어 갔다.

"누구인지는 몰라도 대단하군. 여길 이렇게 쉽게 침입하다니 말이야."

"그 서랍에 있던 총도 제가 가지고 있습니다."

"음……."

신재섭은 침음을 흘렸다.

경보 장치도, 총도 없다면 여기서 자신이 할 수 있는 일은 아무것도 없었다.

"위협을 가할 생각이 없다니까요. 그랬으면 이미 이 총으로 차장님을 쏘지 않았겠습니까."

"목적이 뭐야? 내게 뭘 원하는 거든 얻을 수 있는 건 아무것도 없어. 그것만 알아둬."

"제가 원하는 건 답입니다."

"뭐?"

최강은 스위치로 다가가 불을 켰다.

그는 창밖을 슬쩍 보고는 벽 쪽으로 붙어 신재섭에게 물었다.

"제가 누구인지 알아보시겠습니까?"

"너는……."

곰곰이 생각을 하던 그가 눈을 크게 떴다.

"최강! 그래, 7과 지원요원 최강! 맞지?!"

"마치 이제야 알아본다는 듯이 말씀하시네요. 저한테 누명을 씌워 놓으신 분이."

"무슨 헛소리야? 너하고 정이한, 그리고 허상훈까지. 뇌물 처먹고 산업 기밀 팔아먹은 거잖아! 근데 무슨 누명?"

"이거 왜 이러실까. 꼭 증거를 들이밀어야 답을 말씀해 주실 겁니까?"

"증거? 뭐가 있든 있으면 제시해 봐! 자네가 누명을 썼다는 증거!"

최강이 등에 매고 있던 가방에서 태블릿을 하나 꺼냈다.

"제가 뇌물을 받아 산업 기밀을 빼돌렸다는 게 통장 입금 내역 때문이라면, 이걸 한 번 보시죠."

최강이 재생시키는 영상에는 마츠오카 하루가 말한 내용이 흘러나오고 있었다.

["국가정보원에서 하는 말로는, 당신이 기술을 넘겨받는 조

건으로 정이한 요원과 나 최강 요원에게 돈을 입금시켰다고 했어. 나는 전혀 모르는 일인데. 왜 그런 짓을 한 거지?"]

["통역해. 또 맞고 싶어?"]

["그, 그게……. 음음, 한국에서의 공조 요청이 있어 그렇게 입금을 시켰다."]

["공조 요청? 그게 무슨 말이야? 제대로 설명해 봐."]

["정이한이 가져간 물건이 매우 중요한 것이라고 했다. 그걸 찾기 위해선 누명을 씌워 몰이를 해야 한다고 했다. 그래서 요청에 따라 너희들의 계좌로 입금을 시켰다."]

["정이한 요원은 그렇다 쳐도, 왜 나까지 누명을 씌운 건데? 나는 아무 상관도 없잖아? 대체 왜 나한테까지 그러는 거야?"]

["요청인의 말에 의하면, 그걸 본 사람도 죽어야 한다고 했다."]

["미친……. 무슨 그런 말도 안 되는……. 좋아, 그럼 우리 엄마는? 우리 엄마는 왜 죽이려고 했어?"]

["거기까진 나도 모른다. 하지만 짐작은 된다. 네가 사라질 경우 가족이 귀찮게 원인을 찾으려 할 테니까. 언론에서 의문을 가지기 전에 미리 처리한 거라고 본다."]

신재섭의 표정이 심각하게 굳어졌다.

"이게 무슨……."

"거기 나오는 사람이 바로 나한테 돈을 붙였다는 마츠오카 하루라는 사람입니다. 자, 이제 말씀해 보시죠. 끝까지 듣지는 못했지만 그 사람이 분명 그랬습니다. 신으로 시작하는 이름을 가진 사람이 요청하여 누명을 씌웠다고요."

"그래서 지금 그게 나라는 거야?"

"당신이 내 직속상관의 상관이지 않습니까! 자, 말해 보시죠. 왜 그런 겁니까? 정이한 요원이 가지고 있는 게 대체 뭔데! 7과 요원들을 모조리 죽이고, 나까지 누명의 씌워 죽이려고 하느냔 말입니다!"

"7과 요원들을 죽인 게 정이한이 아니라고?"

"지금 장난해요? 그날 7과 사무실로 습격이 있었습니다. 총 든 사람들이 우르르 들어와서는 7과 전원에게 총을 쐈다고요! 내부나 외부 CCTV가 있었을 텐데, 그것도 확인 안 해 본 거예요?"

"화재와 폭발로 다 지워졌다고 했어! 지금 이건 내가 아는 것과는 내용이 다르다고!"

"그게 누구죠? 지워졌다고 한 사람, 그게 누구냐고요?!"

"3과 과장, 신정환 과장."

최강은 혼란스러웠다.

'그 신 씨가 신재섭이 아니라, 신정환이라고?'

하지만 눈앞에 있는 사람이 관련이 없다는 증거도 없다. 만약 다 한통속이면?

"그럼 차장님 말씀이 진짜인지 확인 좀 하겠습니다."

그의 손이 다가옴에 따라 선재섭은 갑자기 정신이 혼미해져

갔다.

잠시 뒤.

정신을 차린 신재섭은 엎드려 있다가 몸을 벌떡 일으켰다.

"음!"

하지만 방에는 혼자만 있었다.

마치 꿈이라도 꾼 듯 아무도 없었다.

그러나 눈앞에 보이는 쪽지와 메모리 칩으로 그게 꿈이 아니었음을 알게 되었다.

[아직은 누구도 믿을 수 없지만, 차장님만은 믿어 보겠습니다. 제가 왜 이런 일에 휘말렸고, 누가 저에게까지 누명을 씌운 것인지 알아봐 주십시오. 마츠오카 하루의 영상은 차장님께 맡기겠습니다.]

"음……."

그는 정원으로 나오며 두 명의 요원에게 물었다.

"이봐, 방금 전에 누가 여기서 나오는 거 못 봤어?"

"못 봤습니다만. 왜 그러십니까? 혹시 침입자를 보신 겁니까?"

"어? 아니, 그런 건 아니고. 알았어……."

그는 주변의 카메라들과 곳곳에 배치된 요원들을 보며 심각한 표정을 머금었다.

"지원요원, 최강……. 보통이 아닌 놈이로군……."

* * *

차를 몰던 중에 코에서 코피가 흘렀다.

들어갈 때 한 번, 심문에 한 번, 그리고 나올 때 또 한 번.

짧은 시간에 세 번을 연달아 마법을 펼친 대가였다.

"훌쩍. 후우……. 이거 이러다가 뇌에 부작용이라도 생겨서 죽는 건 아닐까 걱정되네요."

-행여 생기더라도 케라의 훈련 후에 회복 마법을 걸면 모두 치유될 거다.

불안 와중에 다행스러운 답변이었다.

"아, 그랬지. 하긴, 총알구멍도 그렇게 쉽게 치료하는데, 뇌에 조금 무리가 간 거 정도야……. 그럼 안심이고요."

코피는 흐르는데 차에는 티슈 한 장 없었다.

하는 수 없이 골목에 차를 세워 그 옆에 있는 편의점에 들렀다.

모자를 푹 눌러 쓰고 마스크를 하는 것도 잊지 않았다.

걷는 게 불편하긴 했지만 깔창도 두둑하게 깔아 놓았다.

어디에 카메라가 있건, 나라는 건 모를 것이다.

"여기요."

계산을 하려 하는데, 유심히 쳐다보려는 알바의 시선이 거슬린다.

뭐야? 뭘 그렇게 쳐다봐?

"왜 그러시죠?"

"네? 아, 아뇨. 천 원입니다."

무슨 수배자라도 되는 줄 아나?

하긴 수배자인 건 맞지. 경찰 수배 명단에만 없을 뿐.

아무튼 계산을 마친 나는 알바가 나를 더 이상하게 여기기 전에 빠져나가야겠다고 마음먹었다.

그런데 급하게 나가려 하는데 누군가와 부딪치고 말았다.

타앗!

"앗!"

"엇!"

나는 나 때문에 뒤로 넘어지려는 여자를 얼른 잡아 주었다.

털썩!

"괜찮아요?"

여자는 놀라 커다랗게 변한 눈으로 나를 쳐다봤다.

그 눈이 참 크구나 싶을 때, 여자가 얼른 허리를 받치는 내 손에서 벗어나 몸을 일으켰다.

"미, 미안해요. 제가 좀 덜렁대는 성격이라. 나오시는 걸 미처 못 봤네요."

"아뇨. 저도 급하게 나오다가 못 봤는걸요."

뒤로 머리를 묶은 털털해 보이는 그녀.

상당한 미인이구나 하고 생각하는데, 그녀가 말을 걸어왔다.

"저기 잠깐 옆으로 나와 주셔야 제가 들어갈 텐데요."

"아, 맞다. 죄송해요. 어서 들어가세요."

아? 이런.

잡아 주다가 마스크가 한쪽이 풀렸네.

나는 얼른 마스크를 다시 쓴 뒤에 차로 향하고는 얼른 그곳을 벗어났다.

어딘가 카메라에 찍히기라도 했으면 곤란해서다.

* * *

최소현은 막 편의점을 들어가다가 방금 전에 부딪쳤던 사람의 얼굴을 떠올렸다.

미안한 마음으로 얼핏 봤던 그 얼굴.

그런데 가만 생각해 보니 자신이 찾던 그 얼굴과 비슷했던 것 같았다.

"잠깐만……."

설마 싶으면서도 그녀는 다시 밖으로 나와 최강이 간 방향을 쳐다봤다. 하지만 그는 이미 사라지고 없다.

"내가 잘못 봤나? 아닌데. 분명 비슷하게 생겼던 것 같은데."

덜렁대는 성격이긴 해도 기억력 하나는 자신 있었다.

특히 얼굴은 한 번 보면 잘 잊어버리지 않았다.

점점 자신이 잘못 본 게 아니라는 확신이 든 그녀는 뛰어서 골목으로 가 봤다.

하지만 그사이 어디로 갔는지 감쪽같이 사라지고 없었다.

곧 길가로 차를 세웠던 후배 김동운이 다가왔다.

"선배, 커피 사 온다더니 뭐 하고 있어요?"

"야, 동운아."

"네."

"혹시 방금 전에 나 편의점 들어가다가 부딪친 남자, 너 그 사람 얼굴 봤어?"

"아뇨. 그게 잠깐 여자 친구 카톡 좀 확인하느라."

"아유, 이 씨……! 잘 봤어야지!"

김동운은 무슨 일인데 불똥이 느닷없이 자기한테 튀나 싶었다.

"아니, 제가 무슨 선배의 일거수일투족 살피는 사람도 아니고. 대체 왜 그러시는데요."

"방금 편의점 들어가다가 누가 나랑 부딪쳤거든. 근데 그 사람이 꼭 우리가 찾던 사람 같아서."

"에이, 그럴 리가요. 암만 우연이라도 이런 곳에서 딱 마주친다고요? 너무 그 사람 사진만 보다가 다 그 사람처럼 보이는 건 아니고요?"

"아닌데……. 이상하다……."

* * *

나는 밤거리를 운전하며 앞으로의 결과에 대해 기대를 걸었다.

“신재섭 차장이 그 일과 관련이 없는 건 확인했고, 그럼 이제 3과 신정환 과장을 캐 보면 된다는 건데.”

신재섭 차장이 마츠오카 하루의 영상을 다른 간부에게 보여 준다면 내 혐의는 금방 벗겨질 거다.

“혐의에 대한 건 신재섭 차장을 믿어 보자. 정상적인 사람들이라면 이 일에 대해 다시 조사하겠지.”

그렇지만 고민은 여전히 남아 있다.

신정환.

그가 나에게 죄를 뒤집어씌웠다는 걸 어떻게 증명해야 할까?

마츠오카 하루의 말에서도 정확히 그를 지적하는 말은 없었다.

“방법이 없으면 직접 자백을 받아 낸다. 죄 없이 죽어 간 7과의 사람들……. 그 억울함까지도 내가 꼭 밝혀내고 말 거야.”

빙의로
최강요원

3. 이렇게 되면 나도 이판사판이야

빙의로
최강요원

3과 과장 신정환이 복도를 걸으며 수하에게 물었다.

"갑자기?"

"네. 지금 바로 과장님들까지 전원 모이라고 합니다."

"음……."

회의실로 들어간 신정환은 이미 모두가 모인 자리에서 영사기의 화면이 나오는 걸 보며 자리에 앉았다.

"신정환 과장, 늦었군."

"네, 업무를 처리하느라. 죄송합니다."

"일단 이거부터 함께 보지."

["그, 그게……. 음음, 한국에서의 공조 요청이 있어 그렇게

입금을 시켰다.”]

[“공조 요청? 그게 무슨 말이야? 제대로 설명해 봐.”]

[“정이한이 가져간 물건이 매우 중요한 것이라고 했다. 그걸 찾기 위해선 누명을 씌워 몰이를 해야 한다고 했다. 그래서 요청에 따라 너희들의 계좌로 입금을 시켰다.”]

말하는 사람을 본 신정환 과장의 표정이 돌처럼 굳어졌다.

‘뭐야! 마츠오카잖아! 저자가 왜 여기서 나와?!’

내용을 듣던 신정환 과장은 심장이 죄여 왔다.

‘저 미친놈이 왜 저래! 다 불어 버릴 생각이야?!’

영상이 이어질 때마다 그는 등줄기로 식은땀이 주룩 흘렀다.

[“정이한이 가져간 물건이 뭔데?!”]

[“거기까진 나도 모른다. 나는 요청에 따른 것뿐이다.”]

[“무슨 카드라고 했어! 뭐든 떠올려 봐!”]

[“빌어먹을…….”]

[“그럼 공조를 요청한 사람이 누구야! 혹시 국가정보원 소속이야?”]

[“그것은 신……!”]

영상은 거기서 시끄러운 소리가 들려옴과 동시에 끊어졌다.

“여기까지가 전부입니다.”

신우범 원장이 모두를 보며 말했다.

“마츠오카 하루. 신분은 이미 확인이 됐어. 다들 알다시피 정이한 요원하고 최강 요원한테 돈을 입금한 당사자지. 근데

본인이 자기 입으로 누명을 씌우기 위해 돈을 입금시켰다고 하는군. 다들 이거에 대해서 어떻게 생각하나?"

2과 차장 윤성준이 말했다.

"너무 순순히 말하는 게 뭔가 좀 이상합니다. 협박에 의한 거면 뭐든 거짓으로 실토할 수도 있는 문제고요."

2과 과장 조동철이 말했다.

"그렇다고 해도, 조사는 해 봐야 한다고 생각합니다. 만약 이게 내부의 조작으로 이루어진 것이면, 그 어느 때보다 철저히 조사해야 하는 게 당연합니다. 저게 사실이면 이건 안보에 큰 구멍이 생길 수도 있는 일이지 않습니까?"

신우범 원장이 신정환을 쏘아봤다.

"신정환 과장?"

"네, 원장님."

"자네는 이걸 어떻게 생각하나. 신 씨 성을 가진 누군가가 저 마츠오카한테 공조를 요청했다고 해. 근데 나는 아니거든. 그리고 신재섭 차장이 이걸 가지고 왔으니 자기 목을 조르려고 가져온 게 아닌 이상 아닐 거고, 여기서 신 씨 성을 가진 사람이라고 하면, 자네밖에 없단 말이지."

"저는 아닙니다, 원장님. 그리고 저런 작위적인 증언으로 신 씨 성을 가진 사람을 배신자로 모는 건 잘못되었다고 생각합니다. 그리고 저런 걸 어떻게 입수하신 건지 그 경위도 알고 싶습니다."

신재섭이 직접 말했다.

"최강, 그가 직접 나를 찾아왔어. 내가 그 신 씨 성을 가진 사람인 줄 알고서 말이야. 하지만 무슨 이유에서인지 나에게 저 영상을 맡겼어. 자기 누명을 밝혀 달라고 하면서."

"그놈 말을 무조건 믿을 수 있겠습니까?"

"우리가 바보도 아니고, 곧이곧대로 믿을 순 없겠지. 하지만 짚고 넘어가야 할 문제인 건 맞아. 그래서 나는 이 부분을 제대로 조사해 보고자 하는데, 어떻게 생각하나?"

"의심이 있다면 짚고 넘어가는 게 옳다고 생각합니다."

신우범 원장이 말했다.

"해서 나는 이번 일이 제대로 규명될 때까지 신 차장과 나를 제외한, 우리 원 내의 신 씨 성을 가진 사람들 전원을 임무에서 배제시키고자 해. 추려 보니 평 요원들까지 해서 모두 일곱이더군. 신정환 과장 자네를 포함해서 말이야. 하니 그렇게들 알고, 이번 일에 관해 제대로 조사해 보자고. 저기 저, 마츠오카부터 데려오고 말이야."

"네, 원장님."

* * *

고무겸 과장이 회의가 끝난 후, 신정환 과장을 만났다.

"이제 어쩔 생각이야?"

"최강, 그 햇병아리 새끼가 감히 내 손발을 잘랐어. 어쩌긴. 바로 없애 버려야지."

"자네 지금 몸 사려야 해. 아까 그 시선들 못 느꼈어? 모두가 자네를 의심하고 있다고! 여기서 움직였다가 원장이나 차장들 눈에 들켰다간 그땐 정말로 빼도 박도 못 해. 들키면 어떻게 되는지 몰라서 그래?"

신정환이 고무겸을 노려봤다. 그는 고무겸의 가슴을 손가락으로 찔러댔다.

"그러니 자네가 더 제대로 움직여야 할 게 아닌가. 내 걱정을 할 게 아니라 어서 그 세 놈을 잡아! 다 죽이고 카드를 회수하란 말이야!"

"음……."

"지금까지는 어땠는지 몰라도, 자네가 뒤에서 지켜보는 것도 여기서 끝이야. 이젠 나 대신에 자네가 움직여야 할 때라고. 그러니까 똑바로 해. 조직의 눈 밖에 안 나려면."

두 사람이 대화를 나누고 있을 때, 신우범 원장과 신재섭 차장도 사무실에서 대화를 나누고 있었다.

"그러니까 그 최강이 자네 집의 경호원도 다 뚫고 자네를 만났다고?"

"네, 그렇습니다."

"요즘 지원요원도 현장 훈련을 받던가?"

"아뇨. 기초 훈련과 행동강령에 관한 걸 제외하고는 큰 훈련은 없습니다."

"근데 그게 가능한 거면 정말 대단한 친구구먼."

"CCTV도 살펴봤지만, 어디서 침투했는지, 어디로 나갔는지도 전혀 모르겠더군요. 정말 귀신같은 친구였습니다."

"그런데 그런 친구가 지금 억울하다면서 자네에게 증거를 떡하니 가져왔다는 거잖아. 누군가의 의도에 의해서 대가가 입금되었다는 증거를."

"네."

"우리가 알고 있는 것과는 많이 다르군. 우리가 알기론 정이한이 인공지능 기술을 빼돌렸고, 거기에 허상훈 과장과 최강이 관여되어 있다는 거였어. 대가까지 받았으니 더는 의심할 여지가 없었고. 근데 정작 그게 아니라 정이한이 무슨 카드를 가지고 있어서 그런 일이 벌어졌다는 거잖아?"

"네, 그렇게 보여 집니다."

"정이한과 그 두 사람이 7과 전원을 죽이고 도주했다는 보고는 신정환 과장이 올린 거라고 했나?"

"네. 정이한을 잡으려고 요원들을 보냈더니 전부 죽어 있었다고 했습니다. 내부 화재와 폭발로 영상 자료는 모두 소실되었고요."

"갔더니 모두 죽고 그들은 없었다. 결국 추정에 의한 결론이었다는 것이군. 흠, 당장에 신 과장부터 의심하긴 그렇지만, 뭔가 우리가 모르는 일들이 중간에서 벌어지고 있는 건 사실인 것 같아. 대체 정이한이 가지고 있는 게 뭔데 이런 일이 벌어지고 있다는 건지. 일단 정이한을 찾아서 안전하게 데려오자고."

"네."

"근데 작정하고 숨은 요원들을 말이야. 무슨 수로 찾아야 할까?"

"의외로 간단한 방법이 있습니다만."

"그래?"

* * *

마츠오카 하루가 머무는 호텔로 요원들이 들이닥쳤다.

그를 경호하는 경호원들이 막았지만, 그들은 단숨에 제압되었다.

"あなたたち何だよ!(당신들 뭐야!)"

"国家情報院から来ました。松岡治、あなたを国家安全保障脅威の疑いで緊急逮捕することです。(국가정보원에서 나왔습니다. 마츠오카 하루, 당신을 국가안보 위협 혐의로 긴급 체포하는 바입니다."

"何だって!(뭐라고!)"

새까맣게 필름지가 붙은 승합 차량에 태워진 그는 국가정보원을 향해 이동되어졌다.

"どういうことなのかは教えてあげないといけないじゃ

ないか?(무슨 일인지는 알려 줘야지 않은가?)"

"着いたら分かると思います。(도착하면 알게 될 겁니다.)"

"음……."

마츠오카 하루가 불편한 기색을 드러낼 그때였다.

부아아아앙-!

콰광-!

신호를 무시하고 달리던 트럭이 강하게 부딪쳐 왔다.

마츠오카 하루가 탄 차량은 도로를 벗어나 몇 바퀴나 굴렀다.

트럭에서는 검은 옷차림의 사내가 내렸다.

그 뒤로 따라오던 승합차에서도 네 사람이 더 내렸다.

그들은 거꾸로 뒤집힌 차로 가는가 싶더니 소음기가 달린 총으로 다친 요원들을 쏘기 시작했다.

피육! 피육!

피육-!

마츠오카 하루는 머리에서 흐르는 피를 닦아 내더니 밖으로 보이는 자들에게 말했다.

"この狂人たち！私が乗っているのを知っていたら､気をつけてください！(이 미친놈들! 내가 타고 있는 걸 알았으면 조심했어야지!)"

그러나 그를 빤히 쳐다보던 사내는 이내 씩 웃었다.

피육!

철퍼덕!

그는 마츠오카 하루까지도 쏴 버리고는 그 자리를 벗어났다.

"임무 완료. 현장을 벗어난다."

* * *

소식을 접한 신우범 원장이 복도를 걷다가 깜짝 놀랐다.

"뭐! 그게 정말이야?"

"네."

"그럼 데리러 갔던 요원들은?"

"모두 죽었다고 합니다."

"빌어먹을……. 내부에서 정보가 새고 있는 게 확실하군! 그렇지 않고서야 이런 일이 버젓이 일어날 순 없을 테니까."

때마침 그때, 사무실을 나오는 신정환이 그와 마주쳤다.

신우범이 가만히 노려보는 가운데, 그는 슬그머니 고개와 허리를 숙여 보였다.

정중한 듯 보이지만, 신우범은 그 행동이 평범하게 보이지만은 않았다.

"음……."

신우범은 보지 못했으나, 신정환은 다른 쪽 복도로 걷기 시작하며 비웃음을 흘렸다.

"후후후, 니들이 그래 봐야 헛수고지."

신우범은 사무실로 들어오며 차장들을 소환했다.

세 사람이 눈앞에 앉아 있는 걸 보며 신우범이 말했다.

"마츠오카를 데리러 간 요원들이 넷이나 죽었어. 이제는 의심이 아니라, 내부에 도려내야 할 누군가가 있다는 걸 기정사실로 봐야 해."

"제2위기대응을 발표하고, 모든 요원들의 그동안 움직임을 모두 조사하겠습니다."

2차장의 말에 1차장 김재혁이 말했다.

"마츠오카 하루의 영상을 보낸 것이나 그를 죽인 것이 우리 내부에 혼란을 주기 위한 행위일 수도 있습니다. 확실히 하려면 어떻게든 행방이 묘연한 그 셋도 하루빨리 잡아들여야 한다고 생각합니다."

신우범 원장이 신재섭 차장을 쳐다봤다.

"자네가 아까 말한 그거. 우선 그거부터 해 봐. 그래도 안 되면 경찰 쪽에도 수배 내리도록 해. 잡아야 할 대상이든, 보호해야 할 대상이든 우리가 가장 먼저 확보해야 하는 건 분명하니까."

"네, 원장님."

* * *

이따금씩 컴퓨터를 두드리는 손.

타닥. 탁. 타닥.

나는 기대가 가득한 눈으로 이곳저곳 사이트를 뒤졌다.

물론 하루 만에 뭔가 반응이 나올 거라고 생각하는 건 아니다.

그렇지만 국가정보원 근처를 비추는 도로의 카메라가 의외로 너무 조용하니 초조해지는 게 사실이다.

이쯤이면 뭔가 부산한 움직임이라도 보여 줘야 하는데.

"왜 이렇게 조용한 거야. 신재섭 차장이 뭔가 보고를 올렸으면, 지금쯤이면 슬슬 결과가 나와야 하잖아. 설마 이대로 덮이는 건 아니겠지……."

제라로바가 말을 걸어왔다.

-나도 궁금하구나. 혹시 중간에 뭔가 다른 일이 생긴 게 아닐까 걱정도 되고.

"다른 일이요?"

-이런 일은 언제나 순탄하게 흘러가는 법이 없지.

그의 말을 듣고 보니 어째 더 초조해졌다.

[혹시 당신도 나의 누명과 관계가 있나?]

[아니. 난 아무것도 아는 게 없다.]

신재섭 차장이 나의 누명과 관계없는 건 제라로바 할아버지의 심문 마법으로 밝혀내긴 했지만, 그가 앞으로 어떻게 행동할지는 예상하기 어려웠다.

그도 그 나름대로 뭔가 심사숙고하고 공개적인 방식이 아니라 자기 선에서 조사를 시작할 수도 있겠지.

내가 원하는 것과는 다르지만, 그거라도 시작이 될 수 있으면 얼마나 다행일까 싶기도 했다.

"이대로 평생 도망자로 살아갈 생각을 하면 진짜 끔찍하단 말이지."

정이한 요원이 가지고 있는 게 대체 무엇인지, 엄마가 어디에 있는지를 알아내려면 최소한 자유로운 몸인 게 유리했다.

"당장은 어떻게든 누명만이라도 벗는 게 중요해."

그런데 여기저기 사이트를 둘러보고, 국가정보원 게시판도 살펴보던 중 이상한 게 포착되었다.

"음? 이게 뭐야."

-저 이상한 기호들은 뭐냐?

케라의 물음에 나는 답해 주었다.

"아무래도 암호 같네요."

-암호?

언젠가 교육을 받을 때, 국가정보원만의 암호문을 배웠던 게 떠올랐다.

풀어 볼까?

나는 서둘러 그것들을 하나하나 풀어 가던 중 희열이 번져 왔다.

바로 내가 그토록 기다려 왔던 소식이 그것이었던 것이다.

"됐다! 그래, 이렇게 되어야 정상이지……! 하하핫!"

-왜, 뭐가 되었단 것이냐?

"기다렸던 소식이 드디어 왔다는 거죠."

-그 소식이 뭔데?

"들어와서 조사에 응하라고 하네요. 7과에서 벌어진 일들 재조사한다고."

하지만 진정하자.

정이한 요원이나 허상훈 과장이 저 내용을 본다는 보장도 없다.

괜히 혼자만 들어가서 조사받았다가 총대라도 맸다간 모든 게 끝장이다.

아직 내부엔 나한테 누명 씌운 누군가가 존재하지 않던가.

그가 나를 어떻게 옭아맬지는 아직 알 방법이 없었다.

"위험은 있지만, 누명만 벗을 수 있다면 들어가야겠죠."

* * *

최소현은 사무실 의자에 앉아 차량 조회를 하고 있었다.

"그 얼굴이 분명한데."

커피를 타고 온 김동운이 물었다.

"아직도 어제 편의점 일 생각하시는 거예요?"

"어, 그때 그 사람이 탔던 차량 번호 날아왔거든. 지금 차량 조회하려고."

"편의점 내 CCTV도 확인했지만 얼굴 하나 찍힌 것도 없던데. 괜히 엉뚱한 사람 추적하는 거 아닐까요?"

최소현이 김동운을 째려봤다.

"너 어째 자꾸만 딴죽을 건다. 가만히 있어. 이 누님 심기 건드리지 말고."

그 매서운 눈빛에 김동운은 얼른 꼬랑지를 내렸다. 그 살쾡이 같은 성격이 한 번 삐어나왔다간 감당이 어려웠다.

"아니, 제가 언제 선배님 심기를 건드렸다고. 커피 드실래요?"

"됐거든! 나 지금 신경 날카로워졌으니까 말 걸지 마라. 내가 분명히 봤다니까 이게 사람 말을 안 믿어."

그러던 중 차량이 대포차로 나왔다.

최소현은 눈을 크게 떴다.

"이거 봐! 대포차잖아!"

"진짜요?"

"멀쩡한 사람이 대포차 같은 거 끌고 다니겠냐? 내가 분명히 봤다고 했잖아! 이 사람, 도망 다니고 있는 게 확실하다니까?"

"근데요. 우린 지금 가해자가 아니라 피해자를 쫓고 있단 말이죠. 이 사람을 잡는다고 해서 총을 쏜 사람을 알 수 있을까요?"

"그야 당연히 자기를 쏜 사람 얼굴 정도는 봤겠지. 권총이 무슨 소총처럼 멀리서 저격을 하는 것도 아니고. 너 솔직히 50미터 이상 떨어진 거리에서 과녁 맞출 수 있냐?"

"음, 운이 좋아야겠죠……."

"운은 개뿔. 사격 선수도 아니고, 누가 그걸 쉽게 하냐? 가슴을 그렇게 두 발이나 꽂아 넣으려면 가까이에서 쐈단 거야. 게다가

탄도 분석도 각기 다른 총에서 쏘아진 총알이라고 했어. 최소한 둘 이상이 그 사람을 죽이려고 총을 쐈다는 거지."

권총 사격 연습 거리가 7미터에서 10미터인 것을 감안한다면 50미터일 경우 과녁 안에 들어가는 것도 다행이라고 해야 할 것이다.

하여 최소현은 총을 쏜 자들이 가까이에서 쐈다고 보고 있었다.

"대한민국 내에서 총기 사건으로 사람이 입원했고, 거기다가 감쪽같이 행방불명이 되었는데도 기사 하나 안 나오고 있어. 위에서 이걸 조사해라 마라 그런 말도 없고 말이야. 거기다가 조직적인 은폐까지, 이거 뭔가 뒤에 큰 게 있다는 거거든. 그러니까 뭐가 있는지 제대로 파 보자고."

한편, 신우범 원장과 신재섭 차장이 한식 식당에서 자리를 함께하고 있었다.

그들은 간단히 술을 한잔하며 대화를 나누었다.

"내부에서 사건이 조작되어 요원들에게 누명이 씌워진 거라면, 이거 정말 심각하게 봐야 해. 거기다가 증인이자 배후라고 생각했던 마츠오카까지 제거되었어. 누군가가 원 밖으로 정보를 제공했다는 게 되지. 마츠오카가 말한, 요청을 해 왔다는 사람. 자네는 그게 누구일 것 같나?"

"원장님께선 누구를 의심하십니까?"

"나는 신정환 과장이 조금 수상해. 7과를 갔을 땐 이미 전부 죽어 있었다고 보고했더군. 가장 먼저 도착한 것도 신 과장

밑의 1팀이었고. 근데 만약 7과를 습격한 게 최강의 말처럼 3과의 1팀이었다면?"

"모두 죽이라고 한 후에 그 죄를 정이한한테 뒤집어씌울 생각이었겠죠."

"놓쳤으니 기밀 유출로 죄를 씌웠다고 보네만. 아마도 잡았더라면 단순히 괴한들에 의한 습격으로 마무리되지 않았겠나?"

신재섭이 미안한 표정을 머금으며 말했다.

"이런 말씀드리기 죄송하지만, 저는 사실 그 신 씨 성을 가진 사람이 어쩌면 원장님일지도 모른다고 생각했습니다."

"허허.. 알아. 그래서 회의 자리에서 다짜고짜 마츠오카의 영상을 공개했겠지. 이 사람아, 나라고 그런 눈치 없었겠는가?"

"죄송합니다."

"누구도 믿을 수 없었을 테니 공개적으로 알리는 게 중요했을 테지. 나도 자네 입장은 이해해. 그러니 괘념치 말게."

"그나저나 대체 정이한 요원이 가지고 있는 게 뭐이기에 그렇게까지 하는 걸까요?"

"우리가 그걸 알아내야겠지. 아, 그리고 게시판에 암호 글을 올린다는 건 어떻게 되었나?"

"올려 두었습니다. 일반인은 잘못 적은 것처럼 볼 테지만, 요원들이라면 해석할 수 있겠죠."

"후우……. 누구 하나라도 와야 실마리를 풀 수 있을 것 같은데. 걱정이구먼."

"다른 사람은 몰라도 최강이라면 올 거라고 생각합니다. 그의 말이 사실이라면, 그는 정말로 아무것도 모른 채로 누명만 쓴 것일 테니까요."

두 사람은 식사와 함께 간단히 술을 마시고는 밖으로 나와 한 차에 함께 올랐다.

그런데 차가 조금 움직였을 때, 갑자기 차가 폭발하고 말았다.

콰광-!

차는 순식간에 불길에 휩싸였고, 차 안에서는 그 누구도 밖으로 나오지 못했다.

놀란 사람들이 밖으로 나와 폭발 현장을 보고는 다급히 신고를 하는 모습이었다.

저녁 늦게 집에 있다가 전화로 소식을 들은 신정환.

"뭐?! 그게 정말이야?"

그는 지금 원장과 3차장이 차량 폭발로 목숨을 잃었다는 보고를 받고 있었다.

그와는 관계가 없는 일이었을까, 그도 상당히 놀라는 모습이다.

그렇지만 그는 짐작이 가는 바가 있는지 웃음을 머금었다.

"알았어. 계속 보고하도록 해."

그는 전화를 끊은 후, 조용히 중얼거렸다.

"하여간 마츠오카 일도 그렇고, 행동 하나는 빠르다니까. 그런데 마츠오카는 대체 왜 배신을 한 거야? 미친 놈…… 조직을 배신하고도 살 수 있을 줄 안 모양이지?"

마츠오카 하루는 자신이 최강에게 했던 말도, 그러한 영상이 찍혔다는 것도 모른 채로 죽어 갔음을 그는 모르고 있었다.

단순히 그가 배신을 하여 자신과 있었던 일을 폭로했다고만 알았다.

"아무튼 시끄러운 것도 곧 정리가 되겠군그래. 후후, 후후후후."

* * *

다음 날 아침.

차를 몰고 국가정보원 앞으로 들어가려는 나는 심장이 마두두근거렸다.

"후우……. 드디어 여기까지 왔구나."

-조심해라. 함정일지도 모른다.

제라로바의 말에 나는 쓴웃음을 지었다.

그래, 나도 안다.

함정이면 곧바로 갇히게 되겠지.

그렇게 되면 엄마를 찾는 일은 시도조차 못 한다.

그저 갇힌 채로 일이 어떻게 굴러가는지도 모르고 수감 생활을 이어 가야겠지.

그렇지만 그렇게 될 생각은 추호도 없었다.

"그렇게 되면 할아버지만 믿습니다."

-걱정 마라. 유유히 빠져나가게 해 줄 테니.

-싸울 일이 생기면 나만 믿어라.

"네, 형님. 할아버지."

둘이 적극적으로 돕는다고 하니 어쩐지 고마운 마음이 들었다.

나는 잠시 차를 멈추고는 시계와 옷의 단추들을 확인했다.

"그래도 이 정도 준비면 문제가 되어도 증거로는 충분하겠지."

전날 암호를 푼 내용은 바로 이것이었다.

[국가정보원에서는 새로운 정보를 입수하여 정보원 내의 불미스러운 일을 재조사하기로 했다.

7과 소속 요원 세 명은 하루빨리 복귀하여 조사에 응하라.]

그렇다는 건, 신재섭 차장이 내가 제공한 정보를 제대로 공개해 주었다는 게 된다.

하지만 무턱대로 조사에 응할 순 없었다.

그래서 저녁에 전자상가를 들렀다.

["여기요. 뭔가 작은 카메라나 동영상 녹화 같은 게 되는 것 좀 구하고 싶은데요."]

["어떤 거, 시계? 목걸이? 안경? 뭐 라이터나 옷에 다는 단추까지 없는 게 없는데. 뭘 원하실까?"]

요원들도 종종 쓰는 거라서 그런 게 있다는 건 알고 있었지만 정말 종류도 천차만별이었다.

["뭐가 가장 오래 저장되고 좋을까요? 이왕이면 방수도 잘되었

으면 좋겠는데요."]

["뭘 모르시네. 요즘은 방수 같은 건 기본이야. 그리고 저장은 아무래도 시계 쪽이 낫지. 256기가 메모리가 세 개나 들어가거든. 초소형인 만큼 화질이 좋을 순 없지만, 족히 한 달 내내 저장도 가능할걸?"]

화질의 선명도에 따라 저장 메모리가 많이 드는 건 당연했다.

하지만 나는 그 정도를 원하는 게 아니다. 주변에서 무슨 일이 일어났을 때 내가 보고 들은 것들을 증명해 줄 것이면 충분하다.

하여 시계와 단추, 거기다가 허리띠를 구매하여 차고 왔다.

"하나만 믿을 순 없으니까 여러 개를 준비해야 해."

영화를 보면 꼭 한 번씩 일어나는 일이 바로 기기의 고장이다.

기껏 가지고 다니던 녹화 장치가 고장이 나 결정적인 순간을 찍지 못하고 증거 자료로 남기지 못하는 상황 말이다.

내가 녹화 장치를 세 개나 준비한 것은 바로 그런 부분들을 미연에 방지하기 위함이었다.

뭐가 하나 고장이 나더라도 다른 것들이 기능을 할 수 있도록 말이다.

어딘가 잡혀가거나, 함정에 빠지거나, 자만심에 찬 누군가가 자신의 죄를 털어놓거나.

그 모든 걸 철저하게 증명하려면 이 정도 준비는 꼭 필요했다.

"그리고 일이 잘못되면……. 최소한 도청 장치라도 달고 와야지. 누가 이 일을 꾸몄는지는 알아야 하니까."

그렇게 만반의 준비를 한 나는 긴장감을 안고 국가정보원을 향해 들어갔다.

심문실.

나는 한쪽 벽면이 온통 거울인 방에 와 있었다.

어떤 곳인지는 알지만, 이렇게 조사받는 대상으로 이 자리에 앉을 줄은 꿈에도 생각 못했다.

"이번 일만 끝나면 그만두고 어디 개발자 구하는 회사라도 찾던가 해야지……."

-왜, 이 일을 그만두려고? 스릴도 있고 재미있을 것 같은데. 이참에 현장요원이 되어 보는 것도 좋고.

"케라 형님이야 그런 걸 즐기시는지 모르지만, 저는 심장이 쫄려서 못 해 먹겠습니다. 지금도 제 심장 떨리는 거 안 느껴지세요?"

진심이다.

언제 또 이런 일에 휘말리지 말란 법이 없다.

혼자라면 스릴 있게 살아 본다 하겠지만, 엄마의 목숨까지 걸린 일이라면 당장에 그만두는 게 맞았다.

지원요원일 뿐이라고 해서 안정적인 직장이라고 생각했던 내가 생각이 짧았던 것이다.

협의만 벗어 봐라, 여기와는 영영 끝이다!

그렇게 이런저런 생각을 하는데, 중년 사내가 들어왔다.

얼굴은 몇 번 봤던 기억이 난다.

'이분 아마 4과 과장이셨지? 이름이 고무겸 과장님이셨던가?'

각 과의 팀장까진 무리여도 원장, 차장, 기획조정실장, 그리고 과장들까지는 이름을 외워 뒀다.

그런데 그가 자리에 앉더니 가만히 나를 쳐다봤다.

"최강 요원."

"네, 과장님."

"내가 누구인지 아나?"

"네, 4과 고무겸 과장님이지 않습니까?"

"훗, 각 과장들 이름도 모르는 녀석들이 널렸던데. 자세는 좋군."

그가 서류를 펼치려는가 싶더니 이내 닫아 버렸다. 그리고는 대뜸 질문을 해 왔다.

"아마도 자네가 여기에 온 걸 보면 게시판 암호를 풀었다는 게 되겠지?"

"네."

"자네가 신재섭 차장님을 만났다고 들었네만."

"네, 맞습니다."

"그리고 마츠오카 하루가 자백 영상도 넘겼고 말이야."

"네. 혹시 과장님도 보셨습니까?"

"봤지. 마치 최면에라도 빠진 듯 묻는 질문에 아주 술술 불어 대더군."

최면…….

마법이긴 했지만, 효과는 같을 것이다. 그래서 내심 뜨끔했다. 그리고 그러한 이유로 증거의 효력이 없으면 어쩌나 걱정도 되었다.

"무슨 자백제라도 먹인 건가?"

"저기 이런 말씀 드리긴 죄송하지만, 지금 그게 중요한 게 아니 것 같은데요. 저희 7과 사람들이 갑자기 들이닥친 사람들한테 총을 맞고 전부 죽었거든요. 저는 도망치는 정이한 요원하고 허상훈 과장님의 도움으로 간신히 도망쳤고요. 근데 나중에 보니까 제 통장에 돈이 입금되어 있고, 저는 기밀 유출로 누명이 씌워져 있더란 말이죠. 이걸 조사하셔야 하는 거 아닌가요?"

어떻게든 나부터 누명 좀 벗겨 달라고!

그게 내 속마음이었다.

빤히 나를 보던 그가 서류첩을 열어 새까맣게 타 버린 차를 보여주었다.

왜 그런 걸 보여 주나 싶어 유심히 보는데 그가 물어 왔다.

"자네, 어제 저녁에 어디서 무엇을 했나?"

"네?"

"신재섭 차장의 집도 감쪽같이 숨어들었다가 빠져나갔다지? 보아하니 평범한 지원요원 같지는 않고, 그런 능력을 지녔으면 이 정도도 쉽게 했을 거라는 게 내 생각인데 말이야."

"무슨 말씀을……."

"뭐 묻는다고 해서 순순히 답할 리도 없고, 모르는 척을 하니까 말은 해 줄게. 어제 신우범 원장님과 신재섭 차장님이 테러를 당했어. 차에 올라타자마자 잠시 후에 차가 폭발했다고."

"네에……?!"

나는 놀랄 수밖에 없었다.

그 두 사람이 죽었다고?

게다가 신재섭 차장이 죽어 버리면 내 누명은 누가 풀어 주지?

뭐야, 이거……!

이러면 지금까지 내가 한 일은 뭐가 되는 건데!

고무겸 과장이 나의 반응을 지켜보듯 빤히 살피더니 물어왔다.

"몰랐다는 건가?"

그걸 왜 나한테 물어?

의도가 뭐야?

"네…… 전혀요. 그리고 그걸 왜 저한테 묻는 거죠? 설마……! 지금 저를 의심하시는 건가요?"

"모르지. 자네가 했을지, 아니면 아직 행방이 묘연한 정이한이나 허상훈이 그랬을지."

"자, 잠깐만요! 그래도 저는 아니죠. 제가 그랬을 리 없잖아요? 저는 저의 누명만 벗고 싶을 뿐입니다! 그런 제가 왜 그런 짓을 합니까? 전 신재섭 차장님만 믿고 있었다고요!"

"우리 중에 몇몇은 자네가 건넸다는 그 영상이나, 이번에 죽은 원장님과 차장님이나 이게 모두 우리 국가정보원을 혼란에 빠뜨리려는 속셈이 아닐까 그렇게 생각하고 있어."

"아니, 그게 무슨……! 제가 왜요?"

"그게 국가정보원 원장의 교체이든, 내부 관련자들의 물갈이든, 외부 세력의 검은 계획을 당장은 알 방법이 없겠지. 아무튼 대통령님께는 보고가 올라갈 테니, 그런 일은 곧 일어난다고 봐야 할 거야. 그 목적은 성공했다고 봐야겠지."

"말도 안 돼……. 그러니까 지금 제가 그 일에 관련이 있다는 겁니까?"

"어제 국가정보원으로 데려오던 중에 마츠오카 하루가 괴한들의 공격으로 목숨을 잃었어. 근처에 다니던 사람들이 많아 단순 사고로 알려지긴 했지만, 그 일로 요원들도 넷이나 잃었지."

"마츠오카 하루까지……! 그럼 이거 누가 증인을 죽이고, 의혹을 파헤치려는 사람들 전부를 제거하고 있다는 거잖아요! 이걸 어떻게 단순히 국가정보원을 흔들기 위한 일이라고 볼 수 있는 거죠?"

고무겸 과장이 나를 쏘아봤다.

"그게 아니면, 자네는 왜 이런 일이 벌어진다고 생각하는 거지?"

이 일이 벌어진 이유?

그 순간 떠오르는 건 한 가지뿐이었다.

"그 카드! 그래요. 정이한 요원이 가지고 있던 그 카드 말입니다! 마츠오카가 말한 정이한 요원이 중요한 걸 가져가서 누명을 씌웠다는 그거요! 그게 문제의 원인이잖아요?!"

"그건 자네 말뿐이고."

"네에?!"

"자네 말과 자네의 말에 제정신도 아닌 사람이 동조해서 말한 거, 그거 말고 다른 증거가 뭐가 있는데?"

"그건……!"

"그리고 각신기업에 알아보니 우리 쪽 인공지능 산업 기밀이 그쪽으로 넘어간 게 사실이더군. 이 부분에 대해서 무슨 다른 할 말이 있나?"

여전히 누명은 유지되는 상태라는 말이 된다.

믿었던 신재섭 차장도 죽고, 거기에 겨우 자백을 받아 낸 마츠오카 하루도 죽었다.

지금까지 내가 한 일은 아무 소용이 없게 되어 버린 거다.

원점.

"그, 그럼 전 이제 어떻게 되는 건데요?"

"자네가 돈을 받아 놓고서는 마츠오카 하루를 협박하여 거짓을 토해내게 했다. 그런 후에 마츠오카를 제거하여 진실을 막고, 혐의만 벗으려 했다. 이게 내 생각이야."

"말도 안 돼……."

지금 장난해?

와, 이 인간을 확 후려칠 수도 없고!

아우, 미치겠네!

-아무래도 된통 덫에 걸려든 것 같구나.

-이놈, 이미 너를 옭아맬 생각인 것 같다.

둘의 말처럼 고무겸 과장이 말해 왔다.

“내 생각엔 자네가 우리 국가정보원을 너무 우습게 봤다고 보는데. 우리가 자네가 뿌려 놓은 증거만 주워 먹고서 곧이곧대로 믿을 거라고 여긴 건가? 똑똑한 친구가 큰 실수를 했군.”

아니야!

아니라고!

그 모든 걸 내가 그랬다고 그렇게 쉽게 결론 내리지 마!

“그, 그럼 신재섭 차장님과 신우범 원장님께서 돌아가신 일은 어떻게 되는 건데요?”

“조사를 더 해 봐야 알겠지만, 솔직히 조금 실망인 게 사실이야. 나는 그 일에 대해 자네가 무슨 해명 같을 걸 해줄 줄 알았거든. 근데 내 생각이 틀린 모양이야. 쉽게 말해주면 참 좋을 텐데.”

이미 나를 범인이라고 보고 있다.

조사를 진짜 이딴 식으로 한다고?

그럼 나 지금 살인죄까지 뒤집어쓰게 생긴 거야?

어째 사고 지점에서 내 지문이 찍힌 물건이 하나가 나올 것만 같은 이 불안한 예감은 뭘까.

이미 표적을 정해 두고서 묻는 것 같아 그런 일도 충분히 벌어질 것 같았다.

"그러니까 잘 생각하고 신중히 결정하도록 해. 자칫 잘못했다간 무기징역 이상의 중형이 선고될지도 모르니까 말이야."

고무겸 과장이 자리에서 일어나며 말했다.

"일이 잘 풀린다면, 어쩌면 앞선 산업 기밀 유출 건에 한해서만 처벌받을 수도 있겠지. 7과 일의 증인이 되어 줌과 동시에 혹시라도 정이한 요원이나 허상훈 과장을 잡을 수 있도록 돕는다면 형량에 조금은 참고가 될 테고. 그럼 생각할 시간을 줄 테니까 고심해 봐."

혼자 남겨진 내 정신은 멍했고, 조용해진 심문실은 정적만 흘렀다.

잠깐 동안 아무 생각도 할 수가 없었다.

마치 빠져나갈 수 없는 작고 비좁은 철창에 갇힌 것만 같은 기분이다.

그게 곧 내게 펼쳐질 미래겠지?

물론, 철창은 조금 더 넓겠지만.

"아냐, 아냐! 미쳤어? 이대로 포기하자고? 뭔가 방법을 찾아야 해. 이대로 누명을 쓰고 삶을 망칠 순 없다고!"

나는 정신을 차리고 생각을 정리해 봤다.

마츠오카의 말에 의하면 내부에서 죄를 뒤집어씌운 사람이 분명히 존재한다.

첫 글자로 신이라고 말했던 게 이름을 뜻하는 게 맞는 건지 솔직히 불투명하긴 했다.

하지만 가장 먼저 의심해 볼 것이었고, 그 생각은 여전히 유지 중이다.

그걸 떠나 그 말고도 다른 동조 세력도 있을 텐데!

무슨 목적인지 몰라도, 이런 엄청난 일을 혼자서 꾸몄을 리는 없다.

동조자는 물론이고, 휘하 세력도 있을 거다.

그렇다면 방금 들어왔던 고무겸 과장은?

"그러고 보면 처음부터 뭔가 작정한 듯이 질문을 던졌어……. 꼭 내가 그 모든 죄를 뒤집어써야 하는 것처럼……."

-우리가 보기에도 딱 그거였지. 그놈, 확실히 의도가 이상했어.

나는 거울을 쳐다봤다.

그 거울 너머에서 혼란스러워하고 있을 내 모습을 고무겸 과장이 지켜보고 있을 것만 같아서였다.

* * *

최강의 생각은 정확히 들어맞았다.

거울 건너편에는 1차장과 2차장이 지켜보고 있었다. 거기에 기조실장 박명훈도 함께였다.

가만히 지켜보던 고무겸이 그들 셋을 보았다.

"어떻게 보셨습니까?"

"자네가 밀어붙이는 게 조금 억지스러운 면도 많았어. 그건 알고 있지?"

"최대한 억울하게 만드는 게 목적이었으니까요. 다른 죄까지 뒤집어쓰지 않으려면 작은 거라도 털어놔야 한다. 그렇게 생각하게 만들어야 했거든요."

1차장 양태석의 물음에 고무겸은 능숙하게 대답을 했다.

곧 2차장 윤성준이 말했다.

"지금 마츠오카 사고 장면이고 뭐고 전부 싹 지워진 상황이야. 그런 짓을 할 수 있는 건, 저기 앉아 있는 해커이자 지원요원, 최강밖에 없다는 게 내 생각이고."

그때 기조실장 박명훈의 얼굴에 불편함이 깃들었다.

"그 당시 그 길을 지나간 차량의 블랙박스와 휴대전화도 전부 도둑맞았다고 하더군요. 처음 신고한 사람은 그 행방조차 알 수 없게 되었고요. 이런 걸 최강 요원 혼자서 했다는 건 무리가 있다고 보는데요."

"그럼 정이한이나 허상훈이 같이 했겠지. 뻔한 거 아냐?"

허상훈의 이름이 거론되자 고무겸의 표정이 잠시 굳어졌다. 어떻게든 그만은 빼 보려 하지만, 도울 방법이 없어 보여서다.

2차장은 최강을 노려보며 말했다.

"아무튼 저 새끼, 저거. 다 불 때까지 제대로 털어, 고 과장."

"네. 차장님."

1차장과 2차장이 나가자 기조실장 박명훈이 남은 고무겸에게 물었다.

"자네도 정말 그렇게 생각하나?"

"네?"

"저 최강 말이야. 정말로 최강이 마츠오카를 죽이고, 나머지 요원들까지도 전부 죽였다고 보는 건가?"

"최강이 그랬다는 증거도 없지만, 그렇다고 최강이 안 했다는 보장도 없으니 용의선상에는 둬야 한다고 생각합니다."

"각신기업에 기술이 넘어간 것도 정말이고?"

"네."

김재석은 고개를 끄덕였다.

"일단은 알았어. 워낙 큰일인 만큼, 각자가 이번 일에 대해 다방면으로 조사를 해 보자고. 최강 심문은 자네에게 맡기지."

"네, 실장님."

* * *

혼자 심문실에 앉아 있던 나는 기분이 마구 뒤틀렸다.

순간적으로 7과 사무실로 들어온 정이한 요원이 허상훈 과장에게 카드를 넘겼던 장면이 다시 떠올랐다.

그리고 죽은 7과의 사람들.

솔직히 나 하나 누명을 벗을 수 있으면 그걸로 됐다고 생각한 적도 있다.

다른 사람들의 억울한 죽음보다도 엄마부터 챙기고 싶은 게 진심이다.

누구든 자기 가족이 가장 소중하니까.

"이런 식으로 나온다 이거지. 나는 분명 벗어나려고 하는데, 자꾸 거기에 나를 끌어다 앉힌다고……. 좋아, 알았어. 이렇게 되면 나도 이판사판이야. 사람 미치게 만든 책임은 니들도 져야 할 거다."

-그래, 가자! 지금부터는 막 나가는 거야!

어떻게든 혐의부터 벗으려고 했다.

그렇지만 신재섭 차장이 죽은 이상, 그 목적은 이미 파토다.

더는 끌려 다니지 않는다.

이제 여기서부턴 노 젓는 사람은 나야!

-거울 너머에 기척이 사라졌다. 잠시 자리를 비운 모양인데, 움직이려면 지금이야.

"감사합니다, 형님. 그리고 결국엔 할아버지 능력을 이용해야겠네요."

카메라의 위치는 이미 알고 있었다.

천장의 두 곳과 벽 중간에 숨겨져 있는 하나, 그리고 거울 너머에 있었다.

나는 소매 한 자락을 찢어 넣어 둔 손바닥 반만 한 새총을 꺼내고는 함께 들어 있던 페인트 탄을 걸어 카메라에 쏘았다.

탁! 타악! 탁!

어찌나 탁탁거리며 잘 터지는지.

작지만 요 녀석 참 쓸 만하다.

고무줄도 짱짱한 것이 쇠구슬을 넣으면 사람 두개골도 쪼갤 것 같았다.

“거울 너머 빼고는 다 가렸고.”

씩 웃은 나는 정말 속이 시원할 만큼 남은 일곱 개를 모조리 거울로 쏘기 시작했다.

탁! 탁! 탁!

“어! 아이 씨……. 옷에 묻었잖아.”

이럴 줄 알았으면 말끔한 옷이나 입고 오지 말 걸.

괜히 어제 산 옷만 버렸다.

아무튼 카메라는 모조리 가렸다.

거울이고 벽이고 녹색으로 가득한 걸 보니 심술이 샘솟는다.

“닦으려면 고생 좀 할 거다. 크큭.”

-후후후.

-그렇겠구나. 크크큭.

* * *

화장실을 다녀오느라 심문 감시실을 잠시 비웠던 고무겸은 어둡게 변해 버린 방을 보고 깜짝 놀랐다.

“뭐야……!”

혹시 모른다는 생각으로 총까지 꺼내 든 그는 심문실 문을 열고 들어갔다.

문을 열며 문 뒤까지 세밀하게 살핀 그는 녹색으로 가득 칠해진 방을 보며 당혹스러워했다.

"이게 대체……! 이 새끼는 또 어딜 간 거야?"

이후 국가정보원 내부에 비상을 알리는 사이렌 소리가 울려 퍼졌다.

["최강 요원이 탈출했다! 원 내 모든 요원들은 출입구를 막고, 최강 요원을 찾아라! 다시 말한다! 최강 요원이 탈출했다! 원 내의 모든 요원들은 최강 요원을 찾아라!"]

놀란 두 차장도 사무실을 나오며 복도를 걷던 고무겸에게 물었다.

"무슨 일이야! 최강이 탈출했다니?"

"정말로 최강이 탈출을 했다고?"

고무겸이 답했다.

"네. 안에서는 안 열리는 문인데, 어떻게 된 것인지 심문실은 엉망진창이 되어 있고, 놈은 그 안에 없었습니다."

"그럼 외부에서 누가 열어 주기라도 했다는 거야?"

"그건 카메라 녹화 영상을 확인해 봐야 알 것 같습니다."

셋 모두는 보안실로 향했다.

"심문실 내부하고, 복도 CCTV 전부 되돌려 봐."

"네, 과장님."

녹화된 영상에는 최강이 소매를 뜯더니 작은 새총을 꺼내어 카메라마다 쏘는 장면이 보였다.

하지만 그게 끝이었다.

같은 시간 복도를 보는 카메라 영상이 나왔지만, 심문실 문이 열린 적은 없었다.

심문 감시실을 들어갔다가 놀란 고무겸이 심문실로 들어가고는 망연자실하는 표정만 찍혀 있었다.

"문이 열린 적이 없다고? 그럼 그놈이 어디로 갔다는 거야?"

"최강이 나온 장면은 없습니다."

"그럴 리가……."

두 차장이 물어 왔다.

"정말 안에 없던 게 맞는 거야?"

"맞습니다! 지금도 보십시오. 제가 나오고 나서도 저 안에서 나오고 있는 사람이 아무도 없지 않습니까?"

"아니, 어떻게 이런 일이 일어나? 심문실에서 갑자기 사라지다니! 이게 말이 되는 상황이냐고!"

* * *

모두가 복도마다 뛰어다니고 문이라는 문은 전부 열고 다녔다.

작은 틈 사이, 옷 찬장이나 탈의실까지 안 찾는 곳이 없었다.

그러는 사이 나는 쇼핑을 다녔다.

국가정보원에서 무슨 쇼핑이냐고?

바로 핸드폰 쇼핑이다.

비교적 움직이지 않는 간부들을 따라다니며 핸드폰을 몰래 빼냈다.

한 명 한 명 핸드폰을 꺼내 도청 칩을 심고 다시 원래대로 넣어 두었다.

차장들 것을 처리한 나는 과장들을 훑고 돌아다녔다.

“오옷! 저기 6과장 이용술!”

-이번엔 저놈이 목표인가? 근데 저놈 어딜 들어가는 거야?

서둘러 따라가는데 갑자기 이용술이 화장실로 들어간다.

게다가 변을 보며 핸드폰을 보기까지.

국가정보원 내부가 난리인데, 이 상황에 똥 누며 지금 뉴스나 볼 때냐?

아우, 이기적인 새끼. 진짜 생긴 대로 논다.

‘아우, 더러워. 이 똥냄새를 맡고 기다릴 수도 없고. 에잇!’

짜증이 난 나머지 바가지에 물을 받아 그 너머로 확 넘겨 버렸다.

“앗! 차가워! 어떤 새끼야!”

성질이 잔뜩 난 이용술이 얼른 문을 열고 뛰쳐나왔다.

뭐야, 근데 나오는 게 왜 이렇게 빨라?

밑 닦고 나온 건 맞는 거지?

“뭐야, 어디 갔어. 어떤 놈인지 내가 찾으면 가만히 안 둬! 어떤 놈이냐고오오-!”

그가 화장실 문밖까지 나가서 소리를 지르는 사이 나는 이용술이 떨어뜨린 핸드폰을 열고 침을 삽입했다.

그리고는 원래 있던 자리에 놓고 유유히 화장실을 나왔다.

그렇게 만족스러운 미소를 짓고 있는데 제라로바의 경고성이 날아들었다.

-시간이 다 되어 간다! 이제 나가야 해!

"아직 3과 과장 신정환을 찾지 못했어요. 그놈이 가장 유력한데 어떻게 그냥 나갑니까?"

-그럼 어딘가로 일단 숨어라! 마법을 다시 펼쳐야 하니까!

나는 부지런히 뛰었다.

"엇!"

중간에 복도를 다니던 요원과 부딪칠 뻔하긴 했지만 아슬아슬하게 잘 피했다.

모습이 나타나기 전에 얼른 신정환 과장의 사무실을 들어가려고 하는데 이런?

처걱. 처걱.

"뭐야, 문이 잠긴 거야?"

-숨어야 한다니까!

"문이 잠긴 걸 어쩌라고요!"

양쪽에서 여자 요원 하나와 남자 요원 하나가 오고 있는 상황.

근데 남자 요원 얼굴이 어딘가 모르게 익숙했다.

'아, 너……! 기초훈련 받을 때 교관이었던!'

왜 훈련교관들은 하나같이 재수가 없는지.

훈련 당시 유독 체력이 약했던 나만 더 괴롭혔던 게 떠올랐다.

그땐 정말 얼마나 패 죽여 버리고 싶었는지 모른다.

거기다가 여자 요원들만 편애하며 은근히 스킨십을 하고 다독이기까지.

그런 친근감으로 초급 요원들 몇을 건드렸다는 소문도 많았다.

하다못해 훈련받던 여자 요원들이 요원을 포기하고 떠나는 경우도 있었다고 하니 무슨 말이 더 필요할까.

한 마디로 질 나쁜 놈.

이 재수 없는 새끼, 사무실이 외부에 있어서 그동안 잊고 살았는데, 너를 여기서 보는구나.

"어디 골탕 좀 먹어 봐라!"

-왜, 뭘 하려고?

"할아버지, 준비해 주세요."

나는 둘이 지나칠 때, 남자 요원 쪽 손을 들어 여자의 뺨을 때리게 했다.

찰싹!

여자 요원이 눈을 부릅떴다.

"아! 뭐에요?!"

뺨을 만지며 황당한 눈길로 쳐다보는 여자에게 남자는 당황하며 말했다.

"아니! 이게 제가 그런 게 아닌데!"

"이런 미친……!"

그래, 말 같지도 않은 핑계는 들어줄 가치도 없지.

여자 요원이 화가 잔뜩 나서는 남자 요원의 뺨을 후렸다.

찰싹!

"돌았냐? 어우, 황당해. 이거 진짜 미친 놈 아냐? 사람을 다짜고짜 왜 때려?"

"자, 잠깐만요! 진짜 제가 그런 게 아니라니까요?"

"지금 나랑 장난하니? 그럼 방금 나 때린 손은 누구 것이니?"

"그게…… 제 손이 맞긴 한데요. 아니, 진짜! 제가 그런 게 아니라고요?"

"아 놔, 이 미친 새끼가 사람 열 받게 하네. 이건 무슨 신종 변태질이냐? 여기서 내 손에 죽을래?"

그사이 남자 요원 뒤로 쪼그려 앉은 나.

웃음이 터지려는 걸 간신히 참았다.

"할아버지 빨리요."

간단히 주문을 읊고 나자 다시 모습이 투명해졌다.

"휴……. 정말 아슬아슬했다."

나는 안심하고 자리에서 일어났다.

그리고 어떻게 저 잠긴 문을 여나 고민할 때 갑자기 좋은 생각이 떠올랐다.

눈앞에 있는 이 둘을 이용하면 되겠다 싶었다.

"흐흐……."

-뭐냐, 그 웃음은? 또 뭘 하려고?

나는 곧장 남자의 손을 뒤에서 잡고는 여자의 몸을 문 쪽으로 밀치게 했다.

탁!

"엇!"

"어맛!"

여자의 눈이 분노의 불길로 이글거렸다.

"이런 쓰벌 놈이……! 이러고도 실수라고? 너 지금 나하고 해보자 이거지?"

"자, 잠깐만요! 지금 내 몸이 지 멋대로 움직인다고요!"

"오냐, 내 몸도 멋대로 움직이는 거니까 니가 이해해라!"

여자가 남자의 낭심을 후려 차고 양쪽으로 뺨을 사정없이 갈겼다.

짜악! 짜악!

거기에 나는 다시 남자의 팔을 활짝 펴 잡고는 여자를 향해 돌진하게 만들었다.

"어어어……!"

"뭐야, 이 미친 새끼가-! 꺄아아악!"

퍼서석!

문이 부서지며 열렸고, 사람들이 우르르 몰려와 서로 포개진 두 사람을 보았다.

"뭐냐, 니들?"

"니들 여기서 뭐하냐? 사랑 놀음 하냐?"

"제정신이냐? 지금 사태 파악이 안 돼?!"

여자가 울먹였다.

"그게요…… 이 새끼가 다짜고짜 저를……. 허흐흑!"

상황이 짐작되었을까, 남자 요원들의 얼굴이 염라대왕처럼 변했다.

"뭐?! 이런 미친 새끼가!"

"이 난리에 동료한테 이런 짓을 한다고? 이 미친 새끼. 넌 좀 맞자 이 새끼야."

남자는 억울해 미칠 지경이다.

"아니, 그런 게 아니라. 제 몸이 멋대로 움직여서는 저 여자를 덮쳤다니까요!"

"그래, 혈기가 죄지 이 새끼야. 핑계도 아주 내추럴하게 대네. 그만큼 상습인 거겠지? 이 돌아이 새끼야."

"그게 아니라니까요! 진짜 저는……!"

"이리 와! 이 색골 새끼야!"

남자 요원들이 남자를 끌고 가고, 여자 요원들이 여자를 위로하며 데려갔다.

그에 나는 무척 만족스러워하며 조용히 문을 닫았다.

"굿……. 아주 자연스러웠어. 내추럴하게."

-너도 은근히 사악한 구석이 있었구나.

케라 형님이 비난했지만 나도 할 말은 있었다.

"그럼 어떻게 해요. 문은 열어야겠고, 방법은 없는데."

-끌려간 저놈이 당할 걸 생각하니 가여워서 그런다.

"가여워요? 아유, 저놈이 어떤 놈인지 알면 그런 말씀 못하십니다. 저놈 때문에 훈련 도중에 뛰쳐나간 여자 요원들이 몇인데. 아주 상습인 놈이라니까요?"

-뭐야, 원래부터 나쁜 놈이라는 거야?

"저런 놈은 한 번 된통 당해 봐야 합니다. 대체 몇 사람의 미래를 망친 거야. 요원이 될 자격도 없는 놈이라고요."

-후후, 그런 거면 잘했구나. 여자를 함부로 대하는 놈이었으면 더 혼내 줬어야지.

사무실 내부는 의외로 검소했다.

정리 정돈도 깔끔하다.

이런 거 하나에도 성격이 나온다고 하던데. 나하고는 차이가 많다.

["너는 책상 좀 깨끗이 치우고 그래라. 이게 뭐니 다 큰 애가. 언제까지 엄마가 책상을 치워 줘야 해?"]

갑자기 예전의 엄마의 잔소리가 귓가를 스친다.

그걸 또 투정을 부리며 놔두라고 했던 스스로가 왜 이리도 부끄러워지는지.

있을 때 제대로 할 걸.

식사는 제대로 하시는지.

"근데 왜……."

옷걸이에 옷이 없다. 책상 주변에도 아무것도 보이지가 않았다.

항상 서류 가방 하나씩 들고 다니던 그였는데.

"설마 출근을 안 한 거야? 왜?"

이유는 모르지만 그가 오늘 이곳에 오지 않은 건 분명해 보였다.

"하아, 이거 곤란하네."

-왜, 그가 오늘 안 나온 것이냐?

제라로바의 물음에 나는 고개를 끄덕였다.

"네, 그런 모양이네요. 대체 왜 안 나왔지? 병가인가?"

그렇다고 해서 여기서 포기할 내가 아니다. 안 되면 집까지 찾아가면 된다.

그래도 그 쇼를 하며 들어왔는데, 여기서 그냥 가긴 뭔가 좀 아쉽고.

혹시나 싶어 책상 뒤로 가 서랍들을 열어보았다.

다른 건 다 열리는데 열쇠 구멍이 있는 서랍만 닫혀 있었다.

덜컥. 덜컥.

"뭔가 중요한 거라도 들어 있나?"

-열어 보자!

케라 형님이 보채지 않아도 안 그래도 그럴 생각이다.

아래 서랍들 중에 클립을 봤던 걸 떠올린 나는 얼른 그것들을 꺼내어 구부렸다.

“지난번 한태영 요원한테 배워 둔 게 있었는데…….”

자기가 요원이 안 되었으면 아마 도둑놈이 되었을 거라고 주절거리던 요원이 있었다.

안타깝게도 그 역시 습격에서 총격전을 벌이다가 목숨을 잃었다.

당시엔 겁도 많이 났고, 내 안전이 우선이란 생각에 사로잡혀 거기를 피할 생각만 했었다.

막상 떠올리니 미안하긴 했다.

처걱. 턱!

“엇! 열렸다! 오~ 되는구나.”

-허! 제법 기특한 능력이 있구나.

“그냥 재미 삼아 배워 둔 건데 이럴 때 또 써먹네요.”

드르르륵.

책상을 열자 값비싼 시계와 두 개의 핸드폰이 보였다.

“이런 곳에 핸드폰이 있네. 그것도 옛날 2G폰이…….”

혹시 들켜선 안 될 누군가와 따로 통화하기 위해 숨겨 둔 건가?

의심해 볼 만은 했다.

“꺼져 있는 걸 보니까 더 수상하네. 후훗, 어디 뭐가 걸리나 보자고.”

켜 보니 오로지 한 번호로만 통화 한 내역밖에 없었다.

문자 같은 것도 전혀 없었다.

그렇지만 상관없다. 번호만 알면 된다. 그거면 어디든 해킹해서 누구의 것인지 알 수 있었다.

"좋아. 하나 얻어 걸렸고."

다른 핸드폰에도 마찬가지로 한 개의 번호만 있어 얼른 적어두었다. 그런 후에 뒷면을 열어 칩을 삽입시켰다.

요즘 일체형 핸드폰과는 달라서 배터리만 열면 곧바로 들킬 것이다. 안 열어 보길 최대한 바라는 수밖에는 방법이 없었다.

"자, 어떤 놈이 걸리나 보자. 어디 한 놈만 걸려 봐……."

* * *

신정환은 전화를 받다가 성질에 못 이겨 벌떡 일어났다.

"그게 무슨 말이야, 이 새끼야! 최강 그 새끼가 스스로 들어왔는데, 그걸 놓쳤다는 거야?"

[그게 지금 저희들도 무척 당혹스러워하고 있는 중입니다.]

"아무리 날고 기는 새끼들이라고 해도 그렇지, 어느 누가 국가정보원을 혼자서 빠져나가! 그게 말이 되냐고?!"

[하지만 정말로 아무도 못 찾고 있습니다. 샅샅이 뒤지고 있지만 심문실을 빠져나간 흔적도 없이 갑자기 사라져 버렸습니다!]

"됐고, 찾으면 바로 연락해. 알았어?!"

[네, 과장님.]

전화를 끊은 신정환은 욕지기를 내뱉었다.

"멍청한 새끼들! 거저 굴러 온 새끼를 놓치면 어쩌자는 거야? 왜 하필 내가 없는 사이에 그런 일이 일어나서는……! 크음……."

원체 궁금한 걸 못 참는 성격이기도 했지만, 최강 그에게는 물어볼 것이 참 많았다.

자신 휘하에 있는 요원들을 어떻게 쓰러뜨리고 도망쳤는지부터, 신재섭 차장 집에 침투한 방법까지, 그런 능력들을 어떻게 얻은 것인지 꼭 묻고 싶었다.

그런데 그렇게 황당하게 놓쳤다고 하니 참 신기하면서도 이해가 되지 않았다.

"심문실에서 갑자기 사라졌다고? 대체 이 녀석 정체가 뭐야? 무슨 마술이라도 부리는 거야, 뭐야?"

주변 지인 관계, 다녔던 학교, SNS에 올라온 사진들까지.

꾸며진 건 하나도 없었다.

해킹 실력 외에는 정체를 알 수 없는 그의 능력은 대체 어디서 왔을까?

의문만 가득했다.

* * *

고무겸은 답답해하며 복도를 걷다가 다른 요원들이 바깥과 자신을 번갈아 보는 걸 보았다.

"과장님, 여기 계셨어요?"

"어? 어, 왜?"

"그럼 저 차는……."

"뭐?"

고무겸이 깜짝 놀라 밖을 쳐다봤다.

자신의 차가 저절로 굴러가며 국가정보원을 빠져나가고 있어서다.

"뭐야! 내 차가 왜……!"

주머니를 뒤져봤지만 차키가 없었다.

차가 저절로 움직일 리는 없었다. 의심해 볼 건 최강밖에 없었다.

"설마, 최강? 이 새끼가……! 야, 저 새끼 잡아! 안 쫓아가고 뭐해!"

최강은 고무겸의 차를 빠르게 몰며 입꼬리를 들어올렸다.

"핸드폰 넣으면서 차키 좀 슬쩍했지. 당신도 뭔가 너무 이상했어. 나를 그렇게 대놓고 범인으로만 몰려고 하는 건 너무했잖아?"

최강은 막 닫혀 가는 문을 아슬아슬하게 빠져나갔다. 그리고 그의 뒤를 수많은 차들이 뒤따르기 시작했다.

"히~ 요~! 가자-!"

최강은 미친놈처럼 질주했다.

신호고 뭐가 다 무시했다.

그 속도는 제라로바가 걱정을 할 정도였다.

-너무 빨리 달리는 거 아니냐? 조심해라! 그러다가 다치겠다!

"이 정도는 달려 줘야죠! 꼭 한 번은 해 보고 싶었거든요!"

케라는 흥분하며 즐거워했다.

-그래! 남자라면 이 정도는 즐길 줄 알아야지! 더 빨리! 달려!

-이런 미친놈들! 정신없다, 이것들아! 대충 멈추고 숨어! 이 무슨 해괴한 짓이냐?!

"어차피 도망자 신세인 건 똑같은데, 나도 이 정도 골탕은 먹여야겠습니다! 저도 억울하게 몰리고 분통터지는 건 풀어야 하잖아요!"

교차로를 빠르게 꺾다가 주차되어 있는 차에 부딪쳤다.

그럼에도 최강은 멈추지 않고 더 빠르게 질주했다.

뒤따르던 차에선 고무겸의 피가 말라 갔다.

"저, 저……! 저 나쁜 새끼! 아직 할부도 안 끝난 차를!"

멈췄던 차는 갑자기 크게 틀어 한강 쪽을 바라보며 멈춰 섰다.

운전석 쪽이 살짝 열리며 막대기가 좌석과 악셀 사이에 끼워졌고, 차는 맹렬히 달려 한강 쪽으로 날아오르고 있었다.

"어……! 어!"

부아아앙-!

첨벙!

그 앞에서 멈춰선 요원들이 차에서 내려 주변을 둘러봤다.

주변에선 사람들이 놀라며 가라앉는 차량을 보고 있었다.

고무겸은 주변 사람들에게 물었다.

"저 차에서 내리는 사람 못 봤어요?"

"아무도 안 내리던데요."

고무겸은 가라앉는 차를 보며 황당해했다.

"안 내렸다고? 그럼 저대로 물속으로 뛰어들었다는 거야?"

그는 주변 요원들에게 소리쳤다.

"뭐 하고 있어, 이 새끼들아! 저대로 죽게 내버려 둘 거야! 뛰어들어서 꺼내 와!"

"네! 과장님!"

하지만 장비까지 와 차를 들어 올렸지만, 차 안에는 아무도 없었다.

"뭐야……. 이 새끼 대체 어디로 사라진 거야?"

한쪽에서 물에 들어갔다가 잔뜩 젖은 요원들이 숨을 헐떡이며 말했다.

"들어갔을 때도 없었습니다……. 악셀에 작대기를 대어 놨더라고요."

고무겸은 이 미스터리를 도저히 풀 수가 없었다.

"문이 열리지 않은 심문실에서도 사라지고……. 이렇게 차도 지 멋대로 움직였다고? 이게…… 가능한 거야?"

* * *

김동운이 사무실로 들어오며 최소현에게 말했다.

"선배님, 그 얘기 들었어요?"

"무슨 얘기?"

"지금 서울 한복판에서 차가 혼자 막 달리고, 한강에까지 뛰어들어서 난리도 아니잖아요. 파손된 차만 다섯 대라던데."

"정말? 급발진이나 사이드 안 잠근 차겠지."

"이걸 보시면 그런 생각 안 드실 걸요? 지금 유튜브하고 SNS에 올라오고 난리도 아니거든요. 보실래요?"

김동운이 핸드폰으로 여러 사람이 올린 영상을 보여 주었다.

교차로를 무섭게 질주하며 다른 차들을 들이받고도 내달리는 차가 보였다.

그리고 잠시 멈춰 서더니 그대로 한강으로 점프를 하는 게 아닌가.

"이상하죠."

"그러네. 이건 분명 누가 운전을 한 걸로 보이는데. 커브를 이렇게나 하려면 핸들을 꽤나 많이 돌려야 하잖아."

"그렇지만 한강에 뛰어든 차 안에는 사람이 없었답니다. 그래서 지금 시내에서 유령 자동차가 나왔다고 아주 난리도 아니고요. 크루즈 컨트롤이든 뭐든, 아무리 해킹을 당해도 이렇게까지 움직일 수는 없다는 게 모두의 공통된 생각이고요."

"진짜 안에 사람이 없었다고?"

국가정보원에서도 난리가 났다.

두 차장이 요원들을 잔뜩 모아 놓고 목소리를 높였다.

"이게 무슨 개망신이야! 국가정보원 안에 들어온 놈이 도망칠 때까지 어떻게 못 잡을 수가 있냐고!"

요원들도 답답하기는 마찬가지다. 아무리 뒤져도 안 나오는 놈을 무슨 수로 찾는단 말인가.

찾은 곳을 몇 번이나 반복해서 찾기도 했다. 혹시나 싶어 환풍구도 RC카에 핸드폰을 달아 싹 굴려 봤다.

그럼에도 모두의 눈을 피해 어떻게 밖으로 나갔는지 이해할 수가 없었다.

2차장 윤성준이 고무겸을 쏘아봤다.

"고 과장 차는 아주 유명해졌더라. 막을 새도 없이 지금 속보에도 나오고 난리도 아니던데."

"아, 네……."

"아, 네? 지금 그런 말이 나와?! 지금 내 생각을 솔직히 말해줄까? 자네도 수상해! 혹시 그렇게 억지로 몰아붙였던 것도 이러려고 쇼한 거 아니야? 자네가 직접 차키를 주지 않고서야 어떻게 그 새끼가 여기서 자네 차를 몰고 사라지냐고!"

"면목이 없습니다. 하지만 제가 놈을 도왔다고 하시는 건, 너무 억측이 심하십니다."

"억측이 심해? 그럼 그 새끼가 자네 차를 몰고 사라진 건 어떻게 설명할 건데! 카메라에 안 찍히고 심문실을 나온 것도 그렇고, 누가 내부에서 돕지 않고서야 어떻게 이런 일이 일어날 수 있느냔 말이야!"

1차장 김재혁이 말했다.

"아무튼 오늘 요원들 전원 퇴근할 생각하지 말고 무조건 최강을 찾아! 그놈 하나 때문에 국가정보원 전체가 이 난리를 겪어서야 되겠어? 수단 방법을 가리지 말고 반드시 찾아!"

"네!"

요원들 모두가 대답을 하는 가운데, 두 차장들은 수갑을 차고 있는 요원 하나를 보았다.

"근데 얘는 뭐야? 왜 이러고 있어?"

요원 하나가 조용히 다가와 속삭여 설명하고, 곧 2차장이 불같이 화를 냈다.

"뭐어?!"

곧 그가 수갑을 차고 있는 요원을 벌레 보듯 쳐다봤다.

"집안 참 잘 돌아간다. 그 난리에 여자 요원을 덮쳐? 어휴! 뭐하고 있어! 이런 새끼는 당장에 쫓아내!"

수갑을 찬 요원은 억울해 죽을 지경이다.

"전 아닙니다. 제가 그런 게 아니라고요! 진짜입니다!"

그러나 당한 여자 요원이나 그 주변에 있던 다른 여자 요원들은 그를 죽일 듯이 쳐다봤다.

"그동안 건드린 여자 요원들이 한둘이 아니래."

"어우~! 더러운 새끼!"

"야, 가자. 이런 일을 벌였는데, 이번엔 쫓겨나겠지."

그 혼란스러운 와중에 여자 요원을 덮칠 생각을 했으니 모두가 그를 짐승처럼 쳐다보는 게 당연했다.

* * *

국가정보원에서 그 난리를 치고 폐가로 돌아온 나는 한결 속이 후련했다.

"후우! 범퍼카를 탔더니 아주 속이 다 후련하네."

-그래! 아주 재미있었다! 나중에 기회가 되면 또 해 보자.

케라 형님, 아주 신이 나셨다.

내 통쾌함까지 같이 느꼈다면 그럴 만도 했다. 하지만 심문실에서 받았던 질문을 생각하면 아직도 속이 뒤틀린다.

"사람을 무슨 살인자 취급을 하고 말이야. 아니, 거기에 왜 나를 가져다 붙이는데? 지금 쓴 누명만도 답답해 미치겠는데, 거기에 지금 국가정보원장과 차장의 살인 누명까지 씌우겠다고? 와, 사람 맞아?"

다시 생각해 보니 질문들 하나하나가 정말 이상하긴 했다.

마츠오카 하루의 영상은 애초에 믿을 생각이 없는 것 같았다.

사실 뭔가 좀 부자연스럽긴 했지?

그렇다고 그런 놈들이 순순히 실토할 리는 없고.

오히려 협박을 하거나 묶어 놓고 위협을 가해서 하는 말이었으면 더 신빙성이 떨어질 거잖아?

그렇게라도 대답을 받아 낸 게 어디야?

"그나저나 마츠오카 하루가 죽어 버렸는데, 이제 나한테 준 대가가 가짜라는 걸 어떻게 증명하지?"

생각이 짧았음을 인정하자.

어떻게든 그만은 지켰어야 했다.

그가 살아 있는 채로 실토했어야 완전히 벗을 수 있었던 누명이었다.

"이젠 진짜 7과 사무실에서 일어난 그 일이 왜 일어난 건지, 그거를 밝히는 수밖에는 방법이 없어."

그건 그거고!

아무튼 지금은 내가 뿌린 일들의 정리해야 했다.

나는 각기 차장들과 과장들의 핸드폰에 심어 놓은 도청 칩을 컴퓨터에 등록시켰다. 이제 핸드폰으로 누군가와 통화 내용은 모두 여기에 저장될 거다.

"하나하나 전부 들어 볼 순 없고. 단어를 인식시켜 두자. 7과에 대해 말한다든가, 카드, 그리고 몰래 한다거나 들킨다든가, 그런 부정적인 단어들을 설정해야 해. 아, 다른 사람한테 오늘 있었던 일을 말하는 것도 넣어야겠다."

칩은 총 스무 개를 가지고 갔었다.

차장, 과장들, 그리고 가장 의심이 될 법한 3과 몇몇 요원과 지원요원들에게 심어 두었다.

거기에 신정환 과장이 서랍에 숨겨 두었던 핸드폰까지.

"자, 이제 누구 하나 걸리기만 해. 내가 아주 낱낱이 전부 밝혀 줄 테니까."

그렇게 어느 정도 시간이 흘렀을까.

나는 만오천 원을 주고 사 온 커피포트에서 물이 끓기만을 기다리고 있었다.

컵라면이라도 먹기 위해서다.

그런데 쭈그려 앉아 있다 보니 그걸 지켜보고 있는 내 신세가 참 처량하다.

"에효, 어디 식당 밥이라도 먹고 싶네. 그렇지만 지금쯤이면 요원들이 눈에 불을 켜고 찾으러 다니고 있을 텐데 그럴 수도 없고. 이거 수배자가 된다는 게 보통 불편한 게 아니구나. 아니, 적색수배 내려진 사람들은 대체 어떻게 숨어 다니는 거지?"

적색수배란 6가지 인터폴 수배의 단계 중 가장 강력한 조치로, 체포 영장이 발부된 중범죄자에게 내리는 국제수배를 뜻했다.

말 그대로 전 세계에서 추적하여 쫓는 수배자란 것.

그럼에도 안 잡히고 세계를 돌아다니는 적색수배자들을 보면 정말 대단한 것 같다.

"하여간 하나같이 보통 사람들은 아닐 거야."

그런데 그때, 컴퓨터에서 경고음이 들려왔다.

삐빅! 삐빅! 삐빅!

"엇!"

누군가가 설정해 둔 단어를 언급했을 때 울리도록 한 알람 소리였다.

하여 나는 달려가 즉시 헤드폰을 꼈다.

통화는 이미 진행 중.

"어차피 저장은 저절로 될 테니까, 처음부터 들어 보자."

["과장님, 최강 그놈은 완전히 놓쳐 버린 것 같습니다."]

["그래서 차장들이나 기조실장은 어떻게 하고 있는데?"]

["그놈이 고무겸 과장님의 차를 몰고 나가는 바람에, 차장들이 지금 고무겸 과장님을 의심하고 있는 것 같습니다. 뒤에서 도와준 게 고무겸 과장님이 아니냐고 하시면서요."]

["음……. 네가 보기엔 어때? 정말로 고 과장이 놈을 도왔을 것 같아?"]

["그런 것 같진 않았습니다. 애지중지하던 차가 망가져서 정말 상심이 크신 것 같았거든요. 아마 폐차까지도 생각하셔야 할 겁니다."]

["그 많은 돈들 받아 놓고 왜 그러고 사는지. 하여간 이상한 친구야."]

'많은 돈? 무슨 얘기지?'

["그래서, 원에서는 어떻게 하기로 했는데?"]

["차장들이 화가 많이 나서는, 모든 요원들에게 비상근무 상태를 명령했습니다. 아마도 내일까진 아무도 퇴근을 못 할 것 같습니다."]

["후후, 신 씨 성을 가졌다는 이유로 임무에서 배제된 게 운이 좋았군그래. 아무튼 알았어. 달라지는 상황 있으면 계속 보고해."]

["네, 과장님."]

통화 내용을 보니 신정환 과장이 틀림없었다.

"신정환 과장……. 왜 출근을 안 했나 했더니, 아무래도 신 씨 성을 가진 사람들은 임무에서 배제시킨 모양이구나. 아마도 그건 죽은 원장이나 신재섭 차장님이 그래 놨을 것 같은데."

그렇다는 건, 국가정보원에서도 마츠오카 하루의 영상을 마냥 무시하는 건 아니란 뜻이 된다.

하지만 고무겸 과장은 그 영상에 대해 그리 중요하게 생각지 않는다는 것처럼 말했었는데.

왜 그랬지?

"혹시 그 인간, 나를 떠본 거였어?"

아무튼 고무겸도 의심해 볼 필요가 있었다.

그렇지만 지금의 통화 내용으로 그들 모두를 의심하기는 무리가 있었다.

"따로 보고받는 거야 내부 사정을 알고 싶은 이유라고 쳐도, 돈 얘기는 좀 이상한데……."

방금 한 통화를 받은 전화번호와 그 수신 위치를 확인했다.

"좋아, 찾았다. 일단 궁금한 게 많으니까 그건 직접 만나서 얘기하자고. 신정환 과장."

* * *

모자를 푹 눌러쓰고 장을 보는 사내가 있었다.

시장에서 장을 본 사내는 어두운 밤길을 걸었다.

골목길을 걷던 것도 잠시, 뒤에서 무언가 인기척을 느낀 그는 빠르게 걷기 시작했다.

모퉁이를 꺾은 그는 장을 봤던 걸 집어 던지고는 전력을 다해 뛰었다.

파바바밧-!

조용한 발걸음으로 빠르게 다가오던 자들이 사라진 사내의 모습에 급하게 무전을 보냈다.

"놈이 알아차렸다! 포위해!"

모자 쓴 사내는 도망치다가 간간히 막아서는 이들을 만났다.

그들 사이에선 격한 싸움이 일어났다.

하지만 사내의 실력은 좋았다.

퍼억!

파앗! 퍼억!

날아오는 주먹을 단숨에 피하더니 겨드랑이와 옆구리를 치고, 다리를 걷어차 넘어뜨렸다.

다시 쫓아오지 못하도록 마저 얼굴을 때려 기절까지 시켰다.

그러나 사내를 막아서는 사람의 수는 점점 많아졌다.

막아서는 자를 막 쓰러뜨리고 났더니 다른 곳에서도 연이어 목소리가 들려왔다.

"어디야!"

모자 쓴 사내는 이대로는 잡힌다는 불안감에 휩싸였다.

그는 그곳을 벗어나려 전속력으로 뛰었다.

그런데 바로 그때, 누군가가 한쪽에서 튀어나오더니 그와 부딪쳤다.

타앗-!

"크읍!"

단순히 부딪쳤나 싶었지만, 그게 아니다.

모자 쓴 사내가 복부를 움켜쥐었다.

나타난 자의 손에는 칼이 들려 있었다.

"드디어 보는군. 정이한 요원."

정이한은 애써 괜찮은 척 뒤로 물러나며 물었다.

"처음 보는 놈들 같은데. 니들도 조직 사람인가?"

"카드……. 그것만 내놔. 그럼 우리도 굳이 너를 쫓을 이유가 없어."

"후후, 그게 어지간히도 중요한가 보군."

"그거 하나면 어디든 못 뚫는 곳이 없고, 흔적도 남기지 않으니 누구든 욕심을 낼 법은 하지. 전 국민한테서 천 원씩만 빼 가도 출금 기록조차 남지 않는다던데."

미성년자와 영유아를 뺀 대략 4천만 국민에게서 그러한 일이 벌어진다면 그 액수만도 400억이 된다.

다른 나라까지 시도한다면 천문학적인 돈을 모을 수도 있었다.

"그래서 내가 이걸 빼돌린 건데, 그걸 몰라? 너희가 이런 물건으로 끝도 없이 거대해질 것을 막으려고 말이야."

"뭘 모르나 본데. 우린 이미 거대해. 이젠 그깟 것 하나로 무너뜨릴 수 있는 게 아니게 되었거든."

"그래? 그럼 여기서 포기해도 되겠군. 아마 내가 죽어도 그건 못 찾을 거야."

"말로 해서는 들어먹을 생각을 안 하는군."

칼 든 사내는 칼을 한쪽 벽에 찔러 박히게 하고는 곧장 정이한에게 달려들었다.

그는 다른 요원들과 다르게 실력이 좋았다.

처음엔 정이한을 상당히 몰아붙이는가 싶었다.

하지만 정이한이 제대로 싸우기 시작하자, 한 번씩 얻어맞기 시작했다.

휘청거리던 사내가 피를 뱉어내고는 다시 덤벼들었을 땐 정이한도 조금 힘겨워했다.

칼에 찔린 상태로 싸우는 게 그에겐 무리가 되어서다.

그러나 결정적인 카운터를 먹인 순간, 칼로 찔렀던 사내가 휘청거리며 그 자리에서 쓰러져 버렸다.

"새끼가, 사람 힘들게 하고 있어. 휴우!"

격하게 움직였더니 피가 많이 흘렀다.

여기서 누군가 더 만났다가는 정말로 힘들어진다.

정이한 요원은 서둘러 그곳을 벗어났다.

4. 도와주실 거죠?

빙의로
최강요원

어느 집으로 들어온 정이한 요원의 모습에 한 여인이 놀라며 다가왔다.

"아니! 이게 다 무슨 일이에요?"

바로 최강의 어머니인 최정순이었다.

"오다가 이상한 놈들을 만나서요. 괜찮습니다. 그렇게 큰 상처는 아니에요."

"병원에 가 봐야 하는 거 아니에요?"

"아시잖아요. 거길 갔다간 금방 붙잡힌다는 거."

잠시 뒤, 최정순은 붕대를 가져와 그의 상처를 치료해 주었다.

그런 그녀를 보며 정이한이 말했다.

"죄송합니다. 장 본 걸 다 잃어버렸네요."

"지금 그게 문제예요? 사람이 이렇게 다쳤는데? 앞으로는 너무 밖으로 돌아다녀도 안 되겠네요."

약상자를 정리하는 그녀에게 그가 물었다.

"많이 불편하시죠."

"그렇긴 해도, 목숨 잃는 것보단 나으니까. 어떻게 하겠어요, 견뎌야죠."

"아드님 소식, 궁금하지 않으십니까?"

최정순이 그제야 눈을 크게 떴다.

"뭐 알아낸 거 있어요? 우리 강이, 괜찮다고 하던가요?"

"병원에서 탈출했다고만 들었습니다."

"그래요……. 그 녀석, 몸도 많이 약한데……. 어디서 잘 먹고는 다니는지……. 걱정이 많네요."

정이한은 그런 그녀를 보며 쓴웃음을 머금었다.

그들에게 벌어진 일들이 다 자기 때문이기 때문이다.

"어떻게든 찾아서 데리고 오겠습니다. 저 때문에 당하신 피해를 모두 보상할 순 없겠지만, 최선을 다하겠습니다."

"그것보다 우선은 몸부터 챙겨요. 그 몸으로는 아무것도 할 수 없을 것 같으니까."

"네……."

* * *

이른 아침, 산꼭대기에 오르고 나니 기분이 무척 상쾌했다.

"사람들이 이래서 등산을 하는구나."

전날 신정환이 있는 곳을 알아내긴 했지만, 곧바로 갈 수가 없었다.

그날 쓸 수 있는 마법의 횟수를 모두 채웠기 때문이다.

마음은 빨리 뭔가를 알아내고 싶어 초조했지만, 위험을 감수할 순 없었다.

그런 놈들을 상대하자면 최상의 컨디션을 유지해야 했다.

"후우! 좋네!"

날이 제법 쌀쌀해졌다.

등산을 하는 사람들의 수가 많았지만 괜찮았다.

모두가 얼굴을 싸매고, 방한 마스크를 하고 있었다.

나 역시 그러고서 올라온 길이기에 누가 나를 알아보기란 어려울 것이다.

그리고 그 난리를 쳐 놓고 이렇게 한가로이 등산이나 하고 있을 거라고 누가 생각이나 하겠어.

"와, 제가 한 번도 안 쉬고 이런 곳에 올라오게 되다니, 꿈만 같네요."

-훈련의 성과가 조금씩 나오는 거지.

"그러게요. 진짜 체력이 많이 좋아진 것 같네요. 사실 예전

같았으면 등산 얘기만 나와도 손부터 저었거든요. 아휴, 저 힘든 걸 왜 하나 싶었는데. 이젠 체력도 되고, 이런 곳에도 올라올 수도 있게 되니까 생각이 바뀌네요. 사람들이 이 기분으로 운동이란 걸 하나 봐요."

-앞으로 더 좋아질 거다. 이건 시작에 불과해.

"저기 근데요, 케라 형님. 며칠 전부터 이 명치쯤이 뭔가 빡빡해지는데 이건 왜 그런 거죠?"

-카우라의 기운이 점점 커지고 있어서다.

"예전에도 그 카우라라는 걸 생성시켰다는 말을 들었던 것 같은데. 그게 정확히 뭘 뜻하는 거죠?"

-카우라는 하루에 다 쓰지 못한 신체의 힘을 끌어 모아 축적하는 힘이다. 이 축적된 힘은 원할 때 신체에 활력을 불어넣어 주어 보다 강한 힘을 낼 수 있게 도와준다.

"그러니까 그걸 쓰면 더 강해진다. 뭐 그런 말인 거네요."

-후후, 그렇게 이해하면 된다. 신체적인 강함도, 힘도 강해지니까.

"무협 소설에 나오는 내공 같은 거려나? 아무튼 좋은 거라고 하니까, 좀 이상한 기분이 들어도 참아야겠네요."

나는 산을 내려가며 이상함을 느꼈다.

"잠깐만. 그러고 보니까 어제는 마법을 세 번을 사용했는데도 코피가 안 흘렀죠?"

제라로바가 말해 왔다.

-점차 마법이 익숙해져 가는 거겠지. 그리고 케라가 하는 카우라 수련과 육체 훈련도 도움이 되었을 거라고 본다.

"후훗, 그럼 마법의 횟수도 한 번 더 늘어났다고 봐도 되겠네요."

체력도 늘어 가고, 마법 횟수도 점차 늘어 간다.

나는 점점 강해져 가고 있었다.

물론, 여전히 이 둘의 도움이 없으면 아무것도 못하는 나 자신이지만, 내 몸이 발전해 가고 있다는 사실은 분명했다.

폐가로 돌아온 나는 오면서 편의점 도시락을 몇 개 사 들고 왔다.

라면만 먹자니 지겨워서다.

하지만 돌아온 즉시 후회를 했다.

"아, 맞다……. 전자레인지가 없네."

오랜만에 쌀밥과 여러 반찬을 먹을 수 있겠다 싶어 좋아했더니 데워 먹을 수단이 없었다.

"즉석으로 뭐라도 먹으려면 전자레인지라도 사야 되나?"

-잘 먹어야 체력도 키울 수 있다. 그런 거에는 아끼지 마라.

"그렇기는 하지만……."

어제 갈수록 살림이 늘어 가는 것 같아서 문제다.

아주 여기서 살려고?

그럴 건 아니지만, 최소한 생존에 필요한 것은 갖춰 두도록 하자.

물을 끓여 대충 중탕식으로 도시락을 데워 먹은 나는 낮 동안 사람들의 통화 내용을 듣는 데 시간을 보냈다.

["전화는 왜 자꾸 안 받는데? 마음 떠났으면 얘기를 해, 자꾸 사람 비참하게 만들지 말고!"]

["아니, 그런 거 아니야, 지나야. 내가 진짜 요즘 바빠서 그래."]

["친구야, 나 돈 좀 빌려 줄 수 있냐?"]

["야, 나 이번에 어머니 쓰러지셨거든. 병원비로 돈이 얼마나 들어가는지 월세도 못 내게 생겼다, 야."]

["어머니? 나 어제 너희 어머니 만났는데?"]

["어? 진짜? 아하하! 아니, 어머니는 아픈 몸으로 어딜 다니셨대."]

["장 보고 오셨던데?"]

["아, 그래?"]

["재철이 그게 또 사고 쳤어요?"]

["당장 합의금 안 내어놓으면 감방에 처넣는다고 하는데, 어쩌냐."]

["아니, 내가 무슨 사고 수습하는 사람도 아니고. 그냥 감방 가라고 하세요! 나도 더는 못 도와주겠으니까!"]

["잠깐만, 얘! 얘!"]

연인 간의 다툼에, 돈 좀 빌려 달라는 대화에, 가족들 사고치는 문제까지.

저마다 참 복잡하게도 산다 싶었다.

"하여간 거짓말을 달고 살아야 할 놈들이 이렇게 거짓말을 못 해서야. 그런 놈들이 잘도 요원을 하고 있네."

정보요원일 때만 해도 그렇게 그들이 부럽고, 대단하게만 보였는데.

지금 보니 현장요원도 별거 아니지 싶다.

* * *

[PM 8:00]

부자들 동네인 한남동에 온 나는 잡혔던 신호를 확인하며 한 집을 보았다.

"분명 저기인데."

-저기에 너에게 누명을 씌운 놈이 있는 거야?

"그렇다고 추정되는 사람이죠. 7과에서 있었던 일을 거짓으로 보고한 사람이니까."

신정환 과장의 집.

신우범 원장과 신재섭 차장이 죽은 이상, 이제 간부 중에 신 씨 성을 가진 사람은 그밖에 없다.

그가 아니라도 그에겐 많은 의심스러운 정황이 있었다.

["화재와 폭발로 다 지워졌다고 했어! 지금 이건 내가 아는 것과는 내용이 다르다고!"]

["그게 누구죠? 지워졌다고 한 사람, 그게 누구냐고요?!"]

["3과 과장, 신정환 과장."]

"정말 당신이면, 내가 진짜 가만히 안 둬."

끼이이익.

그의 집으로 가려고 차에서 내리는데 문 여는 소리가 어찌나 시끄러운지.

이놈의 고물차.

지난번 대포차 판매상한테서 빼앗은 차는 국가정보원에 두고 와서 더는 쓸 수가 없었다.

그래서 새로 대포차를 싼 걸로 하나 더 구했는데, 끌고 다니자니 문제가 한둘이 아니다.

문 열 때마다 이런 마찰 소리가 들려오고, 심지어 날은 추운데 히터도 제대로 나오질 않았다.

"싼 걸 샀더니 이게 문제네. 다음엔 더 괜찮은 걸로 사든가 해야지."

그런데 갑자기 묘안이 떠올랐다.

"잠깐만. 그때 그놈들. 다시 불러서 또 차만 빼앗으면 되는 거 아닌가?"

절로 미소가 지어졌다.

왜 나쁜 생각은 사람을 이렇게 즐겁게 만드는 걸까.

그래서 나쁜 놈들이 나쁜 짓을 포기 못 하는 모양이다.

"후후, 그럼 되는 것을. 괜히 고물차 사느라 돈만 썼네. 아~ 이걸로 교환을 해도 되겠는데?"

어차피 처분할 방법도 없고, 좋은 생각인 것 같아 흡족한 마음마저 들었다.

그런데 그렇게 생각을 정리하고 다가가는데, 향하는 집에서 갑자기 사람이 나왔다.

옆으로 숨어 지켜보니 신정환 과장이다.

그가 집에서 나와 차를 타고 어디론가 가기 시작했다.

"이 밤에 어딜 가는 거지?"

신정환을 만나러 왔는데 그가 나가 버렸으니 무척 곤란해졌다.

어쩌겠어? 따라가야지.

하여 나는 곧장 고물차를 끌고서는 서둘러 그를 따라가기 시작했다.

"누구를 만나러 가는 건지는 몰라도, 어쩌면 이게 더 좋은 기회가 될지도 모르겠군."

신정환이 탄 차를 쫓아간 곳은 서울 외곽에 있는 폐차장이었다.

안으로 차를 몰고 들어갔다간 걸릴 것 같아 주변에 차를 세운 후에 몰래 담을 넘어 들어갔다.

라이트를 켜 두어서 찾는 건 어렵지 않았다.

"아무도 없어 보이는데……."

만나고자 하는 사람이 조금 늦나?

아무튼 조금 더 지켜봐야 하지 싶었다.

마법을 펼쳐 조금 더 다가갈까도 했지만, 꾹 참았다.

이따가 언제 투명 마법이 필요할지도 몰랐고, 신정환을 잡게 되면 심문 마법도 써야 했다.

마법이 얼마나 더 필요할지 모르는데 그걸 아무렇게나 써서 기회를 날릴 순 없었다.

이젠 네 번까지도 사용할 수 있을 것 같긴 했지만, 그것도 써 봐야 알 문제였다.

그런데 갑자기 케라의 경고성이 들려왔다.

-최강! 뒤다!

"으잉?"

좀 전부터 어디선가 딸그락 거리는 소리가 곳곳에서 들려온다 싶더니, 누군가가 위에서 뛰어내리며 내 머리로 쇠파이프를 휘두르고 있었다.

"어엇!"

터엉!

사방에서 몇 사람이나 달려들어 나는 허겁지겁 그곳을 빠져나왔다.

그리고 공터에 모습을 드러낸 순간, 사방에서 스무 명도 넘는 사람들이 나타나 나를 둘러쌌다.

"뭐야……."

바로 그때, 사람들 틈에서 신정환 과장이 나와 웃음소리를 내었다.

"후후후, 역시 나타나는군그래."

"신정환 과장?"

"왜, 놀랐나? 일전에 들어 보니까 신재섭 차장도 감쪽같이 만나고 사라졌다고 해서. 그래서 준비해 봤는데, 어때?"

"허……. 내가 올 걸 예상했다고. 와, 이건 또 몰랐네."

"국가정보원에 들어가서 그 난리를 치고 나왔으면 다음엔 나한테 올 것 같았지. 듣자 하니 신 씨 성을 가진 사람을 찾고 있다고도 하고 말이야."

나는 포위한 사람들을 가만히 살펴봤다.

보아하니 요원 같지는 않았다.

건달쯤 되는 자들을 고용한 거라면 수가 좀 많기는 해도 케라 형님이라면 어떻게든 할 수 있을 것이다.

물론 마법이라면 빠져나가기가 더 쉽겠지만, 이런 곳에서 보이진 말자.

장점을 들켰다간 나중에 놈들이 어떤 대비를 할지 모르니까.

"이런 준비를 한 걸 보면, 뭔가 켕기는 게 있긴 한가 봅니다?"

"국가정보원에 반역을 저지른 요원이 나를 찾아올지도 모르는데, 대비를 해 두는 거야 당연한 거 아닌가? 생명의 위협을 가할지도 모르고 말이야."

"생명의 위협……. 재미있는 말씀을 하시네요. 제가 살인자가 아니란 것쯤은 잘 아실 텐데요."

"뭐 아직까지는 그렇게 알고 있지."

"이제 저를 어쩌실 생각이죠?"

"아, 그거. 사실은 말이야. 내가 자네를 한번 만나고 싶었어."

"저를요?"

"자네 자료를 보았지만, 의문이 많더라고. 어떻게 요원들 몇을 그렇게 다 쓰러뜨리고 빠져나갈 수 있었던 거지? 그리고 차장급에선 경호요원들이 붙는데, 거긴 어떻게 몰래 들어갈 수 있었던 거야?"

"그게 궁금해서 나를 보고 싶었다고요."

"맞아. 아무리 알아봐도 자네가 그런 능력을 지닐 수단이 없어 보였거든. 살아온 삶에서 조작의 흔적은 찾을 수가 없었고 말이야. 그게 아니면 어려서 아버지한테 뭔가 배우기라도 한 건가?"

"아버지? 거기서 내 아버지는 왜 나오는 거죠?"

"6살이면 너무 어렸으니 그것도 무리는 있으려나. 아무튼 그럼 자네가 직접 얘기해 봐. 대체 뭐야?"

"총상."

"뭐?"

"총을 두 방 맞고 나니까 참 신기한 일이 생기더란 말이죠."

진실이고, 진심이다.

그렇지만 듣는 상대는 내가 말해 줄 생각이 없다고 여기는 모양이다.

그의 표정이 무척 불편하게 변하는 것을 보니.

"일을 어렵게 만드는구먼. 그럼 그 얘기는 잠시 뒤로 미루도록 하지. 혼이 나 봐야 제대로 말할 생각이 들 것 같으니까. 손 좀 봐 줘."

그가 손을 앞으로 휘저으며 손 좀 봐 주라고 하자 포위했던 사내들이 가까이 다가오기 시작했다.

"후우……. 이번에도 잘 부탁드립니다. 케라 형님."

-후후, 이제 몸도 제법 쓸 만해졌겠다, 좀 놀아 볼까?

나는 온전히 케라에게 몸을 맡겼다.

몸은 케라가 움직이고 있지만, 그는 움직이며 설명을 해 주었다.

-항상 시야를 키워라. 누가 언제 어떻게 달려들 것인지 모두 예측해야 한다.

퍼억! 퍽!

-움직임은 항상 짧게! 공격할 때는 온 힘을 다해서! 다수와의 싸움에서 화려함은 체력의 손실과 치명적인 빈틈으로 이어진다! 간결함과 속도에 집중해라!

파앗! 퍼억!

-적으로 적의 시야를 가리고, 방패로 써라! 그리고 적기에 파고들어 적을 제압하고, 절대로 한곳에 머물지 마라!

퍼억!

-전투의 흐름을 너의 것으로 만들어라! 힘 대 힘으로 맞붙는 것이 아닌, 강자로서 약자들을 유린하는 것이다!

물고기처럼 곳곳을 누비고 다니는 몸은 정말 빨랐다.

제압한 적을 엄폐로 삼으니 적이 적을 후려치는 일로 이어졌다.

서로가 조심하려는 순간 내 몸은 그 틈을 파고들었고, 그렇게 하나하나 바닥에 눕혀 갔다.

퍼억!

“커윽!”

털썩.

-이걸로 끝!

“하아, 하아! 케라 형님은 정말 싸움 하나는 기가 막히게 잘하네요. 아이고, 숨 차.”

-아직 내 능력을 다 쓰려면 멀었다. 그러자면 더 많은 수련이 필요해.

“그건 나중에 기회가 되면 하는 걸로 하고. 일단 저놈부터 잡고요. 나한테 함정을 파? 너 오늘 죽었어.”

차 안에서 놀란 얼굴로 나를 보고 있는 신정환이 보였다.

나는 씩 웃어 주며 손을 까딱였다.

일로 와.

근데 오기는커녕, 후진을 하더니 쌩하고 폐차장을 빠져나갔다.

“아이, 진짜……!”

뛰어서 쫓아 보지만 이미 상당한 거리까지 가 버렸다.

차로 달려가 시동을 거는데 이게 웬걸?

끼륵끼륵끼륵……!

“뭐야, 퍼진 거야? 아우……!”

고물차가 끝까지 말썽이다. 이래서야 쫓아갈 방법이 없었다.

"내가 진짜 나중에라도 차는 제대로 된 걸 사고 만다."

* * *

신정환은 급하게 차를 몰면서도 뒤를 계속해서 살폈다. 행여 최강이 쫓아오기라도 하면 어쩌나 해서다.

"뭐야, 저 새끼! 뭔데 저렇게 잘 싸워?"

그 많은 수를 상대로 한 대도 안 맞은 것 같았다.

때린 사람을 방패삼아 피하고 이리저리 움직이는데, 그것이 어찌나 빠른지.

보고도 믿을 수가 없었다.

"빌어먹을……. 얘기는 들었지만 직접 겪어 보니 진짜 쉽게 볼 놈이 아니군. 아무래도 저놈을 잡으려면 제대로 된 준비가 필요하겠어."

더 이상의 궁금증은 이제 필요 없었다.

강자의 입장에서 손바닥 위에 있다고 생각했는데, 생각을 완전히 정정해야 했다.

위협이 된다는 걸 안 이상, 처리가 급했다.

"최강, 이 새끼……. 다음에 만날 때는 죽여 주마."

그런데 때마침 그때, 그에게로 전화가 걸려 왔다.

"여보세요."

[날세. 김 의원.]

번호는 달랐지만 익히 아는 사람의 목소리였다.

“네, 의원님.”

[잠깐 얘기 좀 했으면 하는데. 시간 되겠나?]

“네, 됩니다. 제가 의원님이 계신 곳으로 가겠습니다.”

신정환은 간다고는 했지만, 그와의 만남이 썩 내키지가 않았다.

그가 하려는 말이 무슨 말인지 이미 알기 때문이다.

잠시 후, 신정환은 지하의 기원을 찾았다.

안에서는 기원 사장이 바둑을 두고 있었다.

“보석을 쥐었습니다만.”

기원 사장이 가만히 그를 슥 쳐다보는가 싶더니 스윽 하고 일어나 한쪽으로 다가갔다.

그는 책장의 책을 꺼내어 그 아래를 눌렀고, 곧 벽면 하나를 다 차지하던 책장이 안쪽으로 빠지며 공간을 드러냈다.

그곳 기원은 평범한 곳이 아니었던 것이다.

내부는 매우 넓은 술집의 모습을 하고 있었다.

한쪽으로 중년인이 앉아 있었고, 신정환이 그에게 다가가 정중히 인사했다.

“늦어서 죄송합니다.”

“아니야. 나도 방금 왔는걸. 앉지.”

“네, 의원님.”

"한잔하겠는가? 차 가져왔으면 하지 말고."

"놓고 가면 됩니다."

"그래, 좋은 생각이야. 어른 술은 거절하는 게 아니거든."

술을 따른 그는 김종기 의원이었다.

국민평화당으로, 현재 야권 대선 후보로 거론되는 인물이었다.

"내가 왜 불렀는지는 짐작하고 있을 거라고 보네만. 대체 왜 내게 와야 할 물건이 늦어지는 겐가?"

"죄송합니다. 운반 중에 문제가 좀 생겼습니다. 하지만 금방 처리될 것이니 너무 걱정 안 하셔도 됩니다."

"앞으로 경선도 치러야 할 테지만, 대선이라는 게 보통 돈이 많이 들어가는 일이 아니야. 어쩌다 보니 어르신께서 급작스럽게 심장마비로 돌아가시는 바람에 내가 다음 책임자가 되긴 했다만, 당장 코앞에 닥친 일들을 해결하자니 여러모로 그 물건이 필요해서."

"압니다."

"언제가 되겠나?"

"……."

대답을 못하는 신정환의 모습에 김종기 의원이 술을 마시며 웃었다.

"나는 약속을 안 지키는 사람도 싫지만, 대답을 안 하는 사람이 더 싫어. 어른 앞에 두고서 싫어하는 행동, 굳이 할 필요가 있을까?"

"보름. 보름만 주십시오."

"배달 한 번 길게 하는구먼."

"면목 없습니다."

"좋아, 보름. 기다리도록 하지. 근데 말이네. 다른 쪽에서 움직이는 것보단 빨라야 할 거야. 자네 능력을 의심받게 될 테니까. 이 실장이 나서기 시작하면 일이 가볍게 끝나지 않는 거 자네도 알지?"

"네, 알고 있습니다."

"그럼 다음에 만날 때는 좋은 소식 듣도록 하지."

"네, 의원님."

* * *

이진석.

이 실장이라고 불리는 그는 장작이 타는 드럼통 앞에서 불을 쬐고 있었다.

곧 여러 명의 사람들이 낡은 공장으로 들어왔고, 이진석이 그들 중 하나를 쳐다봤다.

"왜 니들만 와? 그 새끼는 어쩌고? 어제 찾아냈다면서?"

정이한에게 칼침을 놓았던 사내가 고개를 푹 숙였다.

"죄송합니다."

"놓쳤어?"
"금방 다시 찾아낼 겁니다."
"충열아."
"네, 실장님."
"근데 얼굴은 왜 그 모양이냐? 혹시 졌냐?"
"면목 없습니다."
이진석이 끌끌 웃었다.
"멍청한 새끼. 네가 그딴 놈한테 지면 뒤에 있는 놈들이 너를 얼마나 우습게보겠냐? 이번 기회에 특훈 한 번 더 할까?"
특훈이라는 말에 양충열이 그 자리에 무릎을 꿇었다.
"죄송합니다! 내일 당장이라도 놈을 잡아오겠습니다!"
"잘하자, 충열아……. 훈련, 힘들게 받았잖아. 안 되면 반복해서 받는 수밖에는 없는 거다. 그래도 안 되면……? 이미 써먹기 글러 버린 물건은 폐기가 답이겠지. 안 그러냐, 충열아?"
"잘하겠습니다."
이진석이 자리에서 일어나며 차로 향했다.
"최대한 빨리 찾아. 참을성 없는 노인네들한테서 말 나왔다간, 그땐 나도 너 못 도와주니까."
"네, 실장님."
"찾으면 연락하고."
"네."
이진석이 차를 타고 도착한 곳은 영안실이었다.

그는 앞선 사내들에게 안내를 받으며 영안실로 들어갔고, 사내 하나가 시신을 꺼냈다.

"바로 보시겠습니까?"

"걷어."

사내가 시신을 가린 천을 치우자 매우 고통스러운 표정을 머금고 있는 검게 탄 시신이 모습을 드러냈다.

"그러니까 이게 최강이란 놈 어머니가 아니라, 김서현이라고."

"네."

"후우……."

이진석은 낄낄 웃었다. 숨이 넘어갈 듯 웃던 그는 기침까지 하다가 조금씩 진정해 갔다.

"이 미친년아……. 깨끗하게 처리했다 싶더니, 왜 네가 거기에 처 누워 있냐. 연락이 안 되더니, 이게 그 이유였어? 멍청한 년……. 혼자 날뛰더니 잘하는 짓이다."

시신에 입을 맞추는 그의 모습에 모두가 눈이 휘둥그레졌다.

미쳤다.

아무리 그래도 타 버린 시체에 입을 맞추다니.

모두가 그의 행동을 이해할 수가 없었지만, 그렇다고 대놓고 표를 내는 자는 없었다.

이진석은 영안실을 나오며 휘하의 수하들에게 물었다.

"화재 날짜가 최강이 도망치기 전이니까 그놈은 아닐 테고. 누가 그랬는지 알아내. 그리고 될 수 있으면 산 채로 데려와.

서현이가 저렇게 고통스럽게 죽었는데, 최소한 똑같이는 죽여 줘야지. 그래야 마음 편히 눈을 감지."

* * *

꺼진 불.

조용한 집.

투명 마법으로 신정환의 집 주변을 어슬렁거렸지만 인기척은 없었다.

"집으로 왔을 거라고 생각하는 내가 멍청한 놈이지. 바보가 아니고서야 여기로 다시 올 리가 없잖아."

-그리 도망쳤으니 단단히 몸을 숨겼으리라고 본다.

같은 말을 굳이 또 해서 정곡을 찌를 것까지야.

아는 건 굳이 두 번 말 맙시다, 제발.

그런데 그의 집을 가만히 보고 있자니 약간의 의문도 들었다.

가족.

"근데 가족들은 없는 건가? 혼자 사는 거야?"

아니면 기러기 아빠라도 되나?

그런데 그러던 중에 다른 건물 위로 무언가가 반짝이는 게 보였다.

어라? 저건 또 뭐야?

근처로 가서 자세히 보니 저격수였다.

정말 정신이 번쩍 들었다.

"이야……. 내 생각을 꿰고서 저격수까지 배치시켰어? 똥차 끌고서 돌아다녔으면 진짜 대가리가 바로 뚫렸겠네."

정말이지 치가 떨릴 만큼 치밀한 놈들이다.

오늘 판 함정에 저격수까지.

보통의 생각으로 상대했다가는 도리어 당하겠다 싶었다.

그러고 보니 처음부터 이상했다.

나를 그곳으로 유인할 의도였다면, 내가 여기에 도착했을 때부터 이미 내가 온 걸 알았던 거 아닐까?

눈앞에 있는 이런 저격수가 미리 지켜보고 연락을 건넸다면 충분히 가능성이 있다.

만약 그랬다면 그때 안 쏜 게 천만다행이다.

"아주 간담이 서늘하네. 휴, 다음부터는 좀 더 조심해야겠어."

그렇다고 나를 저격하려 한 놈을 그냥 두고 갈 순 없지.

"득템이나 해야겠다."

퍼억!

나는 뒤에서 돌로 저격수의 머리를 후려치고는 총을 어깨에 짊어지고 유유히 그곳을 벗어났다.

-그건 꽤나 큰 총이구나.

"네, 멀리 있는 것도 맞출 수 있는 총이죠. 나중에 쓸 곳이 있을지는 모르겠지만, 하나쯤은 가지고 싶었는데. 잘됐죠, 뭐."

하지만 오늘 일은 전반적으로 실패다.

“그나저나 이제 신정환 과장을 어디서 찾나. 아~ 의심 가는 부분을 어떻게든 물어봤어야 했는데. 도리어 함정에나 걸리고 말이야. 아, 핸드폰. 아직도 가지고 있으려나? 그럼 어디에 있는지는 찾을 수 있을 텐데…….”

그래도 신중하자.

도리어 그걸로 또 유인을 당하여 함정에 빠질 수도 있으니까.

아무튼 오늘 하루는 여러모로 많은 걸 배운 날이었다.

다음 날.

차 때문에 고생한 나는 좋은 차부터 구해야겠다고 마음먹었다.

예전에 들어갔던 사이트로 접속하고, 대포차를 구한다고 하자 곧바로 판다는 사람이 대화를 걸어왔다.

“이왕이면 진짜 좋은 걸로. 아우디?”

그래. 나도 세단 한 번 타 보자.

“어라? 하하하!”

[경기도 도운 낚시터.]

얼마 전에 대포차로 나쁜 짓을 하려던 놈들을 어떻게 다시 만나나 싶었는데.

대화명은 다른데 오라는 장소가 똑같다.

분명 그놈들이 틀림없다.

“흐흐, 잘 걸렸다, 이놈들.”

[거래 금액 1000만 원. 콜?]

[콜!]

예전엔 안쪽 깊숙하게 들어오라고 하더니 이번엔 초입에서 기다리고 있었다.

역할을 바꾼 건가?

양아치 놈이 없고, 그때 날 때리려던 놈과 칼등으로 때리자 기절했던 놈이 있었다.

"하~ 역시 한 번으로는 정신을 못 차린다니까. 그렇게 겁을 줬는데 이 짓을 또 한다고?"

우선 숨어서 구매자를 공격할 놈부터 찾자.

슬그머니 주변을 살펴보니 풀숲에서 쪼그려 앉은 놈이 보였다.

나는 슥 다가가 물었다.

"누구 기다리냐?"

"미친놈아, 여길 오면 어떻……! 허억!"

친근하게 물어 와서 친구인가 싶었던 모양이다.

그렇지만 금방 나를 알아보고 기겁했다.

어쭈 근데 왜 손이 아래로 가?

"왜, 그 칼로 나 찌르게? 지난번에 비튼 팔이 괜찮은가 봐. 이번엔 확 부러뜨려 줄까?"

"아, 진짜……. 저한테 왜 이러세요."

"칼부터 내놔."

양아치 놈을 끌고서 차로 다가갔다.

두 녀석이 울상인 친구와 내가 다가오자 몸을 움찔했다.

"뭐야, 또……?"

"어, 또."

둘은 나를 보자 겁부터 집어먹었다.

이놈들은 이미 내가 어떤 놈인지 안다.

"내가 그랬지. 다음에 또 만나면 가만 안 둔다고."

세 놈이 앓는 표정으로 말했다.

"사, 살려 주세요."

"진짜 다신 이 짓 안 할게요. 진짜예요."

퍽이나 안 하겠다.

나 이후로 또 얼마나 많은 사람들을 후렸을지 짐작이 가는데.

"키, 누가 가지고 있어?"

그러자 양아치가 무릎을 꿇고 사정을 했다.

"아, 진짜 이건 반값은 주셔야 해요, 형님. 저희 손해가 엄청나다고요."

"손해가 크다는 걸 알아야 이번을 마지막으로 그만둘 거 아냐? 안 그래?"

"형님……. 제발요……."

이 새끼가 기분 나쁘게 누구보고 형님이래.

퍽!

칼등으로 머리를 후려쳤다.

"어욱!"

"까불지 말고. 키."

잠시 뒤, 나는 키를 건네받으며 차를 몰았다.

뒤에서 얼핏 욕하는 소리가 들린 것 같지만 신경 쓰지 말자.

"오오~ 역시 세단이 좋네. 달릴 만한데?"

역시, 대포차는 빼앗아 타야 맛이 최고였다.

* * *

김도운이 전단 하나를 가져와 최소현에게 보여 주었다.

"선배! 이것 좀 보세요."

"뭔데? 수배전단?"

또 누가 공개 수배가 되었나 싶어 살펴보는데 그녀가 깜짝 놀랐다.

"맞죠? 이 사람."

"어. 맞아. 근데 공개 수배라고?"

"살인 용의자라는데요?"

"이거 어디서 내려온 거야?"

"글쎄요. 그건 안 적혀 있던데요."

최소현은 즉시 전단을 가지고 윤석준 반장에게 갔다.

"반장님, 이거 보셨어요?"

"어? 아, 그거? 어, 봤어."

"이 사람이에요! 그 병원에서 탈출했다는 사람."

그도 몰랐는지 그제야 눈을 크게 떴다.

"뭐? 정말?"

"네."

허구한 날 내려오는 수배 목록에 대충 봐 넘겼었다. 그런데 그가 병원을 탈출한 환자라고 하니 윤석준 반장이 다시 유심히 얼굴을 살폈다.

"멀쩡하니 잘생겼네. 근데 총도 맞고, 살인까지 저질렀다고?"

"근데 어디서 내려왔는지가 안 적혀 있어요. 이런 경우는 없지 않아요?"

"그러네. 요청 부서가 안 적혀 있네. 그렇다는 건 굉장히 윗선에서 지시가 내려왔다는 건데……."

"윗선이요?"

"간혹 이런 경우가 있긴 했거든. 근데 더 황당한 게 뭔 줄 아냐? 기껏 잡아 놓으면 검찰 쪽에서 사람이 나와서는 바로 데려간다는 거. 근데 또 검찰에 문의하면 비밀 수사라는 말만 돌아온다는 거지."

"이거 말이에요. 혹시 무슨 국제 범죄나, 국정원 그런 사람들이 연관된 거 아닐까요?"

"네가 말해 봐. 수사, 해 봤을 거 아냐?"

"알아보려는 것들이 전부 지워졌어요. 사고 현장 카메라부터 근처에 주차된 블랙박스까지. 모조리 털어 갔더라고요."

"방범 CCTV는?"

"거기도 해킹을 당해서 싹 지워졌데요."

"허……. 그렇게 생각할 만도 하겠네."

"이거 계속 수사해도 되는 거 맞는 거죠?"

"이걸 보고 나니까 계속하라는 말은 못 하겠다. 괜히 해 봐야 죽 써서 개 주는 꼴이 될 것 같거든. 하지만 위험한 놈인 건 분명하다는 건데……."

운석준 반장이 그녀에게 물었다.

"그냥 딴 거 할래?"

"아뇨. 솔직히 단서도 뭐도 없지만, 하던 거 끝까지 해 볼게요."

"괜찮겠어?"

"제가 언제 쉽게 포기한 적 있었나요."

최소현은 며칠 전부터 방범관제센터에 부탁을 해 놓은 게 있었다.

하여 가서 문의를 해 보았다.

"강남서 최소현 경위입니다. 일전에 부탁한 거, 혹시 뭐 나왔나요?"

"네, 여기요."

"찾느라 힘드셨을 텐데, 고맙습니다."

그녀는 빈손으로 오기 뭐했는지 음료수 한 박스를 건넸다.

"아이고, 뭘 또 이런 걸. 사실 힘들지도 않았는걸요. 요즘 각 시나 도에 인공지능 도입이라고, CCTV찍히는 거에 특정 행위만으로도 경고음도 울리고, 차량 번호도 등록만 시키면 바로 그 동선이 다 파악되거든요. 그 덕에 저희가 많이 편해졌죠."

"아, 그래요. 그럼 종종 부탁드리러 와야겠네요."

"근데 이 차량 운전자는 왜 찾는 거죠?"

"살인이요."

"어우~ 그럼 빨리 잡아야겠네. 그럼 시민의 안전을 위해 수고하십시오."

"네, 고맙습니다."

사무실로 돌아온 그녀는 받아 온 영상을 확인하기 시작했다.

찍힌 카메라 번호와 위치로서 차량 동선을 추적하기 시작했고, 잠시 뒤 한 지역을 특정할 수 있었다.

"재개발 지역?"

그녀는 미소를 머금었다.

"그래, 빈집이 많아서 숨어 있기에는 좋겠지. 여기다 이거지."

간혹 범죄자들이 은닉처로 많이 이용하기도 하는 바, 그녀는 곧장 그곳으로 가고자 했다.

"동운아, 가자!"

"네? 어디를요?"

* * *

-갑자기 왜 자리를 옮기는 거지?

케라는 많이 궁금한 모양이다.

기껏 이것저것 사다 놓고 겨우 지낼 만하게 만들어 놓았는데, 그 보금자리를 옮기고 있으니 이해가 가지 않는 것 같았다.

"어제 당한 일을 생각해 보세요. 국가정보원이라고 암살 부대가 없는 건 아니지만, 일개 과장이 상관에게 보고도 없이 저격수까지 마음대로 배치하긴 어려운 거거든요. 그렇다는 건, 신정환 과장이 국가정보원 말고도 다른 세력을 가지고 있다. 그렇게 봐야 하죠."

-그래서?

"지금 저를 쫓는 게 국가정보원만은 아니라는 거죠. 그러다가 생각해 보니까 국가정보원에 두고 온 차가 걸리더란 말이죠. 그 차가 돌아다닌 경로를 역으로 추적하면 여기가 나올 게 당연한데. 나 혼자 잘 숨었다고 생각해서는 여기에 계속 머물고 있으니, 그거보다 바보 같은 생각이 어디에 있겠어요."

-흠, 결국 놈들이 여기까지도 찾아올 거라는 거로구나.

"뭔가 더 은밀하고, 숨어 있기 좋은 곳을 찾아야겠습니다. 그런 곳이 있을지는 모르겠지만."

그때였다.

제라로바가 자신의 생각을 말해 왔다.

-자리를 옮길 필요 없이 내게 좋은 생각이 있는데. 이렇게 해 보면 어떻겠느냐?

"어떻게요?"

지금 내가 있는 곳은 제법 지대가 높은 곳에서도 옥탑방 같은 곳이었다.

아무래도 전기를 끌어와 바로 연결하기도 좋고, 주변을 살피기에도 용이해서다.

그런데 제라로바의 말대로 내려가는 계단 한쪽으로 룬을 새기자 놀라운 일이 벌어졌다.

스하하핫……!

물결치듯 흐릿해지더니 옥탑방이 감쪽같이 사라진 거였다.

이후로 횅한 옥상만 보였다.

"우와! 말도 안 돼……. 이런 것도 된다고요?"

-흘흘, 환상 마법이란 거다. 무언가를 숨기기엔 이보다 좋은 것도 없지.

"잠깐만요. 그럼 저는 어떻게 들어가고요?"

-문이 있던 위치로 가 손잡이를 찾아보아라.

대략 이쯤일까 싶어 문을 찾고, 손잡이를 돌려보았다.

겉으로는 안 보이는데, 내부 환경은 그대로 보였다.

"대박! 할아버지 최고! 이렇게 되면 굳이 옮길 필요가 없겠네요. 아, 혹시 말이에요. 차도 가능한가요? 막 사라졌다가 나타났다가."

-가능하지.

이왕 이렇게 된 거, 오늘 되는 거 다 해 보자 싶었다.

그래서 차에도 룬 문양을 새겼다.

한 번 손이 닿을 때마다 차가 나타났다가 사라지기를 반복하였다. 운전석 창문 바로 아래에 새겼기 때문에 차를 탄 상태에서도 사라지게 하는 게 가능했다.

단순한 터치로 사라지고 나타나는 게 가능하다니, 그야말로 신세계였다.

"이런 게 되시면 진즉에 좀 알려 주시지 그러셨어요. 활용할 부분이 엄청난데."

-룬 마법은 보통의 마법보다도 더 고도의 작업이다. 손에 새긴 건 꼭 필요할 것 같아서 새겼지만, 그 이외의 것은 네가 사용할 마법 횟수의 제한 때문에 제안하지 않았던 거다.

마법 횟수의 제한.

근래 한 번의 횟수가 늘어 네 번까지 가능해지긴 했다.

하지만 그 전까지는 해야 할 일은 많은데 그런 걸로 횟수를 낭비할 순 없었다.

게다가 때때로 위기가 닥쳐오지 않았던가.

제라로바도 위기의 순간에 마법을 쓰지 못할까 그것을 걱정해 왔던 것이다.

"아, 그러셨구나. 그럼 이제 오늘 마법을 쓰는 건 두 번뿐인 건가요?"

-이제 네 번까지 가능해졌으니 그렇다고 봐야겠지. 어쩌면 한 번뿐일지도 모르고.

보통 마법보다 고도의 작업이라고 하니 아무래도 저렇게 말하는 모양이다.

"근데 말이에요. 룬 마법은 한 번 쓰고 나면 다음에 펼칠 땐 무리가 가거나 하지 않는 건가요?"

-제한도 없고 무리도 없기에 많은 마법사들이 몸에 새기려 하는 거다. 대신, 보기 흉하다는 단점이 있었지. 룬을 새긴 걸 숨길 수 없다는 단점도 있고 말이다.

그런 문신을 온몸 곳곳에 하고 다닌다고 하니 끔찍하기는 했다.

그러고서 밖에 돌아다니면 사람 취급받고 살긴 어려울 거다.

하여 나도 굳이 거기까진 생각하고 싶지 않았다.

잠시 뒤, 나는 다른 집으로 가 그곳을 정리했다.

옥탑방에서 조금 거리가 있지만 훤히 보이는 위치였다.

그곳에 중고 컴퓨터를 놓고, 이것저것 생활 쓰레기를 좀 놓아두니 완벽했다.

"후후, 이렇게 해 두면 내 은신처가 여기인 걸로 착각하겠지."

나름 완벽하다 싶었다.

"이왕 해 두는 거 카메라도 설치할까?"

가짜 은신처를 만들고, 진짜 은신처의 은닉까지.

거기에 여기저기 카메라까지 설치하고 나니 완벽한 요새를 만든 기분이다.

"좋은데? 이 정도면 한동안은 여기서 지내도 되겠어."

* * *

최소현은 김동운과 함께 재개발 지역 아랫길에 도착해 있었다.

쭉 이어진 언덕을 바라보고 있는 김동운은 벌써부터 앓는 표정이다.

“진짜요? 진짜 여기 있는 집들을 다 뒤져 보겠다고요?”

“어. 분명히 여기에 숨어 있어, 그놈.”

“아니, 그럴 거면 의경 애들이라도 좀 데려오든가. 우리 둘이서 어느 천리에 여길 다 뒤집니까.”

“야, 너는 양심도 없냐? 그 불쌍한 애들을 굳이 이런 일에 동원하고 싶어? 너도 의경이었다면서?”

“저 때는 맨날 이런 일에 불려 다녔거든요!”

“됐고, 얼른 찾아. 너는 왼쪽, 나는 오른쪽.”

김동운은 언덕을 오르면서도 계속 투덜거렸다.

“미치겠네, 진짜. 선배, 나 파트너 바꿔 주면 안 됩니까?”

“어, 안 돼. 너만큼 부려먹기 좋은 애가 없거든.”

“지금 사람 바보 취급하는 거죠?”

“네가 착하다는 거야, 인마. 자, 빨리! 서둘러야 해지기 전에 찾는다!”

“해지기 전은 무슨. 둘이 찾다가는 일주일은 걸리겠구먼. 아이고, 내 팔자야.”

* * *

삐빅! 삐빅!

각 요원들의 통화 내역을 살펴보고 있는데 경고음이 들려왔다.

"음?"

위치를 보니 내가 있는 건물이다.

건물 1층 문을 열고 누군가가 들어왔다는 신호였다.

잠시 뒤, 계단을 올라오는 소리도 들려왔다.

바스락! 바스락!

계단에 일부러 돌조각들을 깔아 두었는데, 그걸 밟는 소리가 들려오는 것이다.

스윽.

조심스럽게 창문 너머를 보자 검은 정장을 입은 사내가 옥상을 슥 둘러보고 내려가는 게 보였다.

"휴……. 하루만 늦게 준비했어도 꼼짝없이 들킬 뻔했네."

물론, 들켜도 벗어나는 거야 어렵지 않다.

투명 마법을 이용하면 누군가가 들어올 때를 노려 몰래 빠져나가는 건 일도 아니니까.

하지만 기껏 마련해 둔 은신처를 잃는 건 아까웠다.

제라로바가 시기적절하게 룬 마법을 알려 줬으니 망정이지, 안 그랬으면 무척 곤란할 뻔했다.

"한 번 왔으니까 다시 오진 않겠지?"

그런데 뭔가 이상한 소리가 들려왔다.

이건 밖에서 들려오는 소리였다.

위이이이이잉……!

혹시나 싶어 문을 슬쩍 열어 밖을 봤다.

드론 몇 대가 하늘을 날고 있었다.

놀란 나는 얼른 문을 닫았다.

터덕!

"와……. 제대로 알고 쫓아왔네. 이거 오늘은 집 밖으로 못 나가겠는데. 아, 씨. 여기도 들키는 거 아냐?"

그런데 바로 그때였다.

다른 경보음이 울렸다.

띠리릭! 띠리릭!

깜짝 놀란 나는 얼른 가서 경보음을 꺼 버렸다.

행여 누가 듣기라도 했을까 봐 걱정마저 들었다.

"휴우……."

뭔가 싶어 보니 누군가가 가짜로 만들어 놓은 은신처에 침입을 한 거였다.

"벌써 저길 찾았다고? 아주 여길 다 뒤질 생각이구나."

그런데 뭔가 이상했다.

모자 쓴 누군가가 내부를 살펴보고 가져다 놓은 컴퓨터를 조금 만지고 있을 때, 다른 누군가가 그를 덮치는 거였다.

몰래 설치해 둔 카메라로 두 사람이 격투를 벌이는 게 보였다.

"뭐야, 이것들은 왜 지들끼리 싸워?"

싸우던 중 모자 쓴 사내의 모자가 벗겨졌다.

나는 깜짝 놀랐다.

"어……! 뭐야, 정이한 요원이잖아!"

그랬다. 처음 내 가짜 은신처를 찾아 살피던 사람은 다름 아닌 정이한이었다.

그럼 뒤이어 덮친 놈은?

그놈이 추적한 사람이 과연 나였을까, 아니면 정이한이었을까?

그건 모를 일이다.

하지만 이대로 놔뒀다간 정이한이 위험해질 건 당연해 보였다.

"하필 이럴 때 찾아올 게 뭐야……! 밖에 드론도 날아다니고 사람들도 쫙 깔린 것 같은데……!"

-저놈, 너희 어머니를 데려간 그놈이 아니냐?

"네, 맞아요. 계속 숨어 있을까 했는데, 이대로는 못 있겠네요. 할아버지, 케라 형님, 도와주실 거죠?"

-위험해 보이지만 어쩔 수가 없구나. 가자, 놈을 구해야 너의 어머니도 만날 수 있을 테니까.

* * *

정이한은 밖으로 나왔다가 몸을 멈칫했다.

여러 명의 사람들이 곳곳에서 나타나며 자신을 쳐다보고 있어서다.

다급해진 그는 얼른 몸을 피했다.

"크윽!"

도망치며 싸우기를 여러 번.

너무 많은 수와 싸우다 보니 그도 몇 번은 얻어맞았다.

감당하기 어려웠던지 그는 다시 도망을 쳤다.

담을 타 올라 집을 오르고, 지붕을 넘나드는 것도 잠시, 어디선가 갑자기 총소리가 울렸다.

타앙-!

누군가가 정이한을 보고 총을 쏜 것이다.

다행히 맞진 않았지만, 위기감을 느낀 정이한은 얼른 밑으로 내려갔다.

양충열은 다시 총을 쏘려는 사내에게 빠르게 달려들어 주먹으로 얼굴을 후려쳤다.

퍼억!

"어억!"

"이 미친 새끼야. 아무리 빈집이 많아도 주변에 사는 사람이 있다는 거 몰라! 신고라도 들어가면 어쩌려고 그래!"

"그렇지만 꼭 잡으라고 해서……."

"놈이 카드를 다른 곳에 숨겼으면? 저 새끼가 죽으면 더는 찾을 수도 없는데 그땐 어쩌려고? 어!"

"죄, 죄송합니다. 생각이 짧았습니다. 어떻게든 잡을 생각에."

"맨손으로 잡아. 알았어?"

"네."

한편, 밑에서부터 집을 수색하던 최소현은 고개를 번쩍 들었다.

"뭐야, 이거 총소리야?"

그녀는 얼른 파트너인 김동운에게 전화를 걸었다.

"야, 소리 들었어?"

[네, 들었습니다. 총소리 같던데요.]

"그렇지? 내가 잘못 들은 거 아니지? 야, 동운아. 당장 지원 요청하고, 소리 들린 곳으로 와. 나 먼저 가 있을게."

[선배, 위험하니까 만나서 같이 가요! 선배……!]

그러나 최소현은 지체하고 싶지 않은지 서둘러 위로 뛰기 시작했다.

그렇게 얼마쯤 갔을까, 골목에서 누군가가 뛰어나오는 게 보였다.

하여 그녀는 얼른 총부터 꺼내 겨누었다.

"거기 서! 경찰이다!"

"경찰?"

정이한은 왜 경찰이 여기에 있나 의문스러웠다.

하지만 그러고 있을 때가 아니었다.

뒤쪽에서 검은 복장의 사내들이 우르르 몰려들고 있었다.

"이잇!"

"움직이지 마!"

도망은 쳐야겠는데, 총을 겨누고 있어 움직일 수가 없었다.

"이봐, 당신. 나한테 총 같은 게 있는 걸로 보여?"

"뭐?"

"당신, 총소리 듣고 왔지. 총을 쏜 건 다른 쪽이야. 내가 아니라고!"

그 잠깐의 대화 사이에 사내들이 우르르 밀려나왔다.

최소현은 눈을 크게 뜨고는 다시 크게 소리쳤다.

"당신들 뭐야! 움직이지 마! 경찰이다!"

정이한이 얼른 최소현에게 다가왔고, 정이한을 잡으려던 사내들은 최소현이 총을 겨누고 있어 쉽게 다가오지 못했다.

"어이, 그냥 가던 길 가지. 괜히 험한 꼴 보지 말고."

"뭐? 경찰이란 소리 못 들었어? 당신들 뭐하는 사람들이야!"

"아~ 진짜. 사람 피곤하게 하네."

총을 겨누고 있음에도 그들은 겁도 없이 다가왔다.

"거기 멈춰. 서라고 했다. 나 진짜 쏴."

타앙-!

총이 쏴지자 모두가 움찔하며 몸을 움츠렸다.

설마 진짜 쏠 줄은 몰랐는지 모두가 놀란 얼굴이다.

"새끼들, 쫄기는. 어떤 경찰이 첫발에 실탄을 넣나? 그것도 몰라?"

"아우, 이씨……!"

"어어, 오지 마. 두 번째는 실탄이야."

최소현은 그들에게 경고를 하며 정이한에게 물었다.

"당신 뭐죠? 왜 쫓기는 거냐고요?"

"이러고 있을 때가 아닙니다. 얼른 여길 피해야 한다고요."

"기다려요. 올라오기 전에 지원 요청해 뒀으니까."

"그렇게 해서 잡을 수 있는 놈들이 아니라고요! 내 말 들어요. 당신까지 위험해질 수 있으니까."

"대체 저 새끼들이 뭔데 그래요?"

그때, 사내들 뒤로 양충열이 나타났다.

그는 사내들 틈을 비집고 나오며 정이한과 최소현을 째려봤다.

"뭐야, 왜 안 잡고 있어?"

"경찰이랍니다."

"경찰? 진짜?"

양충열이 최소현에게 물었다.

"정말 경찰 맞아?"

최소현이 신분증을 보였다.

"자, 됐냐? 지원 요청해 놔서 금방 경찰들 올 거거든? 그러니까 한 놈도 움직이지 말고 딱 기다려."

"운도 지지리도 없는 년."

"뭐? 년……? 너 뒤지고 싶냐?"

양충열이 곧 총을 꺼내 그녀에게 겨누었다.

"총은 너만 있냐? 자, 이제 어쩔 건데?"

양충열뿐만이 아니었다. 사내들 모두가 총을 꺼내더니 최소현과 정이한에게 겨누었다.

최소현은 모두가 총을 지녔을 거라고는 생각지도 못했기에 깜짝 놀랐다.

"뭐야, 이 새끼들……! 뭔데 다 총을 가지고 있어?"

"그러게 내가 그랬잖아요. 여길 피해야 한다고……."

"당신이 말해 봐요. 대체 이 사람들 뭐하는 사람들인 거죠?"

정이한은 답은 하지 않고 한숨만 내쉬었다.

"하아……."

그걸 듣는 순간, 그녀가 돌아올 수 없는 강을 건넌다는 걸 알기 때문이다.

그렇게 절체절명의 순간, 양충열과 그의 수하들 뒤쪽으로 갑자기 검은 양복의 사내들이 우르르 몰려들었다.

"당신들 뭐야!"

양충열의 수하들은 우르르 몰려오는 그들을 보며 총을 겨누었고, 놀란 그들도 마찬가지로 총을 겨누었다.

"총 버려!"

"우린 국가정보원 소속 요원들이다! 당장 총 버리고 엎드려!"

바로 최강을 추적해온 국정원 요원들이 그들과 맞닥뜨리게 된 거였다.

국가정보원 요원들도 사내들 너머의 정이한을 보았다.

"팀장님, 저기 정이한입니다."

"나도 봤어. 근데 이 새끼들은 대체 뭐야? 뭔데 하나같이 다 총을 가지고 있어?"

"저희 요원은 아닌 것 같습니다."

"그래도 혹시 모르니까 물어는 보자고."

팀장 박재성이 그들에게 소리쳤다.

"당신들 소속이 어디야?"

"아~ 골치 아프게 됐네."

양충열의 말에 박재성이 다시 물었다.

"제대로 말 안 하면 유혈 사태에 대한 건 책임 못 져. 똑바로 말해!"

"그딴 거 없으면 뭐, 어쩌라고?"

"뭐? 대한민국은 총기 소유 금지라는 거 몰라?!"

"지랄을 하네."

"이 새끼가. 너, 죽고 싶어!"

저 아래쪽으로 사이렌 소리도 들려오고 있었다.

양충열은 머리를 긁적였다.

이대로 중간에 끼였다간 정말 곤란한 일이 벌어진다.

"아래로는 경찰에 위로는 국가정보원……. 그냥 돌아갔다간 개박살 날 건데……. 아~ 미치겠네."

지체할 시간이 없었다.

사이렌 소리가 가까워지기 전에 어떻게든 자리를 피해야 했다.

"야, 철수해."

"정이한이 눈앞에 있는데 그냥 가신다고요?"

수하의 물음에 양충열이 그의 뒤통수를 후려쳤다.

빡!

"그럼 이 새끼야, 경찰까지 오는데 뭘 어쩌라고! 얼른 철수해!"

최소현과 국가정보원 양쪽에서 동시에 소리쳤다.

"거기 서!"

"거기 서!"

양충열이 양쪽을 쳐다봤다.

"아이, 진짜! 서면 뭐? 여기서 서로 총격전하고 한판 붙을까? 운이 좋아서 우리 다 죽여도, 니들 겨우 한둘 살아남아. 그래도 해? 한판 할까?"

전원이 총을 든 무리가 열 명이다.

박재성 팀장도 그들과 총격전을 하는 건 부담이 컸다.

잡더라도 이런 식은 아니었다.

팀장인 이상 수하들의 안전도 고려해야 했다.

양충열이 눈치를 보며 빠졌다.

국가정보원 쪽에서 말이 나왔다.

"저대로 보내실 겁니까?"

박재성 팀장이 손을 뻗었다.

"움직이지 마. 가게 둬. 우리 목표는 정이한이다. 괜한 일에 엮일 필요 없어."

두 무리 사이의 마찰이 종식되자 이제 초조해지는 건 정이한이었다.

벌써 잡히면 곤란했다.

그는 하는 수 없이 총을 들고 있던 최소현의 총을 빼앗았다.
파밧-!
“앗! 뭐야! 이거 안 놔?!”
“미안하지만 잠깐만 인질 좀 되어 주십시오.”
“뭐? 야……! 놓으라고!”
국가정보원들이 정이한에게 총을 겨누었다.
“정이한! 포기해! 더 갈 곳도 없어!”
“쫓아오지 마. 오면 이 여자가 죽어.”
“이 새끼가……!”
그때, 아래에서 김동운이 달려왔다.
그는 총을 들고 있는 요원들을 보며 놀라 총을 꺼내 들었다.
“어어……! 당신들 뭐야! 꼼짝 마! 경찰이다!”
요원들은 자신들에게 총을 겨누는 김동운과 다시 대치했다.
김동운은 인질이 된 것 같은 최소현을 보았다.
“선배? 아니, 왜 그러고 있어요?”
“보면 모르냐? 잡혔잖아, 인마!”
“아니, 그러게……. 같이 만나서 가자고 그랬잖아요. 왜 혼자 가서는 그러고 있냐고요.”
“닥치고 얼른 다른 경찰들이나 데려와. 어서!”
그사이 정이한은 최소현의 총에서 총알을 모두 빼 버린 후에 그녀를 앞으로 밀쳤다.
“아얏-!”

골목으로 뛰는 그였고, 요원들이 다급히 그를 쫓아 최소현을 밟듯이 지나쳤다.

"아, 아파! 밟지 마! 이 미친……!"

"정이한, 거기 서!"

"안 서면 쏜다! 정이한!"

김동운이 얼른 최소현에게 다가갔다.

"선배, 괜찮아요?"

"괜찮기는……! 얼른 쫓아, 인마!"

"누구를요? 저 총 든 사람들을요?"

"그 사람들은 국가정보원 요원들이고. 나 잡았던 새끼 잡으라고!"

정이한은 보이는 골목마다 꺾으며 있는 힘을 다해 달렸다.

하늘에서 드론도 날고 있어 어떻게든 그것도 피해 다녀야 했다.

그런데 그렇게 몸을 숙이며 달리는데, 갑자기 누군가의 손이 뻗어 왔다.

파앗-!

깜짝 놀란 정이한은 자신을 잡은 손을 떨쳐내며 주먹을 휘둘렀다.

그런데 그 주먹이 상대방의 손에 잡히고 말았다.

터억!

그는 거뜬히 자신의 공격을 받아 낸 상대를 확인하며 깜짝 놀랐다.

"아니, 넌……!"

* * *

"그쪽에 없어?!"

"여긴 없습니다!"

"어디 건물 같은 곳에 숨어 있을지도 몰라! 샅샅이 뒤져!"

요원들이 온 사방을 뒤졌다.

최소현과 김동운도 그들 나름대로 총을 쐈던 이들을 찾고 있었다.

"분명 이쪽으로 갔어요! 열 명 정도로 무리로 이동했으니까 빨리 찾아요!"

"네!"

지원 병력이 우르르 몰려가는 걸 보며 최소현이 머리를 넘겼다.

"아~ 짜증나. 그 남자는 뭐야? 감히 나를 인질로 삼아? 다음에 걸리기만 해 봐. 아주 죽을 줄 알아."

김동운이 그녀를 놀렸다.

"천하의 최소현이 인질이라니. 이거 소문나면 아주 안줏거리 제대로겠는데요."

그녀의 무서운 눈길이 레이저처럼 박혀 들었다.

"죽고 싶냐? 파트너가 인질로 잡혀 있는데도 아무것도 안

한 이 의리 없는 놈아?"

"아유, 또 무슨 말씀을 그렇게 하세요. 아무것도 안 한 게 아니라, 상황 파악을 하느라 늦었던 거죠."

"왜 아주 나를 쏘고 갈 때까지 기다리지."

"그럼 제 사격 실력으로 그 사람을 쐈어야 했을까요? 예, 예. 다음에는 그렇게 하겠습니다."

최소현은 갑자기 소름이 끼쳤다.

"아니야. 쏘지 마. 너 나중에라도 쐈다가는 죽을 줄 알아."

"그죠? 제가 안 쏘는 게 선배를 살리는 거죠?"

"강남서에서 사격 꼴찌인 놈을 파트너로 둔 나만 불쌍하지. 총을 폼으로 차고 다니니 원."

"아이, 선배!"

"아휴, 됐어. 너하고 얘기하면 속만 터져. 너도 가서 얼른 그 사람들이나 찾아."

한편, 차 안에 있던 정이한은 앞을 왔다 갔다 하는 요원들을 보며 몸을 수그렸다.

그런 그를 보며 최강이 웃었다.

"여기에 있으면 안 들킨다니까요."

"무슨 소리야? 저렇게 코앞에 있는데. 얼른 숙여 너도. 이러다가 들킨다니까!"

"소리나 낮추세요. 그러다가 듣겠어요."

요원들은 차 앞을 지나 건물 안에도 들어갔다가 나오고 있었다.

그런데 뭔가 이상했다. 차가 있으면 그 안도 살펴볼 법도 한데, 어떻게 된 것인지 시선조차 주지 않았다.

"뭐야, 정말 여기가 안 보인다고?"

"그렇다니까요."

"이 차 뭔데? 무슨 광학 시스템이라도 있는 거야?"

"뭐, 비슷하죠. 아무튼, 우리 엄마. 잘 있는 거죠? 당신이 데려갔잖아요."

"그걸 알고 있었어?"

"네."

카메라든 뭐든 어떤 곳도 찍히지 않고 잘 빠져나갔다고 여겼는데. 대체 최강이 그걸 어떻게 알았나 싶었다.

"잘 계신 거죠? 우리 엄마."

"어, 건강하셔. 그보다 그동안 안 잡히고 잘도 숨어 다녔네. 다친 곳은? 괜찮고? 야, 내가 너 얼마나 걱정했는지 알아?"

몸을 더듬자 최강이 그를 밀쳤다.

"괘, 괜찮아요! 괜찮아요. 아니, 그보다 묻고 싶은 게 너무 많은데, 우선은 이것부터. 우리 엄마는 대체 왜 데리고 간 거예요?"

"미안해서."

"네?"

"하아, 내 대신에 방패가 되어서 너만 그렇게 총에 맞고 떨어지는데, 두고 떠나자니 마음이 안 좋았어. 사실 난 네가 죽을 거라고 생각했거든. 그래서 최소한 소식이라도 전해 주자는 생각에 너의 집을 찾아간 거였는데. 근데 너희 어머니가 위험에 처해 계시지 뭐야. 그때 생각했지. 아, 이놈들이 아주 주변 정리까지 말끔히 하려는 거구나. 그래서 내가 모시고 간 거야. 그대로 놔뒀다간 누군가가 죽일 것 같아서."

"그랬구나……. 좋아요, 그럼 두 번째 질문. 그 카드, 그건 대체 뭐였던 거죠? 우리 7과 전원이 죽은 거, 그 카드 때문인 거죠. 맞죠?"

정이한은 순순히 인정했다.

"맞아."

"아니, 그게 대체 뭔데 우리한테 이렇게 누명을 씌우면서까지 잡으려는 거죠? 거기에 사람까지 죽여 가면서요."

"놈들에게 아주 중요한 물건."

"잠깐만요. 그럼 그 놈들이란 건 또 뭔데요?"

"설명하자면 길어. 이런 곳에서 할 얘기도 아니고. 우선 어머니부터 만나러 가는 게 어때?"

"엄마……."

최강에게 다른 무엇보다도 중요한 건 엄마다.

궁금한 게 너무 많았지만 가장 먼저 엄마가 무사한지부터 확인하고 싶었다.

하여 그는 얼른 고개를 끄덕였다.

"하아, 좋아요. 갑시다. 엄마한테 데려다 줘요."

* * *

어느 주택가로 들어선 나는 정이한을 따라 한 집으로 들어갔다.

문을 열고서 안으로 들어서는데, 기척을 듣고 엄마가 나오고 있었다.

"왔어요?"

엄마는 뒤따라 들어오는 나를 보고는 무척 감격했다.

"가, 강아……!"

"엄마……!"

엄마가 내게 다가와 안겨 왔다.

"무사했구나. 어디 다치진 않았고? 총에 맞고 병원에 입원했다면서. 몸은 괜찮은 거야?"

"네. 괜찮아요. 아무렇지도 않아요."

"하지만 총에 맞았다면서."

"바, 방탄조끼! 그런 거 하고 있었어요. 보세요, 아무렇지도 않잖아요."

정이한이 나를 빤히 쳐다본다. 지원요원이 업무를 보며 그런 걸 하고 있을 턱이 없다는 걸 아는 눈치다.

역시나 그도 내가 총을 맞고도 어떻게 멀쩡할 수 있었는지 궁금해하는 모습이다.

하지만 마법에 관해 이렇다 할 설명을 해 줄 생각은 없었다.

엄마를 보호해 준 건 물론, 고맙다. 그렇지만 그가 적인지 아군인지 아직 판단할 수 없었다.

어쨌거나 그로 인해 7과 모두가 죽은 건 사실이니까.

"엄마는 괜찮아요? 어디 다치진 않았어요?"

"나는 괜찮아. 정이한 씨가 도와줘서 안전하게 잘 있었어."

"아픈 곳은요?"

"이 엄마는 괜찮다니까. 아무튼 너를 이렇게 보게 되다니 정말 다행이다. 나는 네가 다쳤다는 말에 얼마나 마음을 졸였는지 몰라. 그 다친 몸으로 병원에서 도망쳤다고 하는데, 그러다가 상처라도 덧나면 어쩌나 정말 많이 걱정했어."

정이한이 물어 왔다.

"근데 병원에 입원한 지 3일 만에 도망쳤다던데. 그건 왜 그런 거야?"

"내가 의식을 못 찾은 줄 알고서 누가 내 앞에서 통화를 하더라고요. 물어볼 거 물어보고 처리를 하겠다면서……."

"음……."

"일단 도망쳐서 집부터 가 봤는데, 집은 불타 있고, 거기에 시신까지 나왔다고 하고. 그래서 처음엔 엄마가 죽은 줄만 알았어요."

엄마가 내 손을 꼬옥 붙잡았다.

"정이한 씨가 도와줘서 엄마는 무사할 수 있었어."

"알아요."

나는 정이한에게 물었다.

"그보다, 정이한 씨는 뭔가 아는 거 있어요? 엄마를 공격했던 그 여자, 그건 누구였던 거죠?"

"아마도 조직의 사람일 거다."

"대체 그 조직이란 게 뭔데 나는 물론이고, 그 가족까지 제거하려 든단 말입니까?"

"발라스."

"네?"

"세계적인 암흑 조직이야. 그들은 어디에나 있어. 평범한 회사원일 수도 있고, 보통의 점포를 하는 사람도 있지. 국가정보원이나 경찰 쪽에도 많이 위장하고 있을 거다. 나처럼."

"그 말은, 그럼 당신도 발라스의 조직원이란 말입니까?"

"일단은 그런 척을 했던 거지."

"그런 척? 왜요?"

"대체 어떤 조직인가 싶어 궁금해서. 무슨 조직인데 국가정보원에도 사람이 심어져 있나 그걸 알아볼 생각이었어. 그리고서 충분히 알게 되면 원장님께 알릴 생각이었지."

"음……."

"근데 1년쯤 같이 일하는데 내게 중요한 물건의 배송을 맡기더군."

"그게 카드였군요."

"맞아."

"그 카드, 그게 대체 뭔데 총 든 놈들까지 뒤쫓는 거죠? 그리고 아까 국가정보원 요원들하고 대치했던 그 사람들, 그들인 거죠? 발라스."

"그들은 일부에 불과해. 현장 처리반 정도."

"하아, 아무튼 이번 일의 문제가 그 카드라는 건데, 그 카드만 돌려주면 되는 일 아닌가요?"

"그 카드가 어떤 물건인지 알면 그렇게 쉽게 말 못 할 거다. 그 카드는 위험한 물건이야. 그 어떤 금융기관에 침투하여 돈을 빼 가도 흔적조차 안 남는 물건이야. 기밀 또한 마찬가지고. 그거 하나면 세계의 모든 걸 주무를 수가 있게 된다고."

"그런 물건이 있다고요?"

"독일의 과학자 세 명이 만들었다고 하는데, 모두 죽었어. 그러고선 한국 지부의 책임자에게 넘어왔는데, 얼마 전에 그도 심장마비로 죽어 버린 거야. 그래서 다음 책임자에게 전달하기 위해 내가 배달꾼이 되었던 거지."

"근데 배달을 하지 않고 빼돌린 거네요."

대체 빼돌린 이유가 뭘까?

단순히 정의감 때문에?

아니면 그걸로 뭔가를 해 볼까 싶은 욕심?

"당신은 그걸 왜 빼돌릴 생각을 한 거죠?"

"그 조직을 와해시키려고."

"왜요?"

"당연히 그런 조직은 세상에 위협이 되니까."

"결국은 영웅 심리였어? 그나마 다행이라고 해야 하나."

"뭐?"

"당신이 좋은 사람이라서 다행이라고요. 내 엄마를 구해 준 오지랖도 많이 고맙고요. 혹시 다른 요원들의 생사도 가족들한테 전했어요?"

"근처에 가 봤는데 다들 무사하더라. 아무래도 너만 노린 모양이야. 나와 같이 도망쳤다는 이유로 뭔가 있을 거라고 생각했던 모양이지."

"살아남아서 같이 도망친 게 제거 대상이 된 이유라니. 어이가 없네."

곰곰이 생각하니 일단 카드의 회수가 우선일 것 같았다.

"그럼 이제 허상훈 과장님을 찾아야 하는 거네요. 그때 헤어질 때, 카드는 허상훈 과장님이 가지고 계신다고 했었잖아요."

"아니. 그 사람한테 있는 건 가짜야."

"네?"

"진짜는 여전히 나한테 있어."

"정말요?"

나는 황당했다.

"아니, 그럼 진즉에 원장님이나 다른 차장님들한테 알렸어야죠! 왜 안 그랬어요?"

"허상훈 과장도 발라스였어. 그 위로 누가 또 발라스의 일원일지 알지 못하는데, 뭘 믿고 그걸 넘겨?"

"그럼 그냥 파괴하는 건 어때요?"

"그걸 믿을까?"

"음……. 믿지 않고서 어차피 우릴 끝까지 쫓을 거라는 거군요."

"파괴하더라도 놈들이 보는 앞에서 해야만 포기시킬 수가 있는 거지."

"그럼 앞으로의 계획은 있는 거예요? 이대로 언제까지 도망만 다닐 수는 없는 거잖아요."

"그걸 말해 주자면, 나와 같이 갈 곳이 있는데."

"어딜요?"

"따라와 보면 알아."

그렇게 잠깐 동안 만난 엄마를 다시 뒤로하고 나는 정이한이 안내하는 곳으로 이동했다.

그곳은 상당히 고급스러운 펜션이었다.

수영장도 있고, 무척 넓은 곳이었다.

"여긴 왜 온 거죠?"

"만날 사람이 있어서."

대체 만나야 할 사람이 누구인 걸까.

정이한, 믿어도 되는 거야?

그런데 그를 따라 안으로 들어가니 두 사람이 소파에 앉아 있는 게 보였다.

그중에 한 사람을 본 나는 깜짝 놀랐다.

"시, 신 차장님……!? 아니, 어떻게……!"

그 앞에 있는 사람을 본 순간 나는 더 크게 놀랐다.

"워, 원장님?"

죽었다던 사람들이 멀쩡히 살아 있었다.

대체 이게 어떻게 된 일인 거지?

설마, 죽음을 위장시킨 거였어?

"어서 오게, 최강 군. 이제야 만나게 되는구먼."

잠시 후, 나는 그들에게서 상황을 듣게 되었다.

두 사람이 술자리를 함께할 때, 정이한이 찾아왔다고 한다.

그는 국가정보원 내에 숨어 있는 발라스 세력에 관해 알려 주었고, 자신이 그들의 카드를 훔쳐 그러한 누명을 쓰게 되었다고 말해 주었다고 했다.

그리고 그 세력을 밝혀내기 위해선 국가정보원에서 두 사람이 없을 때를 살펴보는 것이 가장 좋을 거란 제안을 했다는 것이다.

윗사람 눈치 볼 필요가 없으니 발라스의 사람이라면 보다 활동적으로 움직일 거라는 게 그의 생각이었다.

"허! 발라스가 움직이는 걸 보려고 죽음을 위장하셨다니. 정말 대단하시네요. 아니, 그보다 말입니다. 두 분이 죽은 것까지 제가 다 뒤집어쓸 뻔한 건 아세요?"

"자네가 국가정보원으로 스스로 들어갔다는 말은 들었네."

신재섭 차장이 어색한 미소로 말했다.

"이거 미안하게 되었구먼. 타이밍이 좋지 못했어. 자네 누명을 벗겨 주려고 그러한 암호 글을 남기긴 했는데, 그날 정이한 요원이 찾아왔지 뭔가. 정이한 요원의 말을 듣고 나니까 이게 단순히 누명만 벗겨서는 안 될 거라는 걸 알아서 말이야. 하여 상황을 지켜만 보고 있었어."

신우범 원장이 말했다.

"그래도 우린 자네가 누명을 썼다는 걸 알고 있으니 걱정 말게. 조금만 더 있으면 국가정보원 내에 있는 발라스라는 조직 전부를 잡아낼 수 있을 거야."

나는 내가 아는 바를 말했다.

"신정환. 저는 그 사람을 의심하고 있었습니다. 저격수도 따로 갖출 만큼의 다른 세력도 거느리고 있는 것 같았고요."

"우리도 같은 생각이야. 7과에 대한 보고도 그렇고, 미행을 시켜 봤더니 이상한 광경도 포착되더군."

"이상한 광경이요?"

정이한이 사진을 몇 장 보여 주었다.

거기엔 신정환이 어느 기원에 들어가고, 그가 나온 뒤 잠시 후 김종기 의원이 나오는 걸 볼 수 있었다.

"이 사람은……! 국민평화당 김종기 의원?"

"맞아. 야권에선 대선 후보로 유력한 자지."

"그럼 이 사람도 그 발라스라는 조직에 포함되어 있다는 겁니까?"

"아직 증거는 없어. 그보다 자네, 의외로 좀 이상한 구석이 있던데.”

“네? 무슨…….”

탁자 위로는 다시 몇 장의 사진이 늘어졌다.

내가 신정환의 함정에 빠져 여러 사람들과 싸우는 장면이었다.

“이 많은 사람들을 다 쓰러뜨리고 거길 벗어났다고 하던데. 정말인가?”

“아……. 그거요…….”

왜들 그렇게 노려보는 건지. 셋 모두가 나만 째려보고 있었다.

왜? 이게 죄는 아니잖아?

“아니, 뭐. 싸움을 선천적으로 잘할 수도 있는 거죠. 그게 왜요…….”

이번엔 신재섭 차장이 물어 왔다.

“그럼 내 집에 카메라 하나 찍히지 않고 숨어든 건 어떻게 설명할 텐가?”

“그거야 잘…… 잘 숨어들어 갔죠.”

신우범 원장이 말했다.

“우리가 자네를 탓하려고 묻는 게 아니야. 우린 자네의 능력을 크게 보고 있어. 그래서 얼마나 도움이 될지 그걸 알고 싶어서 그래.”

나는 진지한 목소리로 진심을 담아 말했다.

“특별한 능력이 있는 건 아니지만, 쓸모는 많을 겁니다. 저에 관해 이미 여러 의심을 가지시고 있는 건 압니다만, 제게 사정이 있음이라 알아주십시오."

뜻밖의 만남 이후, 나는 정이한 요원과 함께 밖으로 나왔다.

"정말 놀랐습니다. 저 두 분이 살아 계시다니."

"저 두 분이 내 말을 믿어 주셨으니 다행인 거지. 그보다, 국가정보원에 들어가 보니 어땠어?"

"어떻긴요. 선장 잃은 배죠. 아, 그리고 말이에요. 그 고무겸 과장이란 분요. 뭔가 좀 이상했어요. 제가 신재섭 차장님을 통해서 보낸 영상도 쓸모가 없다는 듯이 말씀하시고, 저 두 분의 죽음도 이미 저의 짓이라고 단정 짓고 질문을 하더라고요."

"꼭 네가 범인이 되어 이번 일이 정리가 되어야 한다는 듯이 말이지?"

"네."

"아무튼 국가정보원 내에도 우리 편은 있으니까 상황이 어떻게 흘러가는지 두고 보자고. 위험은 조금 감수해야겠지만, 우리가 모습을 드러낼 때마다 초조해진 그놈들이 조금씩 실수를 하게 될 거야. 그건 중요한 증거가 될 거고."

"저기 근데 말입니다. 제가 이번에 국가정보원에 들어갔을 때, 몇 사람 핸드폰에 도청 칩을 심어 두고 나왔는데요."

정이한이 깜짝 놀랐다.

"뭐? 그게 정말이야? 아니, 어떻게?"

"그냥…… 혼란스러운 틈을 타서요."

"그럼 그들이 통화하는 걸 전부 들을 수 있다는 거야?"

"신정환 과장의 사무실로 들어가니까 거기에 다른 핸드폰도 있더라고요. 그래서 거기에도 심어 두었죠."

"그렇군. 그렇단 말이지……. 그럼 어쩌면 일을 조금 더 앞당길 수도 있겠어."

정이한이 갑자기 웃으며 내 양 어깨를 붙잡았다.

"최강, 너! 정말 능력이 많은 녀석이었군. 신출귀몰한 것도 그렇고, 머리도 비상하고, 싸움 실력도 제법에. 웬만한 현장요원보다 나아."

"저도 혼자 싸운다는 생각에 부담이 컸는데, 이렇게 누가 함께한다고 하니까 그래도 마음은 든든하네요. 아, 근데 이 손은 좀 놔주시고요. 저 이런 거 많이 부담스러워해서."

그가 살며시 물러나더니 말했다.

"아무튼 우리 같이 힘을 합해서 발라스를 쓰러뜨려 보자고. 앞으로 잘 부탁할게."

"네. 저야 말로요."

그런데 함께 들어가던 중에 정이한이 폭탄 발언을 했다.

"아, 근데 말이야. 너 밖에 돌아다닐 때에는 좀 더 조심해야 할 거야. 살인으로 공개 수배되었거든."

"아, 네. 네? 네에에……?!"

빙의로
최강요원

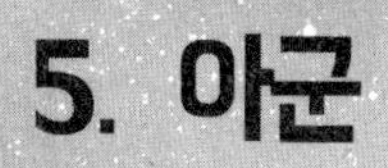

5. 아군

빙의로
최강요원

같은 편이 생겼다는 것에 대군을 얻은 것 같은 느낌이 들긴 했다.

솔직히 이전까진 혼자 뭔가를 하려 하니 암담한 거 천지였다.

근데 국가정보원 원장은 물론이고, 정이한 요원까지 힘을 보탠다고 하니 뭔가 엄청난 일을 하는 특별요원이 된 것 같았다.

"이제 놈들만 잡으면 혐의를 벗을 수 있다 이거죠."

하여 나는 나의 진짜 은거지로 정이한 요원을 데려와 도청 내용을 들려주었다.

"내용은 저절로 저장이 되니까, 의심스러운 부분은 선택해서 들으면 될 겁니다."

그는 궁금한 게 많았다.

그는 계속해서 문을 열어 나갔다가 들어오며 무척 신기해했다.

"근데 이런 게 대체 어떻게 가능한 거지? 아니, 옥탑방 주변에 뭘 깔아 두면 이런 게 가능한 거야?"

"아우, 참. 쓸데없는 거 신경 쓰지 마시고요. 지금 중요한 게 그게 아니지 않습니까."

근래 외국에서 광각 기술을 입힌 천을 개발한 바가 있었다.

그것을 입고 적진을 투입하면 투명 인간처럼 상대를 저격하는 게 가능했다.

하여 정이한 요원은 혹시나 내가 그러한 것을 손에 넣은 게 아닌가 의심하는 눈치였다.

그의 생각을 알지만, 마법에 관한 건 최대한 감춰야 이로울 듯하여 굳이 설명을 해 주진 않았다.

"저기 근데요. 엄마를 그런 곳에 두는 건 뭔가 좀 불안한데요."

"솔직히 나로서는 더 안전한 곳은 떠오르지 않아. 너에게 뭔가 생각이 있다면 따를 생각은 있는데."

내 생각.

당연히 내가 만들어둔 옥탑방이 최고이지 싶다.

좁긴 해도, 이보다 좋은 은신처가 없었다.

그렇지만 이런 누추한 곳에 엄마를 두는 건 싫다.

다른 외딴 곳, 다른 지역.

놈들이 찾지 못할 만한 곳.

놈들은 나나 정이한 요원처럼 굳이 사력을 다해 엄마를 찾으려 들지는 않을 테니까.

아니, 잠깐만.

"저기요. 그냥 원장님하고 차장님이 계신 곳에 같이 두면 안 될까요? 그 집 꽤나 넓던데."

"안 될 건 없다고 보는데 그래도 여쭤봐야 하지 않을까? 어머니도 그렇고, 다른 두 분도 불편해하실 수도 있는데."

"세 분을 거기에 모시고, 거기도 여기처럼 감쪽같이 보이지 않게 만들면 충분히 안전할 것 같은데요."

그가 크게 놀랐다.

"뭐? 이런 걸 그 큰 집 전체에 또 할 수 있다고?"

곧장 엄마에게 연락해 상황을 말해 주었다.

"어떻게 생각해요? 같이 지내실 수 있겠어요?"

[나는 네가 하라는 대로 할게. 그게 가장 안전할 거잖아.]

아들을 믿는 엄마.

당연하죠. 엄마를 가장 걱정하는 아들인데.

마법을 마구 남용하는 한이 있더라도 반드시 엄마는 지킬 것이다.

코피 좀 쏟아붓지 뭐!

이번엔 신재섭 차장에게 전화를 넣어 물어봤다.

[그렇게 하게. 이왕이면 함께 있는 게 보호받기 더 좋을 테니까.]

그렇게 협의는 끝.

나는 곧장 엄마를 모시고 두 분 원장님과 차장님이 있는 펜션으로 갔다.

“오서 오십시오, 신우범이라고 합니다. 현재 국가정보원의 원장으로 있지요.”

“아이고, 이렇게 높으신 분을 제가 다 뵙게 되고. 영광이네요. 우리 아들 좀 잘 부탁드립니다.”

하여간 엄마들은 다들 왜 이러는지.

내가 다 민망하다.

“엄마, 무슨 그런 말씀을 하시고 그래요…….”

“뭐가 어때서……. 이런 기회가 아니면 언제 또 부탁을 하겠어.”

이번엔 신재섭 차장이 인사를 해 왔다.

“저는 3차장을 맡고 있는 신재섭이라고 합니다. 잠시겠지만 잘 부탁드립니다.”

“저야말로 잘 부탁합니다. 두 분께서 불편한 게 없으셔야 할 텐데. 잘할 수 있을지 모르겠네요.”

“그냥 편히 계시면 됩니다. 방도 2층에 마련해 두었으니 그곳을 쓰시면 되고요.”

엄마와 두 분이 인사를 나누는 사이 나는 밖으로 나왔다.

펜션의 돌담을 가만히 바라보던 나는 제라로바에게 물었다.

“할아버지, 옥탑방을 감췄던 그 룬 마법이라는 거, 지금 사용할 수 있나요?”

-지금 너의 머리에 가해지는 두통을 보자면 내일로 미루는 게 낫다고 보는구나.

룬 마법은 보통의 마법보다 더 강한 무리를 준다고 했다.

결국 횟수 제안 초과.

나는 손바닥에 새겨진 룬을 보았다.

“이거라도 연습을 자주 해야 하나. 그래야 사용 횟수를 좀 더 늘릴 텐데.”

그때, 뒤에서 목소리가 들려왔다.

“혼자서 뭐라고 그렇게 말하는 거야? 전화 통화라도 해?”

뒤돌아보니 정이한 요원이 와 있었다.

“아, 아니요. 그냥 혼잣말이었어요. 제가 원래 생각할 때면 이렇게 혼자서 중얼거리고는 하거든요. 그러다 보면 좋은 생각도 막 떠오르고. 그러더라고요.”

“그런 거 조심해. 혼잣말을 많이 하는 게 정신 질환의 초기 증상이라고 들은 적이 있거든.”

얼씨구야.

바로 정신병자 취급이다.

그런 거 아니거든요?

“뭐, 걱정해 주니 고맙네요.”

잠시 어색해하는데, 정이한이 물어왔다.

“근데, 여기도 그 옥탑방처럼 만들 수 있다고 했는데. 어떻게 할 생각이야?"

아무래도 목적이 그것인 것 같다. 그 신비한 일의 원인을 알아내려고. 그렇지만 알려 줄 생각 1도 없거든?

"그건 내일 하려고요. 어느 순간 짠 하고 되어 있을 거니까 걱정하지 않아도 됩니다."

그가 나를 게슴츠레 쳐다본다.

의심이 많다는 눈초리다.

그렇게 쳐다봐도 소용없다. 그래도 안 알려 줄 거니까.

"아, 근데요. 제가 재개발 지역에 있는 건 어떻게 아셨어요?"

"말했잖아. 국정원에도 우리 사람이 있다고. 원장님 측근이 말해 줬어. 네가 국정원으로 타고 온 차를 역 추적해서 재개발 지역에 숨어 있다는 걸 알아냈다고 하더라고. 그래서 한발 앞서 가서 데리고 나오려고 했는데, 발라스 놈들한테 들켰지 뭐야. 휴, 그땐 좀 위험했어. 발라스에 국가정보원 요원들에, 경찰까지. 솔직히 거길 어떻게 빠져나가나 암담하더라고."

"그랬군요. 역시 사람들 하는 발상이 다 거기서 거기인 건가. 그런데 하필 그럴 줄 알고서 만들어 둔 가짜 은신처에 가장 먼저 속은 게 정이한 요원이라니. 운도 참 없어요."

"거기까진 예상을 못 했으니까. 겨우 찾았다 싶었는데, 그게 가짜인 줄 내가 무슨 수로 알겠어?"

근데 대화하는 사이 엄마가 나와서는 말하셨다.

"얘, 강아!"

"네, 엄마."

"가서 장 좀 봐 와야겠다! 냉장고를 보니까 전부 즉석 식품들뿐이야. 마트에 가서 장 좀 봐 와라."

"이 시국에 장을 보러 가라고요?"

나와 정이한은 서로를 쳐다봤다. 그도 그런 일로 위험을 무릅쓰고 싶지는 않은 눈치다.

"우리 엄마 고집 엄청 센데. 그냥 순순히 가시죠."

"그러시긴 하더라. 나도 매 끼니마다 전부 다 챙겨 주셨거든. 어떻게든 안 먹을 수가 없게 만드셔."

"우리 엄마가 그런 부분에선 타협이 없죠."

그렇게 정이한 요원과 예정에 없던 장을 보게 되었다.

어쩜 그렇게 목록도 빼곡하게 적어 주셨는지.

차 뒷좌석에 트렁크까지 장 본 걸로 가득하다.

심지어 쌀까지 사다가 날랐다.

마트 카메라에 찍혔을까 걱정이 되었지만, 그래도 오다가다 중간 중간 차를 투명하게 만들어 이동했으니 이곳까지 추적당할 리는 없을 것이다.

그렇게 삭막하기만 했던 펜션에 음식 냄새가 퍼졌다.

신우범 원장과 신재섭 차장도 그 냄새가 좋았던지 간간히 주방을 기웃거렸다.

"냄새가 아주 좋군그래."

"며칠 집밥을 못 먹어서 그런가, 냄새가 좀 견디기 힘들기는

합니다.”

이후 차려진 밥상은 사 온 재료만큼이나 거했다.

갈비찜을 포함한 반찬들이 스무 가지가 넘었고, 구수한 된장찌개가 코를 자극시켜 절로 침을 고이게 만들었다.

“많이 차렸으니까 많이들 드세요.”

“보통은 차린 건 없지만 많이 먹으라고 하는데, 엄마는 그래도 겸손함은 없어서 좋아.”

“얘가 쓸데없는 소리를…….”

“어윽!”

갑자기 옆구리를 확 꼬집는데 정신이 번쩍 들었다.

-뭐야!

-아프잖아!

고통을 같이 느끼는 둘도 머릿속에서 비명을 질러 댔다.

“아파요, 엄마!”

“조용히 하고 앉아서 밥이나 먹어.”

신우범 원장과 신재섭 차장도 얼른 자리에 앉았다.

차려놓은 밥상을 보니 침이 넘어가서 못 참는 듯 보였다.

가장 먼저 된장국을 떠먹는데, 둘이 동시에 눈을 크게 떴다.

“최강 군 어머니께서 음식 솜씨가 무척 뛰어나시군요. 음식 장사를 하셔도 되겠습니다.”

“어머, 무슨 그런 말씀을. 에이, 그 정도는 아니에요.”

신재섭 차장도 신우범 원장의 말에 동의했다.

“정말 맛있습니다. 이렇게 말하면 제 아내에게 미안하지만, 솔직히 제 아내가 한 것보다 훨씬 맛있습니다.”

“호호, 고마워라. 많이들 드세요.”

둘은 엄마가 온 덕분에 자신들만 호사를 누린다며 좋아했다.

아무래도 내 직장 상사이다 보니 더 솜씨를 낸 모양이지만, 이쯤에서 살짝 걱정도 된다.

설마 매일 이렇게 사다 나르라는 건 아니겠지?

할 일도 많은데, 어쩐지 이런 일이 걱정의 한 부분을 차지해 갈 것 같은 불안감도 들었다.

* * *

신정환 과장은 전화를 받으며 인상을 구겼다.

“최강 그놈을 잡으러 갔더니 거기에 정이한이 있었다고?”

[네, 그렇습니다.]

“그래서 그놈은 잡았고?

[그게…… 여자 경찰을 인질로 잡고 있다가 도망쳤는데, 놓치고 말았습니다.]

“이런 멍청한 새끼들……! 도대체 제대로 하는 게 뭐야!”

[죄송합니다. 드론도 띄우고 주변을 샅샅이 뒤졌는데, 정말 감쪽같이 사라져서 찾을 수가 없었습니다.]

“알았으니까, 끊어!”

전화를 끊은 그는 누군가를 앞에 두고 있었다.

바로 이진석이었다.

“우리 쪽에서도 놓쳤다는군. 이 실장은 뭐 알아낸 거 없어?”

“그쪽 때문에 눈앞에서 정이한을 놓쳤는데, 여기서 우리가 뭘 알겠습니까. 서로 간에 이렇게나 동조가 안 되어서야. 그쪽이 요원들을 잘만 부렸어도 벌써 잡았을 텐데 말이죠.”

“마츠오카 하루 그놈 때문에 일을 다 망쳤어. 그 새끼가 내 성을 거론해서는 나도 지금 직위해제 상태라고!”

“배신자가 생긴다는 건 뼈아픈 일이죠.”

“그보다 처리는 잘했더군. 아주 감쪽같았어.”

이진석이 비릿한 미소를 머금었다.

“그거야 이쪽 전문이니까.”

“근데 굳이 원장과 차장까지 그렇게 처리해 버릴 필요가 있었나? 그건 좀 과했지 싶은데. 주변 시선을 너무 많이 끄는 일이었어.”

“무슨 말씀을. 그건 저 아닌데.”

“뭐?”

“저는 움직이기 힘드신 상황을 벗어나려고 과장님 쪽에서 손을 썼다고 생각했습니다만.”

“나도 아니야. 그럼 뭐야. 어디서 그 둘을 처리했다는 거야?”

“혹시…… 의원님 쪽이 아니실지…….”

“아……. 그럴지도. 하아, 점조직이 이래서 불편하다니까. 어디서 누가 했다고 서로 공유를 안 하니."

"그 덕에 누구 하나 잘못 걸려도 잘라 내기는 좋죠."

"누가 했던 간에 걸림돌이 사라진 건 다행이야. 나도 차장들한테 복귀를 말해 뒀으니까 곧 복귀할 거야. 그러니까 이 실장하고 나하고만이라도 이번에는 제대로 공조 좀 하자고. 카드, 어떻게 해서든 찾아야 하잖아?"

"공조라기보단 제가 돕는 거 아닐까요?"

"뭐?"

"잘못은 그쪽에서 한 거니까."

국가정보원 쪽에서 사람을 잘못 써 카드를 잃어버린 게 아니냐는 뜻이었다.

"음……."

"아무튼 찾게 되면 연락은 드리죠."

신정환 과장은 이진석이 있던 곳에서 나오며 불쾌함을 드러냈다.

"건방진 새끼, 위에서 신임 좀 한다고 아주 기고만장이야. 언제고 내가 제대로 윗자리에 앉게 되면 그때 두고 보자고. 도구에 불과한 새끼가 고개만 빳빳해서는. 크음."

* * *

하루가 지나 펜션의 담에 룬을 새겼다.

일찍 깬 것인지 정이한이 나오며 물어 왔다.

"어제 저녁에도 무슨 훈련을 잔뜩 하는 것 같더니, 벌써 일어난 거야?"

훈련? 아, 케라 형님일 거다. 내가 잠들 때는 몸의 훈련은 케라의 전담이니까.

"네."

그런데 막 나오던 그가 뒤돌아보더니 깜짝 놀랐다.

"뭐, 뭐야! 집이 어디 갔어?"

그가 나에게 다가와 물었다.

"설마, 벌써 된 거야?"

"눈에만 안 보이는 겁니다. 겉으로 보기엔 휑한 공터니까 누가 살펴볼 일도 없겠죠."

"그럼 집은 어떻게 들어가지?"

"거기 밑에 큰 돌이 하나 보이죠? 그 앞에 서서 문손잡이 부분에 손을 내밀면 됩니다."

정이한이 시키는 대로 문을 열며 안과 바깥을 번갈아 봤다.

"아무리 봐도 신기해. 이런 게 대체 어떻게 가능하다는 거지?"

"세 분께는 웬만하면 밖으로 나오지 마시라고 해주세요. 이런 거 하나하나 설명하기 어려우니까. 아무튼 세 분의 안전은 충분해진 것 같고. 정이한 요원은 저와 다시 서울로 가셔야죠?"

"아, 그래야지."

* * *

신정환이 다시 국가정보원에 출근을 했다.

그가 다시 나오자 3과 1팀 요원들이 얼른 다가와 인사를 했다.

“나오셨습니까?”

신정환이 그들을 못마땅하다는 듯 째려봤다.

“몸들은? 괜찮은 거야?”

“네. 이제 움직일 만합니다.”

얼마 전, 최강을 잡으러 갔다가 공원에서 얻어맞고 병원 신세를 졌던 이들이다.

코뼈가 내려앉고 인대가 꺾이는 건 물론, 한 명은 다리가 부러져 나오지도 못했다.

하지만 이제 신정환도 안다.

그들이 왜 그렇게 당할 수밖에 없었는지를.

“장 팀장만 따라오고, 다들 일 보도록 해.”

“네.”

잠시 후, 사무실로 장호철 팀장이 따라왔다.

신정환 과장은 들어오며 뭔가 이상한 느낌을 받았다.

“여기 누가 들어왔었나? 문도 뭔가 바뀐 것 같고.”

부서졌던 걸 새로 달았으니 당연히 느낌이 다를 것이다.

“저도 듣기만 한 것인데 말입니다. 그게 일전에 최강이 도망쳤을 때…….”

남자 요원 하나가 여자 요원을 다짜고짜 때리고 덮쳤다는 설명이 이어지자 신정환이 기가 막혀 했다.

“아주 국정원 규율이 개판이구먼. 윗대가리 둘 사라졌다고 이렇게 해이해져서야.”

자리에 앉은 그가 장호철 팀장에게 물었다.

“두 차장은 어쩌고 있어?”

“최강 그놈을 잡는다고 혈안이시죠. 외부로 알려졌다간 국정원 위신이 땅에 떨어진다고 하시면서요. 그러면서도 최강은 살인 용의자로 공개 수배했습니다.”

“그래, 들었어. 원장하고 3차장의 사망을 그놈한테 뒤집어씌운다고?”

“고무겸 과장님께서 그렇게 몰아가시긴 했습니다만, 아무래도 그렇게 확정될 것 같습니다. 당시 차에 접근했다가 사라진 사람도 최강과 움직임이 비슷하다는 쪽으로 보정하고 있는 것 같고요.”

신정환 과장이 흡족한 표정을 머금었다.

자신이 없는 사이 그래도 고무겸 과장이 일을 잘 처리해 주고 있었구나 싶어서다.

“기조실장은?”

“별말씀은 없으시고, 지켜보고 계시는 것 같습니다.”

“원래부터가 밖으로 생각을 내비치는 사람이 아니니까.”

그러던 중 장호철 팀장이 서류 봉투 하나를 건넸다.

"그리고 이것 좀 보셔야겠습니다."

"뭔데?"

꺼내 보니 사진 몇 장이 들어 있었다.

"모자를 깊이 눌러쓰긴 했지만, 허상훈 과장이 확실합니다. 어제 정이한을 놓쳤던 재개발 지역에 모습을 나타냈었습니다. 이건 거기 진입로 쪽에서 찍힌 것이고요."

"흠, 이러고 있는 걸 보면 허 과장도 어떻게든 최강이나 정이한을 쫓고 있다는 것인데……. 멍청한 새끼, 자기 새끼 하나 제대로 간수 못 해서는 이 지경이 되고 말이야."

"찾으면 어떻게 할까요?"

"당장은 놔둬. 자기 딴에도 뭔가 억울하니까 그놈들 뒤를 쫓고 있는 걸 테니. 혹시 모르지. 우리보다 먼저 카드를 찾아서 가지고 올지도. 자신이 살 방법이 그것밖에 없다는 것을 그도 잘 알고 있을 테니까."

신정환은 충분한 보고를 받았다고 여겼는지, 그를 내보냈다.

"알았으니까 나가서 일 봐. 최강이나 정이한을 발견하면 곧장 알리고."

"네, 과장님."

그가 나가자 신정환은 열쇠를 꺼내 서랍을 열었다.

그는 거기서 핸드폰 하나를 꺼내 전화를 걸었다.

"나야. 너희가 해 줄 일이 있는데……. 애들 좀 풀자. 급한 일이야."

* * *

옥탑방에서 신정환의 통화를 들은 나는 정이한을 보았다.

"누구랑 통화한 걸까요?"

"누구인지는 몰라도, 너나 나를 잡을 사람들이 더 늘어난 것만은 분명해."

"혹시 그 카드로 국정원 내부의 발라스를 색출할 방법은 없을까요?"

"카드를 미끼로 쓰자고?"

"돌려주겠다고 하면 누군가는 나올 거 아닙니까. 그 사람을 중심으로 누굴 만났고, 누구의 명령을 받고 있는지 실토하게 만들면 되죠."

정이한이 쓴웃음을 머금으며 나를 쳐다봤다.

뭐? 할 말 있으면 그냥 하지 뭘 또 그렇게 쳐다봐. 내가 뭐 모르는 게 있는 건가?

"최강 네가 모르는 모양인데, 발라스의 일원은 그냥 되는 게 아니야. 그들은 요원 이상의 혹독한 훈련을 거쳐서 일원의 자격을 얻어. 훈련 도중에는 죽기도 하지. 온갖 심문에 저항하는 훈련도 받기 때문에 쉽게 실토하거나 하지 않아. 차라리 죽음을 택할 거야."

생각보다 더 크고 조직적인 집단이란 건 알겠다.

하지만 당신도 모르는 게 있거든?

“그렇겠죠. 근데 제가 과연 무슨 수로 마츠오카 하루에게 그런 것들을 실토하게 했을까요?”

그의 표정이 변했다.

“그러고 보니. 그건 어떻게 한 거지? 마츠오카 하루 정도면 발라스 내에서도 상당한 위치여서 그렇게 쉽게 배신을 할 리가 없을 텐데.”

“다 방법이 있죠. 진실을 말하게 하는 방법. 자, 마츠오카처럼 실토시킬 방법이 있다면, 해볼 만한가요?”

“그렇기는 한데. 흠, 상당히 위험할 거야. 놈들이 단단히 준비해서 공략해 올 테니까.”

“훗, 그것도 감쪽같이 납치해서 사라지는 방법이 있죠.”

이미 요원을 하나 납치하며 얻은 경험이 있다.

거기다가 언제든 투명하게 변할 수 있는 슈퍼카도 있다.

놈들이 원하는 것도 이쪽에 있는 이상, 상황을 리드하는 건 이쪽인 거다.

* * *

최소현이 사무실로 들어오며 윤석준 반장에게 따졌다.

“반장님, 이게 말이 되요? 그놈들 행적은 물론이고, 그놈들이 타고 왔던 차도 전부 추적된다면서요. 근데 왜 수사를 하지 말라는 건데요?"

"안 그래도 너 올 것 같았다. 근데, 나 들들 볶아 봐야 소용없어. 위에서 내려온 지시니까."

"그러니까, 이런 건 대체 누구 지시인 거냐고요?"

"서장님보다도 더 위에서 내려온 모양이야."

"청장님?"

"모르지. 더 위인지도."

"청와대 말씀하시는 거예요?"

"나도 몰라. 아무튼 총기 사용에 대한 건은 더는 조사하지 말라고 했어. 너 답답할 건 이해하는데, 그래도 시키는 대로 해. 괜히 위에 미운털 박히지 말고."

"아~ 반장님! 그렇게 이것저것 다 하지 말라고 하면 우린 대체 무슨 일을 하라는 겁니까? 아니, 이번에 수배된 그 사람도 그래요. 갑자기 어디서 내려왔을지 모를 수배를 그냥 한다고요? 누굴 죽였고, 어디서 사건이 일어났는지 그건 왜 안 알려 주는데요? 이게 말이 안 되잖아요."

"간간이 극비 사항에 대한 수배가 이뤄진다는 건 너도 알잖아. 모르지, 국제적인 범죄자일지."

최소현이 윤석준 반장의 책상 위에 있는 서류를 손으로 찍으며 말했다.

"제가 드린 보고서는 다 읽어 보셨어요? 조직적인 은폐, 경찰

보안센터도 멋대로 드나드는 해킹, 거기에 DS빌딩에서의 화재와 폭발도 감쪽같이 묻혔어요. 제가 그 수배자 쫓아서 재개발 지역에 갔다가 그 총 쏜 놈들 만났다는 것도 다 아시잖아요. 분명 그놈들이 다 연관이 있는데, 숨길 거 다 감추고, 지들이 원하는 것만 공개해서 수배자만 찾으라고 하면. 우리가 그놈들 똥개 새끼들인 거지, 무슨 경찰이냐고요? 네?"

"알아. 나도 아는데……!"

"저 말이에요. 그 조직적인 은폐를 보고서 혹시나 국정원이 관계된 일이 아닌가 싶기도 했거든요? 근데 웬걸? 그 국정원들을 재개발 지역에서 딱 마주치데요. 결국 이 수배자도 그쪽에서 지시를 내렸다는 건데, 그럼 잡더라도 아무런 공로도 없이 그냥 넘겨주라는 거잖아요. 그렇죠?"

"그렇겠지."

"근데 이걸 계속하라고요? 우리가 무슨 자선사업 합니까?"

"다른 반, 다른 팀에도 우선 지시 사항으로 내려온 건데 그럼 어쩌겠냐. 내가 시켜 놓고 이런 말하기는 좀 뭐하지만, 영 못마땅하면 안 해도 돼. 다른 사건 배정해 줄 테니까 그거나 맡아."

"아뇨! 제가 가장 처음 손댄 건데 제가 왜요? 저 그럴 생각 없고요, 이 수배자 반드시 잡아서 공개할 겁니다. 이 사람이 왜 총을 맞았고, 어떻게 병원을 탈출했으며, 왜 이렇게 도망 다니고 수배자까지 되었는지 다 밝힐 거라고요."

"소현아, 그러지 마라. 너 자꾸 그러면, 네 아버지 출세 길

막혀. 네가 그럴 몰라?"

최소현이 도끼눈을 뜨고 그를 쳐다봤다.

"반장님, 제가 아버지 얘기 꺼내는 거 가장 싫어하는 거 알면서 그래요? 피만 섞였지, 가족 아니라니까?! 하지 마요, 그 얘기."

"아, 알았어. 알았으니까 이번 일에선 손 떼자."

"아뇨! 저 끝까지 팝니다. 그러니까 저 말리지 마세요."

밖으로 나가 버리는 그녀를 윤석준 반장이 말리려 해 보지만 이미 쌩하고 사라져 버렸다.

"야! 최소현! 아이고, 내가 일을 잘못 맡겼네. 저게 대체 어디까지 엇나가려고 저러는지."

그때, 윤석준 반장이 한쪽을 보고는 깜짝 놀랐다.

최경준 서장이 밖으로 나가는 최소현을 뒤에서 바라보고 있어서다.

그는 얼른 다가가 인사했다.

"서장님, 강력반에는 어쩐 일로 오셨습니까."

"소현이가 무슨 문제라도 일으키던가?"

"아뇨! 일만 잘하고 있는 걸요."

"그래……."

"무슨 남기실 말씀이라도……."

"아닐세. 신경 쓰지 말고 일 보게나."

사라지는 최경준 서장을 보며 그는 한숨을 푹 내쉬었다.

"하이고, 무슨 부녀지간이 원수지간도 아니고. 아주 사이에

낀 나만 피가 마르지. 말라……."

밖으로 나온 최소현은 무척 분한 얼굴로 씩씩거렸다.

밖에서 사람이 총에 맞고, 여기저기서 총질을 해 대는데 그걸 그냥 지켜만 보란다.

"내가 그놈 꼭 잡고 만다. 아, 맞다! 그놈 말고도 나 인질로 삼은 놈도 있었지? 하여간 그것들, 꼭 잡는다. 재개발 지역. 거기에 분명히 뭔가 있어. 거기서부터 다시 파 봐야겠어."

근데 사무실에서도 보이지 않던 파트너 김동운이 보이지 않는다.

어딜 갔나 싶어 전화를 걸려고 하는데 저만치 구석에서 시끄러운 소리가 들려왔다.

"됐거든! 이럴 거면 대체 왜 사귀자고 한 건데. 짜증나!"

"지연아, 진짜 미안해. 내가 요즘 복잡한 사건 때문에 잊어버렸지 뭐야. 다음엔 절대 안 잊어버릴게."

자세히 보니 웬 여자와 다투는 것 같았다.

최소현은 그녀가 누구인지 알만했다.

"근래에 만나기 시작했다는 애인인가 보네. 근데 사이가 안 좋나……."

그녀는 시계를 봤다.

"에휴, 어차피 퇴근 시간이니까 넌 그냥 쉬어라. 나 혼자 갈 테니까."

그녀는 김동운에게 퇴근하라는 문자만 남겨 두고 재개발 지역으로 향했다.

* * *

정이한은 국가정보원 내에 심어 둔 도청 칩을 이용해 사람들 간의 은밀한 통화를 듣고 있었다.

그가 있으니까 편한 건 사실이다.

그가 없었다면 저걸 하나하나 내가 다 했어야 했겠지.

솔직히 뭔가 중요한 걸 듣는다 해도 판단의 한계도 있었다.

근데 그가 합류하여 저런 일을 대신해 주니 한결 어깨가 가볍다.

'발라스에 관해서 아는 것도 많으니까 나보다는 뭐라도 더 잘 찾아내겠지.'

발라스에게 일원이 되라는 제안을 듣고, 거기가 어떤 조직인지 알아보기 위해 들어갔다는 그.

물론, 무슨 생각으로 들어간 것인지는 알 길은 없다.

돈에 대한 욕심?

그게 아니면 지위에 대한 보장?

갑자기 생각이 바뀐 것인지 누가 알아?

사람이라는 게 원래 누구든 자기 자신은 미화시키는 법이 아닌가. 그라고 그러지 말란 법은 없었다.

"저 잠깐 나갔다가 올게요."

"이 밤에 어딜?"

그가 놀라서 나를 쳐다본다.

감시가 가득한 밖이 그만큼 위험하기 때문이다.

무슨 베이비시터도 아니고, 내가 애야?

뭘 그렇게 걱정해?

지금까지 나 혼자서도 잘해 왔거든?

물론, 혼자서는 아니지만.

"냉장고고 뭐고 싹 비었습니다. 우리도 먹어야 살죠."

"아, 그렇지."

"우리 엄마 덕분에 매 끼니마다 잘 먹고 다녀서 그런 걱정은 안 했었죠?"

"뭐, 잘 챙겨 주셨으니까."

"저하고 있을 거면 간편식에 익숙해져야 할걸요. 그럼 다녀올게요."

모자를 푹 눌러쓰고 언덕을 내려오는데 길이 삭막하다.

간간이 올라오는 사람도 보이긴 했다.

여자인데, 나를 힐끔 쳐다보는 것이 겁이 나는 모양이다.

아직 나갈 집을 구하지 못해 여전히 남아 있는 주민 중 하나이려나.

범죄자들이 빈집에 숨어 살기도 한다고 하니 못 보던 사람이 다니면 겁이 날 법도 하다.

겁먹지 마세요, 나쁜 사람은 아니니까.

"흠, 그래도 수배자이면, 다른 사람 시선에는 나쁜 사람인 거려나……. 에효, 어쩌다가 내 신세가 이렇게 된 건지."

한참을 내려와 도로변을 걸었다.

동네 슈퍼는 이미 예전에 사라진 지 오래다.

동네가 재개발이 된다고 하니 상점들도 전부 떠난 것이다.

있어 봐야 거친 사람들한테 시달리기밖에 더 하겠나.

날짜가 도래하면 어차피 비워 줘야 할 곳인데, 손님도 없을 삭막한 곳을 굳이 남아 있으려는 사람은 없을 것이다.

그래서 뭔가를 사려면 도로변을 한참 나와 버스 정류장 앞에 있는 편의점까지 걸어 내려와야 했다.

"차를 가져올 걸 잘못했나."

사 갈 것도 많은데.

그걸 다 들고서 또 언제 저 언덕을 오르나.

"이래서 머리가 나쁘면 몸이 고생이라고 하지."

체력이 많이 좋아져서 가뿐하기는 했지만, 역시 고생은 고생이다. 다시 올라가서 차를 가져올까도 했지만, 이미 다 온 길이 아까워 그냥 마저 갈 길을 가고자 했다.

"그냥, 들고 가지 뭐."

* * *

최소현은 편의점에 들어오며 컵라면과 김밥을 한 줄 샀다.

"계산해 주세요."

"네."

그녀는 뭔가 아차 싶었던지 아주머니에게 수배 전단지 하나를 건넸다.

"저 경찰인데요. 혹시 이 주변에서 이런 사람 만나면 신고 좀 부탁할게요."

"그거야 어렵지 않죠. 근데 잘생겼는데 무슨 죄를 졌대?"

"살인. 흉악범."

그녀의 말에 아주머니가 화들짝 놀랐다.

"허업! 그럼 나 무서워서 신고 못 하는데. 그러다가 나한테 해코지라도 하면 어째?"

"여기 제 명함도 같이 드릴게요. 전화하기 그러시면 여기 제 전화로 문자라도. 네? 그건 괜찮죠?"

그런데 가만히 수배 전단지를 보던 아주머니가 고개를 갸웃했다.

"근데 어디서 본 것 같은 얼굴이네."

"정말요? 언제요?"

"아니, 뭐 그런 것 같다고. 편의점이잖아요. 워낙 사람이 많이 왔다 가야지. 그리고 내가 은근히 사람 얼굴을 잘 기억 못 해."

"아, 네……. 아무튼 부탁 좀 할게요?"

"그래요, 뭐……."

최강은 편의점에 최소현이 와 있는지도 모르고 들어갔다.

그녀가 컵라면에 뜨거운 물을 붓는 사이 들어선 최강은 냉동 코너와 냉장 코너를 돌며 먹을 것을 사기 시작했다.

그 좁은 공간에서 묘하게 마주치지 않으며 함께하게 된 두 사람.

둘은 서로의 존재를 전혀 몰랐다.

“여기요.”

편의점 내의 바구니 두 개에 음식을 가득 담은 그는 계산을 하려고 했다.

편의점 아주머니는 익숙한 듯 계산을 하다가 최강을 보았다.

마스크를 쓴 얼굴이 어딘가 모르게 익숙했다.

그러다가 방금 전에 받은 수배 전단지를 보고서 보니 어쩐지 눈매도 비슷했다.

최강도 그녀가 수배 전단지와 자신을 번갈아 보는 걸 보고는 깜짝 놀랐다.

‘뭐야! 내 얼굴이잖아?!’

놀란 나머지 그는 얼른 얼굴을 피하며 딴청을 피웠다.

그 행동에 편의점 아주머니는 그가 사진 속의 그임을 확신했다.

“저기 계산 좀 서둘러 주실 수 있을까요?”

“아, 네. 네…….”

최강은 그녀의 손이 부들부들 떨려 오는 걸 봤다.

들킨 게 분명했다.

‘벌써 저런 게 돌아다닐 줄은 몰랐는데. 이거 진짜 난감하네.’

그는 신고라도 들어갈까 봐 얼른 계산을 끝내고 편의점을 나왔다.

그사이 아주머니는 손을 떨며 핸드폰을 매만졌다.

겁도 나고 정신이 없어 최소현이 편의점 내에서 라면을 먹고 있다는 걸 잊은 것이다. 하지만 곧 기억해 내고는 그제야 최소현을 향해 소리쳤다.

"저, 저기 경찰 아가씨!"

"네?"

최소현이 살짝 몸을 일으켜 고개를 내밀자 편의점 아주머니가 사색이 된 얼굴로 말했다.

"바, 방금 전에 그 남자……!"

"뭐라고요?"

"방금 그 남자……! 이 종이……!"

수배자라는 말이 떠오르지 않는지 그녀는 수배 전단지를 들어 보였다.

사색이 된 얼굴로 수배 전단지를 흔드는 그녀.

그것만으로도 무슨 뜻인지 알아차린 건지 최소현이 표정이 심각해져서는 그 즉시 그곳을 튀어 나갔다.

최강은 도로를 걷다가 언덕을 오르기 시작했다.

무거운 비닐봉지를 들고 가자니 얇아지는 손잡이가 손가락을 파고드는 것 같았다.

"아유, 손 아파. 무거운 건 참을 만한데 이게 문제네."

그런데 그렇게 조금 더 오르는데 뒤에서 뭔가 파다닥 뛰어오는 소리가 들려왔다.

그리고는 귀가 따갑게 소리친다.

“거기 멈춰!”

최소현은 한 손을 총에 올리며 상대를 불렀다.

우뚝 멈춘 최강.

둘 사이에 묘한 긴장감이 흘렀다.

“경찰입니다. 잠깐만 돌아서 주시겠습니까? 중요한 용의자를 봤다는 제보가 있어서요.”

최강은 천천히 돌았다.

마스크를 썼지만 무척 곤란해하는 표정이 눈매에 다 드러났다.

“무슨 일이시죠?”

“거기 마스크 좀 벗어 주실래요?”

최강은 어딘가 모르게 그녀의 얼굴이 익숙했다.

‘잠깐만, 아는 얼굴인데. 내가 이 여자를 어디서 봤지?’

그렇지만 지금 그게 문제가 아니다.

그 수배 전단지.

아마도 그녀가 건넸을 거란 생각이 들었다.

여기서 붙잡히면 무척 곤란해진다. 어떻게든 여길 벗어나야겠다는 생각이 머리로 가득했다.

스르륵.

양손의 봉지를 내려놓으려고 하는데, 그녀가 총을 빼어 겨누었다.

“움직이지 마!”

“이것 좀 내려놨으면 하는데요. 손이 아파서.”

“조용히 내려놓고 마스크 벗어요. 얼굴부터 확인을 해야겠으니까.”

그렇지만 그녀는 그 순간, 무언가가 자신의 얼굴을 덮쳐 오는 걸 느껴야 했다.

그리고 기분 나쁜 향과 동시에 그대로 정신을 잃고 말았다.

* * *

옥탑방으로 돌아온 나는 여자를 묶고 있는 정이한을 보았다.

“저기요? 정이한 씨?”

“왜?”

“아니, 어쩌자고 경찰을 납치해서는 여기까지 데려옵니까. 이거 범죄인 거 몰라요?”

“그럼 어떻게 해. 너한테 총까지 겨누고 있는 여자를 그냥 놔둬? 내가 잠깐 주변을 둘러보고 있었기 망정이지 그대로 잡혀 갔으면 어쩔 뻔했어?”

“아니, 아무리 그래도……! 하아, 이 여자가 어떻게 생각하겠습니까. 안 그래도 살인범으로 수배된 것도 억울한데, 거기에 납치까지 얹으라고요?”

"어쩔 수 없어. 누명을 벗을 때까진 잡아 둬야지. 그리고 혹시 알아? 이 여자도 발라스일지."

아, 그 생각은 못 했다.

그러고 보면 발라스는 여기저기에 있다고 했다.

보통의 회사원부터 가게를 운영하는 이들까지.

평소에는 보통 사람들과 섞여 있다가 임무가 부여되면 누군가는 감시자로, 누군가는 킬러로 돌변한다고 했다.

그리고 경찰, 검찰, 각종 공무원과 정치인들까지.

없는 곳이 없다고 하니, 그의 그런 의심도 충분히 타당했다.

식사를 준비하는데, 여자가 깨어났다.

분명 희미하게 눈을 뜨고는 주변을 둘러보는 걸 다 봤는데, 눈까지 마주쳐 놓고는 모른 척 다시 눈을 감는다.

어쩐지 그 모습이 귀엽기까지 한 건 뭘까.

그래, 당신도 이 상황에서 생각할 게 많겠지.

자기가 잡혔다는 것부터, 이놈들이 자기를 어떻게 하려고 이렇게 묶어 놨을까.

설마 죽이려는 건 아닐까.

불안하고, 두렵기도 할 거야.

"궁금한 것도 많을 텐데, 뭘 또다시 기절한 척을 합니까? 일어나요, 그냥."

"아이, 씨……."

그녀가 얼굴을 잔뜩 구기더니 지렁이처럼 꿈틀거리며 일

어났다.

“여기 어디에요? 혹시 당신 아지트?”

그러던 중에 정이한이 씻고서 화장실에서 나왔다.

그를 본 그녀는 깜짝 놀랐다.

“어어……! 당신은 그때? 뭐야, 당신들 한패였어?”

한패라는 말이 어째 뉘앙스가 안 좋게 들린다.

“그게 그냥, 뭐. 아는 사이인 거죠. 근데 경찰일 줄은 몰랐는데. 그때 그 편의점에서 부딪쳤던. 맞죠?”

“기억…… 하네요.”

“어디서 봤나 한참 떠올리다가 그때가 딱 생각나지 뭡니까. 근데 혹시 그때도 나를 쫓던 거?”

“그랬는데, 알아차렸을 땐 이미 사라지고 없어서. 얼마나 재빨리 도망쳤는지.”

“딱히 도망치려고 그랬던 건 아닌데. 아무튼 반갑네요.”

그녀가 나를 도끼눈으로 째려봤다.

“사람을 이 꼴로 만들어 놓고 반갑다는 말이 나와요? 좋은 말로 할 때 얼른 이거부터 풀죠. 이거 엄연히 납치에 감금이라고! 당신들! 진짜 이러다가 큰일 난다니까?!”

“풀어 주면, 그땐 나 진짜 쏘려고요?”

“그거야……! 위협의 수준에 따라서 달라지겠죠.”

“그냥 그러고 있읍시다. 딱히 다치게 할 생각은 없으니까 다른 걱정은 말고. 우리 누명 벗을 때까지만 기다려요.”

"누명?"

"내 수배지 보고서 나 쫓던 거 아니었어요?"

"그 전부터거든요? 당신이 병원에서 도망쳤을 때부터."

"아~ 그때!"

"근데 누명이라는 게 무슨 말이에요?"

그때, 정이한이 나에게 말했다.

"둘이 아주 친해졌나 봐. 왜, 아주 속사정 얘기까지 구구절절 다 말하려고? 우리 활동하는 거 하나하나 나중에는 전부 기밀이 될 수도 있는데, 감당할 수 있겠어? 최강?"

"이런 것도 기밀이 된다고요?"

"그럼. 국가정보원 내의 치부가 세상 밖으로 낱낱이 공개될 것 같아?"

그의 말이 맞다.

국정원 내부에 침투해 있는 발라스 조직까지.

세상이 알면 발칵 뒤집어질 이야기일 것이다.

거기다가 발라스로 추정되는 신정환 과장이 유력한 대선 후보까지 만난 정황까지 있는 마당에, 아무나 이런 내용을 알게 해서는 안 될 것 같았다.

"상황의 심각성으로 보면 비밀로 붙여지긴 하겠네요."

"모르는 게, 저 여자 목숨 살리는 거야."

얘기를 가만히 듣던 그녀가 조심스럽게 물어 왔다.

"당신들, 국정원 요원이었어요?"

국정원 요원이냐는 그녀의 물음에 나는 어색한 표정만 지었다.

그런데 정이한이 식탁으로 가며 투덜댔다.

"저 여자가 알면 다친다니까 자꾸 묻네. 자기 명줄 조이지 말고 조용히 지냅시다. 그리 오래 안 걸릴 테니까."

이미 다 들은 마당에 아니라고 한다고 믿을 것도 아니고.

어제 정이한이 골목에서 포위되었을 때의 상황을 고려한다면 그녀도 많은 걸 추정하고 있을 것 같단 생각도 들었다.

"그랬는데, 지금은 사정이 좀 있어서요. 이렇게 된 건 미안해요. 나중에 상황이 괜찮아지면 제대로 사과할게요."

"어디 가서도 아무 말 안 할 테니까 풀어 달라고 하면…… 역시 안 믿겠죠?"

이 여자, 눈웃음까지 살살 치며 묻는다.

나는 해맑게 웃으며 답해줬다.

"네."

"에이…… 씨."

한창 식사 중에 자꾸만 쳐다보는 그녀가 나는 계속 신경이 쓰였다.

침을 꿀꺽꿀꺽 삼키는 걸 보니 그녀도 배가 고픈 게 아닐까?

"혹시 식사 전이에요?"

"그렇다고 하면, 뭐 풀어 주기라도 할 건가요?"

그랬다간 밥 먹다가 말고 난타전이 일어나고 말지.

정말로 저 수작에 내가 넘어갈 거라고 생각하는지 의구심이

든다.

내가 그렇게 어리숙해 보이나?

잠시 뒤, 나는 그녀를 묶어 놓은 채로 의자에 앉혀 밥을 떠먹여 줬다.

정이한이 그런 나와, 또 잘 받아먹는 그녀를 보며 고개를 저었다.

“아주 잘하는 짓이다.”

“그렇다고 굶길 순 없잖아요.”

“그렇다고 해도 이게 정상적인 모습은 아니지 않나? 누가 뒷방 정보요원 아니랄까 봐, 오지랖은.”

화가 난 여자가 갑자기 그에게 쏘아붙였다.

“당신한테 떠먹여 달라고 안 할 테니까 조용히 좀 하지!”

그 거친 언행에 밥알이 반찬으로 다 튀었다.

“아아~!”

“거~ 참!”

“먹으면서 말은……! 하아, 나 안 먹어. 에이, 더러워서 진짜…….”

정이한이 일어나자 그녀가 잘됐다는 듯이 웃었다.

“하하! 먹지 마라? 안 먹으면 나 혼자 다 먹으면 되니까. 생긴 것도 딱 못되게 생겨 가지고는. 말하는 것마다 아주 싸가지가 밥맛이야.”

정이한이 욱해서는 다시 돌아왔다.

"내가?"

"그럼 아닌 것 같니?"

"이거 왜 이래. 나 현장요원 중에선 베테랑이야. 이 얼굴로 얼마나 많은 여자들을 꼬셔서 임무에 이용해 먹었는지 당신이 알아?"

"오~ 그러셔? 생선 눈탱이 같은 것들한테는 잘도 통했겠네. 그렇게 남자 보는 눈들이 없어서야. 저 뺀질하게 생긴 게 뭐가 좋다고."

"뭐? 뺀질? 이 여자가 진짜 말이면 다인 줄 아나! 그리고 당신! 지금 인질이라는 거 잊었어? 우리가 무슨 짓을 할지 걱정도 안 돼?"

그러자 그녀가 대뜸 가슴 쪽을 내려다보더니 몸을 웅크렸다.

정이한은 순간적으로 그녀가 자신을 어떤 취급을 했는지 알아차리고는 뒷목을 잡았다.

"이 여자가 사람을 어떻게 보고! 아우, 내가 상대를 말아야지. 와, 냉철하기로 소문난 정이한이 오늘 아주 제대로 인내를 배우네."

"흥!"

"나도 흥이다!"

나는 한숨을 푹 내쉬었다.

온통 밥알 가득한 식탁 때문이다.

"저기요, 여자분?"

“여자 아니고, 최소현.”

“네?”

“최소현이라고요, 내 이름.”

“네, 최소현 씨. 아무리 그래도 식사 자리를 이렇게 만들어 놓는 건 좀 너무했지 않나?”

그래도 자기가 뱉어 놓은 게 좀 심했다고는 생각했는지 어색하게 웃는다.

“미안해요. 제가 또 성질나는 건 못 참아서.”

“쩝, 그냥 조용히 먹읍시다.”

“근데 최강 씨는 안 먹어요?”

이 여자가 제정신인가.

이렇게 만들어 놓고 날더러 먹으라고?

“하아, 나 올해 삼재인가. 왜 이러지…….”

* * *

정이한은 담배나 피울 생각으로 밖으로 나왔다.

“여긴 너무 훤히 보이나.”

위에서 피우자니 밑에서 보일 것 같았다.

그는 계단을 내려와 밑에서 불을 붙였다.

“후우…….”

정이한의 입에서 긴 연기가 뿜어져 나왔다.

그는 위를 힐끔 쳐다보며 근심 어린 표정을 머금었다.

"정말이지, 아주 귀찮은 게 걸려들었어."

이대로 돌려보내면 또 이 근방을 쥐 잡듯이 뒤질 것이다. 그러다 보면 저 여자 때문에 다른 쥐까지 모여들까 그게 더 걱정이다.

"잡아 두자니 그것도 문제고. 하아……."

하루 이틀이야 문제가 안 될 거다.

그러나 나흘쯤 지나면 실종으로 처리될 테고, 그에 대한 추적이 시작될 것이다.

마지막 행적은 이곳.

그 누구도 찾을 수 없는 신비한 옥탑방이라고는 하지만, 들킬 위험은 충분했다.

"어떻게든 며칠 안으로 놈들의 꼬리를 잡아야겠는데……. 역시 위험을 감수해야 하나."

그러던 중 먼 곳에서 불빛 몇 개가 보였다.

아마도 아직 이사를 가지 못한 집들일 것이다.

"이 삭막한 곳에 어떻게들 사는지. 후우……."

그 어려운 삶들을 짐작하듯이 안쓰럽게 바라보던 그는 집 주변을 꼼꼼하게 살핀 후에 담배를 끄며 돌아섰다.

처걱.

그런데 갑자기 뒤에서 미약한 쇳소리가 들려왔다.

눈을 크게 뜬 그는 그 자리에 돌처럼 굳어지고 말았다.

그것이 총의 장전 소리라는 걸 알았기 때문이다.

"돌아 서, 이 새끼야."

익숙한 목소리에 돌아선 그는 깜짝 놀랐다.

"허상훈 과장님?"

모자를 푹 눌러쓴 허상훈이 그에게 총을 겨누고 있었다.

"이 개새끼. 네가 감히 나를 속여?"

"과장님께서 여긴 어떻게……."

허상훈은 이곳을 어떻게 알고 온 것일까?

그것은 고무겸의 도움을 받아서다.

[이봐, 고무겸. 혹시 정이한 그놈에 관한 정보가 있으면 조금만 알려 줘. 부탁할게.]

[그러게 혼자선 안 된다고 해도.]

[자네도 알잖아. 내겐 더는 방법이 없다는 거? 그러니 뭐든 있으면 조금만 알려 줘, 제발!]

[정이한은 모르겠고, 지금 요원들이 최강을 추적해서 재개발 지역으로 이동 중이긴 해. 아직 정이한에 관한 건 아는 바가 없어.]

[재개발 지역? 재개발 지역, 어디?]

그렇게 국가정보원 요원들은 물론, 이 실장의 수하들이 이곳을 뒤지는 걸 모두 지켜봤던 그였다.

그리고 그때, 정이한이 이곳에 나타났다는 말을 들었던 바, 그는 분명 이곳 어딘가로 그가 다시 나타날 거라고 확신하며 계속해서 찾아왔던 것이다.

정이한이 슬그머니 다가오려 하자 그가 소리쳤다.

"움직이지 마!"

"왜 이러십니까, 과장님?"

"왜 이러냐고? 이 새끼가 끝까지 사람을……."

"이러지 마십시오. 뭔가 오해를 하시는 모양이신데, 저희의 일은 아직 진행 중입니다."

"무슨 개소리야!"

"돈……! 원하는 게 그거 아닙니까?"

"나한테 가짜를 넘겨 놓고, 뭐라고? 너 이 새끼, 정체가 뭐야. 처음부터 이럴 생각으로 조직에 들어온 거였어? 그런 거야? 누구 지시야? 누구인지 말해!"

"진정하세요, 좀!"

그는 위를 쳐다보고는 그에게 말했다.

"위에 지금 최강하고 여자 경찰이 있습니다. 그러시면 들킨다고요!"

"웃기지 마, 이 새끼야. 내가 속을 것 같아? 닥치고 뒤돌아. 얼른!"

허상훈은 수갑을 꺼내어 그를 잡으려고 했다. 그러나 정이한은 순순히 잡히지 않았다.

그는 뒤로 물러서며 얼른 말했다.

"그 카드는 카드만으론 아무것도 할 수 없는 거였다고요!"

"뭐?"

"그 카드, 다른 기기로는 어떤 걸로도 인식이 안 되더라고요. 뭔가 그 카드가 인식할 수 있는 다른 기기가 있는 것 같습니다. 그걸 찾아야 한다고요!"

이미 돈을 빼려고 시도를 해 봤다는 것이 된다.

그것에 실패했고.

"그럼 나는 왜 속였어? 왜 내게 가짜를 준 거냐고!"

"그러는 과장님도 처음부터 저를 이용하려던 거 아니었습니까?"

"뭐?"

"카드를 빼돌리게 해서 돈을 얻은 후에, 저를 제거하고 되찾은 것처럼 하려고 했겠죠. 그럼 감쪽같을 테니까! 돈도 챙기고, 발라스를 향한 충성도 의심받지 않고. 제가 그걸 모를 거라고 생각했어요?"

"너 이 새끼, 무슨 헛소리야?"

정이한이 실실 웃었다.

"후후후, 발라스를 상대로 평생 도망치는 게 가능하다고요? 웃기지 마십시오. 이미 노선을 바꾼 그 순간부터 저는 죽은 목숨이었습니다. 여기서 제가 살 방법은 오직 한 가지! 발라스를 색출하고 다시 국가정보원으로 돌아가는 거. 그거뿐이라고요. 그러고 나서도 숨어 지내야 할 테지만요."

"그럼 너, 처음부터……!"

"네, 그 카드로 돈을 챙긴 후에, 발라스를 밝히기 위해 그 조직에 들어갔다고 밝힐 생각이었습니다. 뭐 그런다고 평생 안전할 거라고는 생각 안 하지만, 대항할 조직 정도는 건설할 수 있겠죠. 성형도 하고, 신분도 바꾸고. 그 많은 돈이면 뭔들 못하겠습니까?"

"이 미친 새끼……!"

"어차피 우리가 원하는 건 돈이 아닙니까? 과장님. 설마 이제 와서 카드를 가져다 바친다고 해서 살 수 있을 거라고 생각하시는 건 아니죠? 그러기엔 이미 늦었다는 거, 아실 텐데요?"

"음……."

"돈, 드리겠습니다. 달라는 만큼 전부요. 그리고 카드를 파괴하면 발라스도 약해질 겁니다. 자금 없이 흘러가는 조직은 없으니까. 오히려 우리가 더 큰 조직을 건설할 수도 있겠죠. 안 그래요?"

정이한의 눈에 허상훈이 동요하는 모습이 보였다.

처음부터 돈이 목적이었기에 포기할 거라고는 생각지 않았다.

"돈을 뺄 방법을 찾으면 연락드리겠습니다."

허상훈이 다시 총을 겨누었다.

"내가 너를 어떻게 믿지?"

"어차피 엎질러진 물, 되돌릴 순 없습니다. 과장님이나 저나 돈이 아니면 더는 방법이 없다고요. 그러니 믿지 못하겠어도 믿고 기다리세요. 어떻게든 돈을 빼는 방법을 찾아서 연락할 테니까."

"방법이 있기는 한 거야?"

그러자 정이한이 옥탑방이 있는 곳을 쳐다봤다.

"어쩌면요. 이번에 꽤나 유능한 녀석을 한 편으로 만든 것 같거든요."

"너, 내가 지켜볼 거야. 허튼 수작 하면 그땐 정말 끝인 줄 알아. 알았어?!"

"연락할 때까지는 함부로 찾아오시나 마십시오. 이번 일이 틀어지면 과장님이나 저나 정말 끝장이니까."

* * *

상을 치우고 정리하는데 정이한이 들어왔다.

그런데 잔뜩 상기된 얼굴인 것이 뭔가 좀 이상해 보였다.

"왜 그래요?"

"어?"

"밖에서 무슨 일 있었어요?"

"무슨 일은. 저 여자 때문에 짜증났던 게 아직도 안 풀어져서 그러지."

최소현이 황당해하며 고개를 꼬았다.

"아~ 놔. 저게 또 시비네. 너 진짜 내가 손발 풀리면 가만히 안 놔둔다."

"눈 코 입 다 틀어막기 전에 그 입이나 다물지. 확 며칠 동안 화장실에 가둬 놓을까 보다.”

더러운 화장실에 갇히는 건 또 싫었던 걸까. 갑자기 최소현이 입을 꾹 다물었다.

하긴, 나라도 그건 사양이겠다.

게다가 날도 추운데 며칠을 거기서 벌벌 떠느니, 따듯한 여기가 낫지.

“근데 말이야, 최강?”

“네?”

“놈들을 유인한다고 해도, 무슨 방법으로 말을 전할 건지는 생각해 봤어?”

“아, 그거요. 그건 제가 알아서 할게요. 후훗.”

“뭐야……. 그것도 안 가르쳐 주는 거야? 같이 일하는 사이에 비밀이 너무 많은 거 아냐?”

“뭐가 되었든 유인만 하면 되는 거잖아요?”

그는 여전히 집이나 차가 보이지 않는 기술이 신기한 모양이었다. 그렇지만 여전히 말해 줄 생각은 없었다.

그냥 신비주의로 남겨 두는 게 더 낫지 싶어서다. 그를 향한 풀리지 않는 의문도 있고 말이다.

* * *

신정환 과장은 아침에 출근하며 의자에 앉다가 책상 중앙에 무언가가 놓여 있는 걸 보았다.
“으음?”
그는 문을 바라보며 표정을 굳혔다.
“분명 잠겨 있었을 텐데…….”
그는 평소 문을 잠그고 다닌다. 청소해 주는 분이 계시지만, 결코 자신의 사무실에 들이는 경우가 없었다.
사무실의 청소도 직접 하며, 청결과 보안에 철저하려는 의도였다. 그것은 수하들도 조심하는 문제였다.
그런데 그런 자신의 방에 누군가 다녀간 흔적이 있었다.
그것도 쪽지를 남기고서.
[카드를 돌려받고 싶으면 오늘 저녁, 국가정보원 내의 발라스 최고 간부를 데리고 약속된 장소로 와라. 주소는 핸드폰으로 보내 주겠다.]
“정이한?”
그는 카드를 가지고 있는 게 정이한인 걸로 알았다.
그러니 이러한 짓 역시 정이한이 했을 거라고 추정했다.
하지만 그가 미치지 않고서야 국가정보원에 들어왔을 리 없다.
이런 짓을 한 건 내부자의 소행.
누군가 돕는 놈이 있다는 것이 된다.
“미친놈이 이젠 하다 하다 별 짓거리를 다 하는군. 근데 그놈이 내가 발라스인 건 어떻게 알았지?”
내부에서 누가 정이한을 도왔는지는 몰라도 어쩌면 그도 발라스에 관해 알고 있을지도 모른다.

색출해야 했다.

하여 그는 서둘러 보안실로 향했다.

신정환은 보안실로 가 카메라를 확인했지만 아무것도 찍힌 게 없었다.

"내 사무실 문이 열린 적이 없다고?"

"네, 없습니다."

'그럴 리가…….'

그는 이상해하며 물러나려고 했다가 다시 보안실 직원에게 물었다.

"아, 저기 말이야. 일전에 최강이 심문실 문이 열리지 않은 상태로 사라졌다고 하지 않았던가?"

"네, 그랬었죠."

그는 복도를 걸으며 표정이 심각해졌다.

"이 새끼들, 귀신이야 뭐야? 어떻게 지들 멋대로 여길 들락거릴 수가 있는 거지?"

카메라에 찍힌 게 없다면 누가 쪽지를 두고 갔는지는 색출하기 어려웠다.

위험이 있는 건 여전했지만, 지금은 카드를 찾는 일이 무엇보다 중요했다.

"카드, 어쩌면 이번이 기회가 될지도 모르는데……."

하지만 국가정보원 내의 발라스 최고 간부를 데리고 나오라고 했다. 물론 그 말을 들을 생각은 전혀 없었다.

이딴 걸 보고했다간 오히려 무능하단 소리부터 들을 것이다.

"안 그래도 내 위치가 위태로운 상황에 이런 걸 위로 보고할 순 없고. 어떻게든 내 손에서 해결을 해야 해."

그리고 그가 막 다시 사무실로 들어왔을 때, 문자가 수신되었다.

접선할 장소가 그곳에 쓰여 있었다.

* * *

옥탑방으로 들어오는데 정이한이 달려들듯이 다가왔다.

"어떻게 됐어? 잘 전달했어?"

가만 보면 이 사람, 참 나를 못 믿는 것 같다.

아직도 내가 뒷방 정보요원으로 보이나.

그러고 보니 그 뒷방이란 말, 은근히 기분 나쁘네.

"네~ 잘 전달했습니다."

"어떻게?"

"어떻게가 문제가 아니라, 그가 잘 받았는가가 중요하죠."

가방은 내려놓고 안으로 들어가는데, 한쪽 구석에 쪼그리고 앉아 있는 최소현이 보였다.

우리가 하는 대화가 많이 궁금한지 힐끔 쳐다보는 모습이었다.

나는 정이한에게 물었다.

"밥은, 먹였어요?"

"누구, 저 여자를? 내가 미쳤냐?"

"하아, 거 웬만하면 같이 있을 동안만이라도 사이좋게 지내죠. 저러고 묶어 놓는 것도 미안한데."

"아침은 나도 안 먹었거든?"

"그러니까. 정이한 씨도 챙겨 먹고. 소현 씨도 좀 먹이라고요."

"차라리 개를 키우지."

그 말에 최소현이 쌍심지를 켰다.

"개? 너 진짜 죽을래?"

"아, 미안. 말이 좀 헛 나왔네. 근데 난 뭘 챙기고 키우는 건 적성에 안 맞아서."

"와…… 미치겠네. 이젠 살다 살다 개 취급을 받네, 내가. 너 진짜 묶인 것만 풀면 죽여 버린다."

"그래서 사람들이 미친개는 묶어두는 거야."

"뭐……? 야-!"

일단 밥부터 차렸다.

정이한은 알아볼 게 있다면서 나가 버렸고, 결국 최소현과 둘만 남게 되었다.

"아~"

"아~ 냠냠."

"훗."

"왜 웃어요?"

"누군가를 이렇게 먹여 준다는 게 좀 이상해서요. 한 번도 이래 본 적이 없어서."

"여자 친구 안 만나 봤어요? 연인 사이에는 보통 이런 거 한 번씩 해 보지 않나?"

"여자 친구를 안 만나 본 건 아니지만, 딱히 이런 건 별로. 그리고 우리가 지금 연인 사이는 아니잖아요?"

그 말에 왜 당황을 하는지.

"다, 당연하죠! 아니, 그리고 묶어 놓고 밥 떠먹여 주는 연인이 세상에 어디에 있어요? 사이코도 아니고."

서로를 바라보는데 뭔가 어색해졌다.

자꾸 연인에 관련된 이야기가 나오니까 분위기가 이상하다.

그런데 그때, 최소현이 물어 왔다.

"근데 말이에요. 같이 지내다가 보니까 둘 다 그렇게 나쁜 사람들 같지는 않은데. 대체 무슨 누명을 쓴 거예요?"

"국가정보원에 들어가면 비밀 서약 한다는 거, 아시죠?"

"그거야 뭐……."

"네 가지 행동강령 중에 마지막에 이런 게 있어요. 보안을 목숨같이 여기고 직무상 비밀은 끝까지 엄수한다. 비록 누명을 쓰고서 그걸 밝히려고 노력 중에 있지만, 어쨌거나 이것도 국가정보원과 관련된 일인 만큼, 비밀은 지켜야 한다는 거죠. 세 번째 강령인 국가정보기관 요원으로서 신의와 명예를 지킨다. 이거에도 걸리는 문제고요."

이 여자가 토라진 듯 고개를 돌린다.

“칫, 뭐야……. 말해 주기 싫으면 싫다고 하지 또 무슨 그런 걸 핑계로 대. 에이, 재미없어.”

“어쩌겠어요. 저희가 하는 일이 그런 걸.”

“근데요. 어제 들어보니까 최강 씨는 정보요원이라고 하던데. 현장요원이야 현장에서 뛰는 걸 말하는 걸 테고, 정보요원이 하는 일은 뭐에요?”

이 정도는 말해 줘도 괜찮겠지?

“드라마나 영화 보면 작전실에서 신호등 해킹해서 신호 바꿔 주고, 카메라로 적의 위치나 동선 알려 주는 사람들 본 적 있죠.”

“아~.”

“그런 거 합니다, 제가.”

“그럼 최강 씨도 해커?”

“네.”

“그렇구나.”

그런데 그녀가 갑자기 표정이 변했다.

“아우, 배야. 저, 저기 최강 씨. 나 미안한데…… 화장실 좀요.”

“네?”

“화장실이 급하다고요.”

진짜인지 가짜인지 솔직히 감을 잡기가 어렵다. 그러고 보면 어제부터 묶어 놨으니 화장실을 한 번도 못 갔을 것도 그렇고.

“진짜 급하다니까?”

"소, 손만 풀어 줄게요. 빨리 볼일 보고 나와야 합니다. 괜히 또 풀어 줬다고 탈출하려고 하고 그러지 말고요. 네?"

"아우, 참! 속고만 살았나! 그냥 여기서 쌀까요? 그 냄새 다 맡고서 같이 한 번 살아 볼래요?"

"아뇨. 됐어요. 손만 풀어 줄 테니까 얼른 볼일 보고 나와요."

총총 뛰면서 화장실로 들어가는 그녀.

이래도 될까 어쩐지 불안하다.

"설마 내가 정보요원이라고 때려눕히고 탈출할 생각은 아니겠지……."

-그랬다간 그게 실수라는 걸 크게 깨닫게 되겠지.

"그땐 케라 형님이 살살 부탁드립니다."

-크게 혼내 주는 게 아니고?

"여자잖아요. 우리 엄마가 여자는 때리는 거 아니라고 했어요."

내가 중얼거리는 소리를 들었을까, 화장실 안에서 최소현이 묻는 소리가 들려왔다.

"누구랑 얘기해요? 그 사람 혹시 왔어요? 정이한인가 뭔가?"

"아뇨. 그냥 혼잣말이요."

물 내리는 소리가 들려오고 안에서 다시 말소리가 들려왔다.

"다 됐어요."

"그럼 이제 나오시죠."

먼저 문을 열어 보는 것도 좀 그렇고.

참 여자와 함께 있다 보니 여러모로 불편했다.

그렇게 기다리고 있는데, 드디어 문이 열렸다.

다리까지 풀었는지 두 손을 허리춤에 놓고 자신 있게 웃고 있는 그녀가 보였다.

"다리…… 풀었네요. 하아, 그래도 설마 했는데. 화장실 급하다는 건 거짓말이었어요?"

"아뇨. 그건 진짜였는데, 생각해 보니까 이참에 결박을 푸는 것도 괜찮겠다 싶어서."

"그냥 얌전히 도로 묶죠."

"내가 내 다리를? 내가 왜?"

"이대로 당신 보내면 내가 곤란해진다니까요."

"저기요, 최강 씨? 솔직히 나도 상황 파악은 됐어요. 지내보니까 흉악범이 아닌 건 알겠고. 의외로 잘 챙겨 주는 것이 사람 착한 것도 알겠고. 이것저것 일들 하는 거 보니까 내 앞에서 쇼하는 것 같지는 않더라고요. 뭔가 누군가와 접선을 해서 누명을 벗기는 기회로 삼으려는 것 같은데, 굳이 나까지 잡고 있을 필요 있어요?"

"그래서 결론은요?"

"좀 지켜볼게요."

"네?"

"내가 여기서 최강 씨 때려눕히고 탈출할 수도 있지만, 이 상황들이 도대체 왜 일어나고 있는 건지는 궁금해서. 보니까 일 잘 풀리면 공개는커녕 보안 핑계로 싹 묻힐 것 같은데. 그러니까 궁금한 거라도 해소하자, 그거인 거죠. 진짜 누명이 맞는 건지는 좀 더 지켜봐야겠지만."

이 여자 진짜 연구 대상이네.

"그러니까 도망치지는 않겠다?"

"네."

"여기서 우리를 지켜보겠다고요?"

"어차피 나 여기다가 묶어 두나, 이대로 같이 지내나 그게 그거 아닌가? 그리고 둘 다 수배된 몸인 것 같은데, 먹을 거 사다 나르는 것도 그렇고, 내가 좀 더 유리하지 않겠어요?"

제라로바가 한마디 했다.

-허튼 수작 말라고 해라! 그거야 투명 마법으로 훔쳐 와도 될 일인 것을!

"그렇다고 도둑질은 안 되고요."

"누가 도둑질을 한대요? 내가 왜요?"

"아니, 그게 아니라……."

이 여자, 믿어도 될까? 왠지 상황이 애매해지는 것 같은데.

정이한이 오면 또 뭐라고 설명하지?

* * *

정이한이 돌아왔다.

그러고 보면 이 사람도 참 어디 간다, 뭐 때문에 다녀온다는 그런 말은 안 한다.

내가 어딜 가려고 하면 다 물어보면서.

그런데 아니나 다를까, 그가 들어오더니 깜짝 놀란다.

"뭐야, 저 여자 왜 풀려 있어?"

"그게요, 사실은……."

나는 그녀와의 합의된 사항을 조곤조곤 설명했다.

그는 무척 황당해했다.

"그래서 저렇게 풀어 줬다고? 너 미쳤어? 저 여자가 그러는 척하고 나갔다가 경찰들 우르르 몰고 오면 그땐 어쩌려고? 행여 저 여자가 조직의 일원이기라도 하면 진짜 어쩔 거냐고?!"

"나갈 때와 들어올 때는 눈을 가리고 이동하기로 했어요. 그럼 최소한 우리가 도망칠 시간은 벌 수 있지 않을까요?"

최소현이 말했다.

"저기요, 정이한 씨. 솔직히 나, 최강 씨를 쓰러뜨리고 도망칠 수도 있었거든요? 근데도 안 도망치고 얌전히 있는 거 보면 모르겠어요?"

"당신이 최강을 뭐? 당신, 시도 안 하기를 다행인 줄 알아."

"그게 무슨 말이에요?"

아, 맞다.

그러고 보니 정이한이 내가 폐차장에서 싸우는 걸 사진으로 찍었었지.

그럼 내 실력을 알 테니 이렇게 말하는 것도 무리는 아니겠네.

아무튼 싸움은 그만.

"됐고, 설명은 여기까지. 그러니까 그렇게 하기로 하고 며칠 동안만 이대로 지냅시다."

조금 황당하지만, 애매한 상황의 두 사람과의 동거.

잠시 동안은 그렇게 서로 협력하기로 했다.

* * *

그날 밤, 8시.

정이한과 최강은 약속 장소에 미리 나와 주변을 둘러보고 있었다.

투명하게 만들어 놓은 차를 숨겨 언제든지 타고 갈 수 있도록 만들어 둔 둘은 누가 그곳에 나오는지 지켜봤다.

부르르릉.

잠시 뒤, 차가 한 대 나타났다.

"왔군."

공장들 사이로 도착한 차는 가만히 서서 상황을 지켜보는 듯했다.

정이한은 최강과 시선을 마주치고는 아래로 내려갔다.

감시를 할까도 했지만, 목적은 나온 대상의 납치였다.

정말로 발라스면서 국가정보원에서 가장 지위가 높은 사람이라면, 그 안에 존재하는 발라스의 일원들 전부를 색출할 수도 있어서다.

스윽.

정이한이 차 앞으로 모습을 드러내자 차의 문이 열리며 누군가가 내렸다.

내리는 사람은 신정환.

"당신이 국가정보원 내의 발라스 책임자라고?"

"그래, 나다. 그걸 알고서 내 책상에 그런 쪽지를 남겨 둔 거 아니었나?"

"흠, 최소한 차장급은 있는 줄 알았지."

"허상훈과 내가 같은 과장이라고는 해도, 발라스 내에선 내가 직급이 더 높아."

최강은 그사이 신정환과 가까이 접근하여 제라로바에게 말했다.

"할아버지, 지금입니다."

곧 최강의 입에서 주문이 흘러나왔다.

"나튤라 미브로울라."

최강이 마법으로 감쪽같이 사라지는 가운데, 신정환이 정이한에게 물었다.

"카드를 돌려주겠다고 했는데. 그거만 넘겨주면 더는 쫓지 않도록 하지. 그러니까 순순히 카드를 넘겨.”

정이한은 발 앞으로 돌이 하나 날아와 구르는 걸 보았다.

‘벌써 준비가 되었다고? 언제 움직인 거지? 움직이는 걸 전혀 보지 못했는데.’

하지만 신호가 온 이상, 더는 이곳에 머물 필요가 없었다.

신정환이 혼자 나왔을 리가 없기 때문이다.

하여 그는 얼른 몸을 움직여 빠르게 그곳에서 사라졌다.

“뭐야? 이봐, 정이한! 어디 가는 거야! 야-!”

신정환은 급히 무전을 날렸다.

“정이한이 도망친다! 어서 잡아!”

그가 말하기 무섭게 수많은 드론들이 주변에서 마구 떠올랐다. 그와 함께 서른 명도 넘는 인원이 우르르 곳곳에서 튀어나와 정이한이 있는 곳을 좇았다.

신정환은 그제야 미소를 머금었다.

“됐다, 이 새끼. 드디어 잡았다.”

그는 이만한 포위망이면 그를 잡는 것은 쉬운 일이라고 여겼다. 하여 모든 일을 전부 해결한 것 같은 표정을 머금었다.

그러나 잠시 뒤, 그는 충격적인 말을 전해 들어야 했다.

“뭐……! 놓쳤다고? 무슨 헛소리야! 이 많은 수로 그거 하나 못 잡는다는 게 말이 돼?”

“그것이 어떻게 된 것인지 아무리 찾아도 없습니다!”

“이런 멍청한 새끼들……! 주변에 어디 숨어 있을지도 모르니까 샅샅이 찾아! 어떻게든 찾으라고!"

이따금씩 쫓을 때마다 감쪽같이 사라지는 그들.

이쯤 되니 신정환도 대체 그 비결이 무엇인지 그것을 알고 싶었다.

"귀신에 씐 것도 아니고……. 대체 뭐야, 그것들?"

〈2권에서 계속〉

동아
골프의 신이 강림했다
부상으로 은퇴해야만 했던 불운한 골퍼 이태식.
골프아카데미 헤드코치로 새로운 희망을 꽃피우다 사고를 당한다.
KPGA 레전드 골퍼이자 애증 어린 친구 김상도의 망나니 아들.
자신의 아끼는 제자 김태주로 깨어난 이태식.
새롭게 얻은 젊은 몸에 못다 한 집념을 실은 혼신의 샷을 날린다!
「홀인원」 「앨버트로스」 「골프가 좋아」
그리고 마침내 골프의 신이 강림했다!
동아
COMMUNICATIO
GROUP

동아
COMMUNICATION
GROUP

동아

COMMUNICATION
GROUP

동아
COMMUNICATION
GROUP

동아
COMMUNICATION
GROUP